Joseph Kessel
de l'Académie française

La vallée des rubis

Gallimard

Né en Argentine en 1898 de parents russes ayant fui les persécutions antisémites, Joseph Kessel passe son enfance entre l'Oural et le Lot-et-Garonne, où son père s'est installé comme médecin. Ces origines cosmopolites lui vaudront un goût immodéré pour les pérégrinations à travers le monde.

Après des études de lettres classiques, Kessel se destine à une carrière artistique lorsque éclate la Première Guerre mondiale. Engagé volontaire dans l'artillerie puis dans l'aviation, il tirera de son expérience son premier grand succès, *L'équipage* (1923), qui inaugure une certaine littérature de l'action qu'illustreront par la suite Malraux et Saint-Exupéry.

À la fin des hostilités, il entame une double carrière de grand reporter et de romancier, puisant dans ses nombreux voyages la matière de ses œuvres. C'est en témoin de son temps que Kessel parcourt l'entre-deux-guerres. Parfois l'écrivain délaisse la fiction pour l'exercice de mémoire — *Mermoz* (1938), à la fois biographie et recueil de souvenirs sur l'aviateur héroïque qui fut son ami —, mais le versant romanesque de son œuvre exprime tout autant une volonté journalistique : *La passante du Sans-Souci* (1936) témoigne en filigrane de la montée inexorable du nazisme.

Après la Seconde Guerre mondiale, durant laquelle il joue un rôle actif dans la Résistance, Joseph Kessel renoue avec ses activités de journaliste et d'écrivain, publiant entre autres *Le tour du malheur* (1950) et son grand succès, *Le lion* (1958). En 1962, il entre à l'Académie française.

Joseph Kessel est mort en 1979.

A Jean Rosenthal

I

C'était un dimanche d'automne... Il bruinait depuis le matin. Le ciel de Paris touchait presque l'ardoise luisante des toits.

J'étais seul chez moi et je ne faisais rien avec délices. Je revenais d'un long voyage torride. La fraîcheur de la pluie, sa couleur de perle obscure me semblaient admirables. Je rêvais de m'enfermer au fond d'une campagne féconde et douce, d'y trouver racine, équilibre et d'entreprendre enfin, avec patience, un des livres auxquels je pensais si souvent.

Au milieu de mes songes, le bruit le plus agressif retentit : la sonnette de la porte. Je n'attendais personne ; je ne bougeai pas. Mais le timbre vibrait de plus en plus fort et à une cadence toujours plus vive.

Le moyen de ne pas ouvrir ? Je maudissais l'importun.

Et puis, sur le palier, je vis des yeux d'un bleu intense, un visage aigu tout couvert de taches de rousseur... et je n'éprouvai plus la moindre colère.

Certains êtres possèdent, quoi qu'ils fassent, le pouvoir de désarmer. Mon ami Jean appartient à leur race. Il est impérieux, mais avec la gentillesse la plus exquise, surexcité, mais de la façon la plus ingénue, versatile, mais dans la sincérité la plus innocente, absurdement généreux, mais avec une pudeur extrême, et fou, mais avec toutes les vertus de la logique.

Il n'entre pas : il charge. Il ne marche pas : il court. Il ne parle pas : il a la fièvre. Aucun de ses sentiments n'est banal, stable, ou modéré. Il s'exalte, il s'enflamme, il brûle.

C'est ainsi que, pendant la guerre, parachuté ou déposé par avion, il allait et venait entre Londres et la France, animait les maquis de Savoie, réussissait les missions les plus désespérées dans une sorte de frénésie épique, inconsciente et joyeuse.

Et depuis qu'il a repris son métier de paix, qui est d'acheter et de vendre des pierres précieuses, il y apporte la même et naïve passion.

Quand on aime à ce point la vie en toutes ses formes, il n'est pas surprenant qu'on soit aimé par elle.

Donc, ayant chargé au milieu de mon appartement, Jean s'écria :

— Je te dérange, peut-être...

Et, sans me laisser le temps de répondre, demanda :

— Tu as des projets en ce moment ?

Je commençai à lui raconter mes plans de retraite, de travail. Il m'interrompit avec enthousiasme.

— Bravo. Tu as raison.

Visiblement, il ne pensait pas du tout à ce qu'il disait. Il semblait attendre quelque chose.

La sonnerie de la porte vibra de nouveau.

— C'est Julius, s'écria Jean. Il travaille avec moi... Je lui ai donné rendez-vous, un gars très drôle, tu verras.

Mon ami courait déjà vers l'antichambre.

Le « gars très drôle » était un homme âgé de plus de soixante ans, court, robuste et dense, basané de peau. Il avait une tête carrée aux cheveux gris et drus, coupés de très près et annelés comme de l'astrakan. Sa large bouche était pleine de prudence et son regard plein de réserve. Il parlait l'anglais très bien, avec parcimonie et un singulier accent oriental.

— Julius a ramené de Londres un objet que je voudrais bien te montrer, me dit Jean.

L'homme aux cheveux d'astrakan gris essuya machinalement les verres de ses lunettes à épaisse monture d'écaille et tira de la poche de son gilet un très petit paquet enveloppé de papier de soie.

Ce papier, Jean le défit d'un mouvement adroit et presque tendre. Un caillou rouge, alors, étincela dans sa paume.

— Regarde bien, dit mon ami.

Sa voix avait pris un accent passionné, amoureux.

— Regarde bien, reprit-il. C'est une pièce très rare. Un rubis de vingt carats et taillé à la perfection.

Julius s'était rapproché. La sérénité bouddhique de ce large visage n'était plus entière.

— Sang de pigeon, dit-il. Le plus pur.

Je ne comprenais rien à leur vocabulaire, mais ce que je voyais bien, c'était, dans la clarté pauvre et brumeuse de ce jour de pluie, l'éclat de braise translucide, le feu miraculeux de ce fragment de lumière empourprée.

— Nous en avons refusé combien ? demanda Jean à son associé.

— Quarante-cinq millions, dit celui-ci, en essuyant ses lunettes.

Le regard amoureux de mon ami ne quittait pas la pierre précieuse.

— Prends-la, me dit-il, et mets-la contre ton visage, tu sentiras sa vie, sa chaleur.

Mais, dès que je l'eus entre les doigts, Jean poussa un cri.

— Attention, tu vas la faire tomber... Et c'est fragile. Ça se casse.

— Ça coûte plus de quarante-cinq millions, et ça se casse ! dis-je avec un frisson. Je t'en supplie, reprends vite ton caillou.

La pierre précieuse reposa de nouveau dans la paume de mon ami. Je considérais cette incroyable fortune qui tenait si peu de place.

— Voilà ce qu'on trouve à Mogok, dit Jean à mi-voix.

— Mogok ! Mogok ?... demandai-je, qu'est-ce que c'est ?

Julius tourna de mon côté un visage incrédule et presque sévère.

— Mogok ! Voyons, dit-il... Birmanie... Haute Birmanie.

Jean se mit à rire, ce qui fit danser, autour de ses yeux bleus, toutes ses taches de rousseur et dit :

— Pour comprendre son étonnement, il faut que tu saches que Julius visite Mogok depuis 1920 et que depuis la fin de la guerre il y passe plus de huit mois par an.

— *Nice and cool*, fraîcheur et délices, soupira l'homme qui portait la grande patience orientale sur ses traits.

Puis, à deux voix, Jean, soulevé par son ardeur accoutumée, et Julius, dans un style plus sobre, ils me parlèrent de Mogok.

Il y avait, disaient-ils, dans la Birmanie du Nord, bien au-dessus de Mandalay, parmi les hautes collines recouvertes de jungle, il y avait une vallée qui portait le nom de Mogok. Là-bas, du fond des âges, et le long des ruisseaux, dans les entrailles des roches, au flanc des monts, reposaient, enveloppés dans leur robe de minerai brut, les rubis précieux.

Là — et là seulement.

Car, en vérité, à travers le monde immense, sur toute l'étendue de la croûte terrestre, nul n'a jamais trouvé, nul n'a jamais connu — depuis que l'humanité a de la mémoire — un autre lieu pour receler les pierres qui ont à la fois la couleur de la flamme pure et du sang léger.

Tous les rubis dont parlent les textes les plus anciens, le Coran, le Cantique des Cantiques, les annales de la Chine et les sagas des Indes, tous ceux dont se sont parés depuis des temps immémoriaux princes, rois et empereurs, tous ceux qui ont enorgueilli diadèmes, tiares et couronnes, tous ceux que dissimulent encore les trésors des rajahs, tous jusqu'au dernier, jusqu'au plus antique, ils sont venus de Mogok.

Quels étaient, dans ces âges obscurs, les prospecteurs, les caravaniers, les marchands de ce pays perdu et sauvage ? Ici le mystère est entier. Il n'y a pas une trace, pas une lueur. Seulement des légendes superbes. Au-delà de quatre siècles, historiquement, on ne sait rien sur Mogok.

Mais, comme dans la limite des connaissances humaines, il est impossible d'attribuer géologiquement une autre origine aux rubis fabuleux, c'est Mogok, la haute vallée birmane qui les a formés dans ses plis, de toute nécessité. Et c'est la même vallée qui continue à donner au monde les fleurs de pierre couleur de feu et de sang dont on voit étinceler les facettes chez les joailliers illustres des grandes capitales.

Voilà ce que me racontèrent mon ami Jean et son associé Julius et, tout le temps que dura le récit, le rubis de vingt carats jetait dans l'air pluvieux et terne de Paris, son éclat d'astre rouge.

Le rubis de Mogok.

Enfin Julius reprit la pierre, la contempla un instant et dit avec un soupir :

— On n'en trouve plus beaucoup de pareilles... même là-bas.

Il enveloppa doucement le rubis dans son papier de soie, glissa le paquet dans la poche de son gilet tout en grommelant :

— Et le plus beau stock s'est évanoui... comme dans un mauvais rêve.

Julius se mit brusquement à essuyer ses lunettes et je m'aperçus que c'était chez lui un mouvement purement nerveux, par lequel il essayait de calmer une vive émotion. Il dit à Jean :

— On a tellement parlé travail, vous et moi, que je n'ai pas eu le temps de vous raconter cette affaire fantastique.

Julius remit ses lunettes et fit une pause, pour bien fixer notre attention sur ce qu'il allait dire. Puis il mena son récit avec lenteur.

— Voilà... L'histoire commence il y a environ trente ans. A cette époque, le plus fameux *dacoït* de la région de Mogok, c'est-à-dire le meurtrier de grand chemin le plus féroce à des lieues à la ronde, se décide à quitter les fatigues et les risques du métier. Donc, il paie à la police un tribut suffisant pour être traité en homme honorable et s'installe dans le commerce des pierres précieuses, à la fois comme marchand et comme propriétaire de mines. Il avait des capitaux. Vous comprenez. Et alors, flair, chance, intimidation des concurrents ou protection des esprits, comme ils le croient là-bas, je n'en sais rien ; mais tous les saphirs et les rubis, les plus beaux ont pris le chemin de sa maison. Et les pièces vraiment remarquables, il ne les vendait pas. Il les gardait pour son plaisir.

Julius s'arrêta, enleva ses lunettes.

Dépouillé de verres, son visage était plus naïf, plus nu, et l'expression de recueillement, de vénération qu'il prenait à cet instant se montra d'une manière intense.

— Quelle collection ! dit-il. Pas une collection de marchand, mais de prince, de musée... J'allais la voir souvent... Et puis, l'année dernière, le vieux bandit est mort... Maladie bizarre... On raconte que sa fille est versée dans les herbes — bonnes et mauvaises — ... Et puis la fille et son mari ont pris une maison à Tchaï-pine, l'autre centre du rubis dans la vallée de Mogok. Pour se faire oublier sans doute... Mais une nuit cette maison a été attaquée, incendiée... La fille et le mari ont brûlé avec. Et les pierres formidables ont disparu... sans trace... Aucun courtier, aucun marchand ne les a jamais vues nulle part... Une collection de musée... Un trésor de roi.

— Tu entends ? Tu entends cette histoire ? s'écria Jean. C'est merveilleux, non ?

Puis sans transition.

— Je n'ai jamais été à Mogok. C'est un crime... Julius y retourne dans trois jours. Je suis décidé à le rejoindre aussitôt que possible... Tu viens ?

Un instant les rêves d'équilibre, de travail, revinrent à ma conscience... Allais-je une fois de plus...

— On s'arrêtera à Bombay... à Calcutta, poursuivait mon ami, j'ai des gens à y voir. Puis Rangoun. De là, un Dakota fait, une fois par semaine, le voyage de Haute Birmanie...

— Quand partons-nous ? demandai-je.

Une sorte de gémissement se fit entendre.

— Pas si vite, pas si vite... disait Julius.

Il essuya fébrilement ses lunettes et reprit :

— Réfléchissez bien... La route est difficile... Les conditions de vie plus que primitives... Et la région de Mogok n'est pas sûre du tout... Infestée de rebelles, de bandits... On enlève les voyageurs...

Jean riait de toutes ses taches de rousseur. Il savait bien comment les effluves de l'aventure agissaient sur moi...

— Nous partirons, me dit-il, quand Julius nous donnera, de Mogok, le feu vert.

— *Nice and cool*... Fraîcheur et délices... soupira Julius.

*

Les grands voyages ont ceci de merveilleux que leur enchantement commence avant le départ même. On ouvre les atlas, on rêve sur les cartes. On répète les noms magnifiques des villes inconnues...

Il en fut ainsi pour moi du jour où mon ami Jean, marchand en pierres précieuses, m'eut décidé à le suivre jusqu'à Mogok, haute vallée birmane et seule terre au monde où l'on trouve le rubis. Dès lors, je n'appartins plus entièrement à ce qui m'entourait. A travers le décor et les travaux habituels, au-delà des visages familiers, il me semblait discerner les arbres et les fleurs des tropiques, les rades éclatantes, les faces de bronze, les hautes pommettes mongoles.

Julius avait regagné Mogok. Nous n'avions plus qu'à recevoir de lui le signal convenu.

Mais une semaine passa et une autre et d'autres encore. Et le signal ne venait pas. Alors, peu à peu, je fus pris d'impatience, de colère.

Comme il se devait, Jean eut à subir les effets de cette humeur. Il le fit avec un calme d'autant plus surprenant que, de nous deux, il était à l'ordinaire, et de beaucoup, le plus frénétique. Mais chaque métier impose ses disciplines.

— Tu comprends, me disait-il, c'est Julius — et lui seul — qui doit décider. Moi, mes connaissances s'arrêtent aux Indes. Je n'ai jamais été à Mogok. Lui, il visite le pays depuis trente ans et, depuis la fin de la guerre, il y vit. Il parle l'hindoustani et le birman aussi bien que l'anglais. Il a le maniement des hommes là-bas... Il sait la façon de les approcher, de négocier leurs secrets... Il possède les moyens de repérer la marchandise, d'évaluer les conditions...

— Tant d'histoires pour acheter quelques pierres !

— Ces pierres, disait Jean avec gravité, sont parmi les plus rares du monde. Elles se cachent, elles se dérobent. Et il y a sur place, pour les guetter, tout un peuple sagace de marchands, de courtiers, d'informateurs, d'espions.

— Mais tu verrais mieux par toi-même...

— Je ne voyage pas en touriste, disait Jean, ni même

en écrivain. Je ne peux pas me payer le luxe, là-bas, d'un apprentissage. Le loisir me manque et surtout, aux yeux des habitants, j'y perdrais ma dignité, ma *face*. Il faut que Julius travaille à l'avance, et que j'arrive à la fin, quand tout sera prêt, pour le grand coup. Sans quoi j'y passerais des mois. Tu ne sais pas ce que sont les palabres d'Orient.

Ces propos avaient lieu, à l'accoutumée, rue Lafayette, dans les bureaux de Jean. Ils avaient été fondés, autrefois, par son père, une sorte d'ogre barbu et génial, venu du Caucase sans un franc à la fin du siècle dernier. Il s'était taillé, dans le commerce des perles, un royaume fabuleux. La perle japonaise l'avait ruiné totalement. Mais il avait refait une fortune en Amérique, à l'âge de quatre-vingts ans. Maintenant, mon ami Jean partageait ces locaux avec son oncle, autre personnage légendaire pour avoir couru, aux temps héroïques, l'Arabie à cheval, les îles du golfe Persique en sambouk et vécu aux Indes comme un rajah.

L'entrée des bureaux était interdite par une grille d'acier, pareille à celles qui défendent les salles des coffres dans les banques. Le gardien ne l'ouvrait jamais sans avoir bien reconnu les visiteurs. Malgré cela, les deux pièces que mon ami occupait fourmillaient, tout le long du jour, d'un peuple étrange de vendeurs, d'acheteurs, de courtiers et de courtières.

Tout un attirail de verres grossissants, de pinces effilées, de petites balances d'une délicatesse extrême, de poids minuscules, servait à leurs échanges. La minutie des gestes et la finesse des instruments faisaient sentir à tout instant combien, pour les matières de ce négoce, chaque milligramme comptait et aussi la plus délicate nuance de couleur ou le plus léger reflet de lumière.

Mais la valeur marchande n'était pas tout pour ces gens. Lorsqu'une pierre de qualité rare se trouvait en jeu, on voyait paraître sur leurs traits une admiration désintéressée, généreuse, et comme une joie spirituelle. C'était leur poésie.

— Tu vois, me disait Jean avec passion, combien de facteurs entrent en jeu. D'abord le poids, le nombre de carats. Puis, la façon, la taille. Puis la couleur. Enfin, la transparence, l'éclat, le mariage avec la lumière. Les combinaisons de tous ces éléments font que deux pierres de la même grosseur varient de prix dans des proportions énormes et souvent dix carats valent beaucoup plus que vingt. Regarde...

Au bout des pinces que tenait mon ami étincelait tantôt une émeraude ou un saphir, tantôt un diamant ou un rubis.

Et Jean reprenait :

— Depuis que les hommes vivent en société, ils aiment, ils recherchent les pierres de couleur lumineuses et rares. C'est un goût millénaire. Et les hommes ont appris à payer très cher l'objet de cette fascination, de ce culte. Les cailloux précieux sont devenus les signes mêmes de la richesse. Et la plus réduite qui soit en volume, la plus maniable, la plus facile à transporter, à cacher... Cela compte — surtout en des temps comme les nôtres où les guerres, les crises, les migrations ont fait partie de l'existence de chaque jour.

Continuant à faire mon éducation dans un domaine où j'ignorais tout, Jean m'enseignait la hiérarchie des gemmes : d'abord le saphir bleu, puis l'émeraude verte et enfin, tout au sommet, le rouge rubis... le rubis de Mogok.

Alors, de nouveau, s'exaspérait mon impatience et de nouveau Jean disait :

— Attendons des nouvelles de Julius...

Enfin, une dépêche arriva...

Je me trouvais dans le bureau de Jean lorsque sa secrétaire déposa le télégramme devant lui. La manière dont il l'ouvrit montra que sa fièvre était, pour le moins, aussi vive que la mienne. Mais, au lieu de lire le message sur l'instant, mon ami prit de sa table un volume assez épais qui ressemblait à un dictionnaire et se mit à le feuilleter. Je criai presque :

— Mais qu'est-ce que tu fais donc ?

Jean me répondit le plus naturellement du monde :

— Je décode la dépêche.

Il leva pour une seconde vers moi son visage criblé de taches de rousseur et vit ma stupeur.

— En y mettant le prix, dit-il, les bureaux de poste n'ont pas de secret. Et particulièrement dans une toute petite ville d'Extrême-Orient.

Mon ami se tut pour se pencher sur son dictionnaire et transcrire quelques syllabes. Puis il continua :

— Je ne tiens pas du tout — ni Julius — à ce que les concurrents à Mogok connaissent nos achats, nos prix et les projets, les informations que nous pouvons avoir...

Les yeux de Jean, d'un bleu intense derrière ses lunettes, se firent plus brillants encore qu'à l'accoutumée.

— Notre métier — entre autres éléments — tient un peu des services secrets. Un bon renseignement confidentiel vaut parfois une fortune. Par exemple celui qui m'a été donné un jour sur la merveilleuse parure d'une impératrice, qui touchait de très près, il y a plus de cent ans, à l'histoire de France... Ses héritiers venaient de lui faire traverser toute l'Europe par les moyens les plus romanesques pour l'amener enfin dans une capitale du Nord...

— Quelle impératrice ? demandai-je. Quels moyens ? Quelle capitale ?

— Je n'ai pas le droit de te le faire connaître. Nous avons aussi nos secrets professionnels, dit Jean.

Pendant quelques instants il feuilleta son volume en

silence, écrivit, le feuilleta de nouveau. Enfin, il le remit à sa place habituelle.

Le décodage était achevé.

— Eh bien, dis-je, quand partons-nous ?

Sans répondre, Jean me tendit la transcription qu'il avait faite de la dépêche envoyée de Mogok. Et je lus :

Voyage absolument inopportun stop. *Aucune pierre intéressante en vue* stop. *Insécurité région croissante. Julius.*

Je laissai retomber le papier et regardai Jean. Il haussa les épaules avec embarras.

— Je vais câbler à Julius, me dit-il.

— Quoi ?

— Qu'il nous donne régulièrement des nouvelles.

Et Julius câbla chaque semaine qu'il était inutile, au point de vue professionnel, de venir à Mogok. Et que, d'autre part, la situation y devenait de plus en plus dangereuse. On sentait entre les lignes que l'idée même de ce voyage lui semblait aberrante.

Je commençais à désespérer.

Et puis, un matin, Jean arriva chez moi, selon son habitude, en chargeant. A l'éclat de ses yeux, au mouvement de ses traits et sur eux, des taches de rousseur, je compris, sans qu'il eût besoin de parler, que nous partions enfin.

Je m'écriai :

— Un bon câble de Julius ! Tout de même !

— Ce n'est pas ça, dit Jean.

— Alors ?

Nous étions seuls dans la pièce. Pourtant mon ami, instinctivement, l'inspecta d'un regard rapide et ne demanda qu'à mi-voix :

— Te souviens-tu de ce que Julius nous a raconté le dimanche où je l'ai amené ici ? L'ancien bandit de grand chemin, le *dacoït* de Haute Birmanie devenu roi du rubis à Mogok ? Et sa mort suspecte ? Et le vol de sa collection fabuleuse dont on n'a plus jamais entendu parler. Un trésor de musée, disait Julius qui s'y connaît. Tu te rappelles ?

Si je me rappelais ! Cette histoire avait beaucoup compté dans ma résolution d'aller à Mogok.

Jean baissa la voix davantage encore pour chuchoter :

— Eh bien, j'ai reçu des renseignements...

— De Julius ?

— Non, pas de lui, s'écria mon ami. Mais ne me demande rien à ce propos... Je te l'ai déjà dit : nous ne découvrons pas nos informateurs.

Il se pencha vers moi et, de nouveau, parla d'une voix feutrée :

— Il paraît qu'on a retrouvé la trace des pierres — au moins de quelques-unes — qui ont appartenu au vieux bandit birman...

Un profond silence s'établit dans la chambre. Il fut rompu par le rire heureux de mon ami :

— Est-ce que ce n'est pas encore plus merveilleux de partir comme cela ! Non ! s'écria-t-il.

II

Venant de Londres, l'avion qui devait nous porter jusqu'à Bombay avait fait escale sur le terrain d'Orly. C'était un « Constellation » comme tant d'autres. Mais il s'appelait le *Himalayan Princess* et il appartenait à la compagnie *Air India*.

Il faut bien l'avouer, cette circonstance me faisait éprouver un léger malaise. Depuis longtemps, pour les grands parcours aériens, je n'avais pris que des lignes européennes ou américaines, connues, cossues et traditionnelles, ayant atteint l'âge de maturité. Pour être mené dans une lointaine partie du monde, à des kilomètres d'altitude, par-dessus flots, déserts et montagnes, on aime se confier à des mains familières. Et voilà que je voyais marcher vers l'avion d'une compagnie exotique, cet équipage aux figures foncées, aux vastes yeux brillants formés par des soleils et des cieux qui n'étaient pas les miens...

Je regardai Jean. Mon compagnon de route caressait un peu nerveusement, me sembla-t-il, le plumet vert planté dans le turban rayé d'une poupée rouge à forme de rajah. C'était l'emblème de la compagnie qu'il avait dérobé au siège d'*Air India*. Je crus surprendre dans ce geste, sinon de l'inquiétude, du moins le recours au fétichisme. Je détournai les yeux et me dirigeai vers le *Himalayan Princess*.

Or, si jamais appréhension se trouva mal fondée, ce fut bien celle-là. Tout le long d'un voyage qui alla jusqu'à Hong-Kong et nous ramena à Paris, nous avons joui non seulement d'une sécurité pareille à celle des lignes les meilleures et les plus anciennes, mais encore d'une sollicitude vraiment surprenante — et aussi efficace aux escales qu'en plein vol.

Sans doute, *Air India* ne commande qu'un seul grand trajet auquel elle peut apporter tous ses soins. Sans doute, cette compagnie est mieux armée que les autres, dans les pays qu'elle dessert, par la connaissance des langues et des mœurs. Sans doute aussi est-elle plus jeune et son personnel plus dynamique. Et, quoique nationalisée, subit-elle encore l'impulsion de son fondateur, grand capitaine d'industrie. Mais rien n'obligeait, par exemple, à Calcutta, où la catastrophe m'échut de perdre mon passeport, rien n'obligeait ce jeune employé d'*Air India*, de courir, par une chaleur effroyable, les ateliers de photographes, les agences de sécurité, les bureaux de police et les sièges des consulats pour obtenir en quelques heures — extraordinaire tour de force — les visas, les autorisations, les cachets et les dérogations nécessaires à la poursuite de mon voyage.

Cependant, lorsque le *Himalayan Princess* mit le cap sur l'Orient, je ne pouvais rien savoir de tout cela. Mais, déjà, le charme agissait.

A l'ordinaire, la course de l'avion, dont la vitesse est la loi même, interdit le dépaysement progressif et le doux mûrissement du voyage. Les contrées n'avancent pas lentement au-devant de vous. On est catapulté vers elles. Mais, sur le *Himalayan Princess*, à cause de la nationalité de l'avion et de son personnel, le passage semblait plus naturel d'un univers à l'autre. La grâce calme et noble de l'hôtesse de l'air et son parler chantant ; la finesse particulière des os et la minceur des muscles sous la chemise blanche du steward ; la figure du commandant de bord, pilote indien qui avait servi dans la R.A.F. et jusqu'aux mets qui furent servis, tout concourait à feutrer et atténuer le choc d'un changement brutal. Tout préparait à l'Inde. Tout l'annonçait.

Et, comme pour parfaire l'étonnant climat de notre maison volante, on vit, à l'escale nocturne du Caire, monter à bord un homme vieillissant mais de taille haute et droite, au visage racé, vêtu de blanc et qui était le pandit Nehru. Il n'avait en guise de suite qu'un secrétaire et deux femmes âgées, en sari, au port majestueux. Et le chef d'un peuple immense, l'un des trois ou quatre meneurs du jeu mondial, voyagea pendant douze heures de file, dans les mêmes conditions que tous les autres passagers.

Je l'observais avec avidité. Mais pendant tout le voyage, — que l'avion survolât les déserts obscurs de l'Arabie, striés soudain par le trajet flamboyant des pipes-lines, ou qu'il glissât en plein jour au-dessus de l'Océan Indien, — Nehru garda les paupières closes et un visage entièrement immobile. Était-ce le sommeil, le repos ou le rêve ? Ou bien rejoignait-il, par l'effort de la pensée, sa substance intérieure et celle de l'univers, cet homme qui était sorti des prisons coloniales de l'Angleterre pour devenir l'un des arbitres des destinées de l'Empire britannique et qui, nourri par la sagesse la plus ancienne, la plus méditative, la plus hostile au mouvement, sautait de continent en continent.

A Santa-Cruz, qui était l'aérodrome de Bombay, une équipe aspergea tout l'avion de poudre insecticide. Personne, pendant cinq minutes, n'eut le droit de quitter l'appareil embrasé par un soleil torride, rempli d'une odeur étouffante. Le pandit Nehru attendit comme tous les autres passagers.

Ensuite, il fut entouré par une foule qui le déroba à notre vue.

D'ailleurs, un vieil Hindou s'avançait vers Jean avec

de grands gestes d'accueil. Il était suivi de serviteurs qui portaient d'énormes guirlandes en fleurs de jasmin. On nous les passa autour du cou. Je me sentais un peu gêné. Mais personne ne semblait y prêter attention. Le vieil homme joignit les deux mains sur sa poitrine et les éleva jusqu'à son front. Jean fit de même, puis il me dit :

— Je te présente le frère aîné de l'un des plus grands bijoutiers de l'Inde. Averti de notre arrivée, il nous souhaite la bienvenue, selon l'usage.

Une magnifique voiture américaine nous attendait devant les bâtiments de l'aérodrome. Elle nous emmena vers Bombay avec nos bagages et nos colliers embaumés.

*

— Bombay, disent les uns, est le seuil de l'Inde.

— Bombay, disent les autres, n'a rien à voir avec l'Inde.

Qu'importe ! Bombay est une ville prodigieuse, sans forme ni fin, où la mer étincelle, où le soleil foudroie, où hurlent les couleurs, où, tantôt vêtues de vêtements flottants et tantôt le torse ascétique et nu, coiffées de calots, de bonnets d'astrakan, de turbans somptueux et de chiffons sordides, ruissellent, ruissellent, ruissellent inépuisablement, inexorablement, les foules indiennes magnifiques et terrifiantes par leur masse, leur densité, leurs haillons éclatants, leurs yeux de feu noir, leurs fronts marqués des signes religieux ; où, face à l'hôtel Taj Mahal, cité dans la cité, se dresse un arc de triomphe qu'on appelait la Porte des Indes, sous lequel passait le vice-roi nommé par Londres quand il débarquait pour occuper son poste et sous lequel aussi défilèrent les dernières troupes britanniques marchant vers le port lorsque le roi d'Angleterre dut renoncer à sa plus belle couronne de l'Empire.

Bombay, c'est la ville où les édifices publics ressemblent à des palais et à des cathédrales ; où, dans les gares immenses, les parcs, les rues, dorment des centaines de milliers d'hommes qui n'ont jamais et n'auront jamais d'autre logis, où fument les usines, où trottent les *rickshaws* ; où s'épanouissent les fleurs violentes, où grouillent, grouillent, grouillent les places, les marchés, les bazars, les ruelles, les avenues et les temples ; où, dans le quartier réservé, sous un éclairage féerique, en clair-obscur, venu de l'intérieur, se tiennent toute la nuit, aux portes et aux fenêtres des fragiles maisons ajourées et comme transparentes, les milliers de femmes qui semblent des figurines délicates jusqu'à l'irréel, ombres bleues, ombres mauves, ombres roses ; où, dans le ciel meurtri de lumière tournoient sans cesse les vautours les plus gros du monde et que l'on voit, près de la Tour du Silence, tombeau des Parsis, dont les charognards dévorent les cadavres, couvrir entièrement les branches des arbres de leurs grappes immondes.

*

Dans ce chaos, ce tumulte et ce fourmillement, au milieu d'une sorte de lave bouillonnante de guenilles et de faces magnifiques, j'allai de gemmes en joyaux, de trésor en trésor. Car, sur le chemin de Mogok, si mon ami Jean avait fait une courte halte à Bombay, c'était pour son métier...

Et d'abord le royaume des perles...

J'y pénétrai par la petite porte un matin, à mon insu.

Le soleil n'était pas encore très haut sur Bombay. Mais on supportait mal, déjà, la chaleur humide qui collait à la peau comme un brûlant linge mouillé. Notre voiture avançait avec une lenteur extrême à travers la pâte humaine en perpétuel mouvement qui s'agglutinait dans les rues étroites de ce quartier populeux et dont le vacarme était si vif qu'il couvrait les stridents coups d'avertisseur que notre chauffeur lançait à chaque seconde.

Jean, qui connaissait bien les grandes villes de l'Inde et les aimait profondément, se penchait sur la foule, respirait son odeur et souriait sans en avoir conscience. Il répétait pour lui-même sa formule favorite :

— C'est merveilleux, non !

Il fit ranger la voiture près d'une maison haute et mince, contre laquelle battait le flot tumultueux des corps et des visages ardents. Un parent à lui, fixé depuis quarante ans aux Indes, avait, dans cette maison, des bureaux.

— Et une sorte d'atelier, ajouta mon ami. Je vais laisser, pour le cousin, un message au contremaître... Seulement, il y a cinq étages à monter... Mais tu peux t'arrêter au palier que tu voudras. C'est partout la même chose...

En effet...

Sur le raide escalier de fer, plus semblable à une échelle, qui accumulait ses marches jusqu'au toit de l'édifice, toutes les portes étaient ouvertes pour attirer dans les chambres quelque fraîcheur. On avait l'impression de voir en coupe, une énorme ruche en action. Elle était remplie, du sol jusqu'au faîte, d'ateliers tous pareils, pièces longues et basses qui donnaient sur la rue. Et dans ces ateliers, des centaines de torses bruns, osseux et luisants de sueur, étaient courbés, assis sur leurs talons, entre les établis. Tous les ouvriers tenaient une sorte de petit arc au milieu duquel était fixée l'aiguille la plus effilée et les hommes, d'un mouvement net et doux, rythmé, inépuisable, comme éternel, tiraient sur le fil de l'arc pour faire tourner, tourner, tourner l'aiguille. Sous sa pointe, prise dans un étau minuscule, se trouvait fixée une perle. Et, dans une rotation invisible à cause de sa rapidité, mille aiguilles en même temps entraient dans la matière laiteuse et nacrée et y creusaient un chenal d'une finesse extrême.

De l'autre côté de la rue engluée de foule, on apercevait un temple très ancien. De temps à autre, quelque perceur de perles redressait sa nuque trempée et jetait un regard — vide ou pensif — vers les tuiles multicolores, les autels bariolés et fleuris, les divinités millénaires, les fidèles prosternés, les mendiants ulcéreux, et les enfants d'une beauté intolérable sous les haillons, la crasse et la vermine, qui tendaient leurs petites mains sales en suppliant. Mais l'artisan n'arrêtait pas son travail. Le fil de l'arc continuait à faire tourner l'aiguille et les perles, traversées d'un bout à l'autre, s'amoncelaient dans les ateliers.

Je demandai à Jean ce qui justifiait une telle profusion.

— Viens voir, dit-il.

Le bazar hurlait de toutes ses clameurs, de toutes ses couleurs. Nous allions parmi les ballots de soie tissée et brodée, les cotonnades éclatantes, les saris translucides, les bois odorants, les buissons de fleurs, les figures attribuées, depuis des siècles et des siècles, aux déesses et aux dieux. Et le bazar, comme toujours et partout à Bombay, le bazar tout entier — marchands, étalages, ruelles et passages — était noyé, submergé par une foule profonde, innombrable, bariolée, tumultueuse où se mêlaient l'opulence et la misère, les étoffes les plus riches et la nudité.

Ébloui, je tournais mon regard de tous côtés. Mais Jean me dit :

— Non... là...

Il indiquait, aux avancées du bazar, des hommes gras et graves qui allaient et venaient lentement sur un espace très bref, en bordure de la rue. On en comptait bien une vingtaine et ils avaient tous à la main un énorme chasse-mouches au manche duquel étaient attachées de très nombreuses et très longues lanières. D'abord je compris mal pourquoi Jean attirait mon attention sur ces oisifs. Mais, en étudiant mieux l'objet qu'ils tenaient, je vis que les lanières des chasse-mouches étaient faites de petites boules oblongues l'une à l'autre accolées, et qui projetaient toutes un étrange et dense reflet de nacre et de lait.

C'étaient des perles, et les hommes aux chasse-mouches en étaient les marchands.

A intervalles réguliers, pour éveiller le désir des passants qui coudoyaient, frôlaient, bousculaient leurs trésors, ils secouaient avec précaution le manche du chasse-mouches et les lanières emperlées frémissaient et chantaient doucement.

— Ce n'est pas possible ! dis-je. Elles sont fausses !

— Elles sont vraies, dit Jean.

— Mais il y en a pour des millions...

— De roupies, acheva Jean.

Les marchands poursuivaient leur va-et-vient tranquille. Autour d'eux, les porteurs habillés de loques, les *rickshaws* épuisés, les infirmes squelettiques et les enfants affamés appelaient à grands cris misérables le travail et l'aumône.

*

Jean avait rendez-vous, avenue du Mahatma Gandhi, dans la bijouterie qui appartenait à son correspondant de Bombay — celui-là même qui nous avait fait tenir des guirlandes de jasmin à l'aérodrome et qui, depuis, avait mis l'une de ses voitures à notre disposition. Ce joaillier était non seulement célèbre dans l'Inde où il représentait plusieurs maisons princières, mais connu professionnellement dans le monde entier. Il était en rapport avec tous les grands lapidaires. Il avait séjourné à Londres et à Paris, à Saint-Moritz et sur la Côte d'Azur, à New York et à Hollywood.

Je m'attendais à lui voir les façons et le costume de l'Occident. Je découvris un opulent marchand Hindou qui parlait très bien l'anglais, mais strictement fidèle aux vieux usages de son négoce et de son peuple.

Ses pieds nus étaient chaussés de sandales et un morceau de lin blanc très léger et très frais se drapait autour des jambes comme un ample pantalon bouffant sans couture. Le torse, large et robuste, était couvert d'une simple chemise. Quoique rien ne le distinguât dans son accoutrement et qu'il ne fût point l'aîné, on devinait, au visage massif et puissant, au volume du front, au poids du regard, au ton de la voix, qu'il était le maître, le chef de l'affaire, de la maison, de la famille, de la tribu, composée de frères plus âgés et plus jeunes, de cousins et de neveux qui tous travaillaient avec lui.

Pourtant, s'il le voulait, son sourire, sur de belles dents fortes et blanches, avait beaucoup de séduction. Il s'en servit pour nous accueillir et pour nous conduire à travers une salle immense et pleine de comptoirs jusqu'à la pièce à air conditionné, séparée du grand local par un mur de verre transparent, qui lui tenait lieu de bureau et de salon et qui contenait les pièces les plus précieuses de son commerce. Là, dans les vitrines et dans les coffres, étincelaient ou reposaient d'admirables diadèmes, des colliers magnifiques, des bagues aux mille feux, d'étincelants bracelets pour les poignets et pour les chevilles. Les artisans les plus patients et les plus savants du monde avaient, de siècle en siècle, travaillé à leur beauté.

Le maître des lieux nous fit asseoir sur un divan, et un serviteur nous apporta un thé riche en force, goût et arôme.

— Je m'excuse pour le whisky, dit notre hôte, avec son grand sourire, mais vous le savez, ici... c'est impossible.

La prohibition régnait si bien, en effet, dans l'État de Bombay que, même à bord des avions qui le survolaient, l'alcool, le vin et jusqu'à la bière étaient interdits.

— Toutefois, reprit le joaillier, notre police montre pour les étrangers quelque tolérance. Confiez-moi vos passeports et je vous ferai porter une bouteille à l'hôtel.

Il appela d'un ton bref un de ses neveux, lui remit nos documents. Puis, un claquement de doigts fit accourir un serviteur qui emporta nos tasses vides. Le frère cadet du joaillier, très brun, mince, au visage aigu, intelligent et grêlé de petite vérole, vint nous rejoindre. Il y eut un silence.

— Qu'est-ce qui vous intéresse ? demanda notre hôte à Jean. Des perles ?

— Pas spécialement, dit mon ami. Le marché n'est pas bon chez nous... A moins de pièces très rares... comme ces gros boutons que les mandarins portaient autrefois en Chine pour indiquer leur rang...

Le joaillier inclina légèrement sa tête puissante :

— Nous ferons signe à un de nos courtiers, dit-il. Avec la contrebande qui a suivi la révolution chinoise, c'est possible... Quoi d'autre ?

— Tout ce qui est beau et pas cher, dit mon ami en riant.

— Naturellement, dit notre hôte, en riant lui aussi.

Ils avaient l'air de deux augures.

Puis le joaillier soupira légèrement et, pendant que son frère, sur un signe de lui, allait ouvrir tiroirs et coffres, il se plaignit des difficultés croissantes qui gênaient le commerce des joyaux. La source principale en avait été, jusqu'alors, la réserve inépuisable que formaient les trésors privés des rajahs. Notre hôte servait d'agent à plusieurs de ces princes, mais, avec l'indépendance et l'établissement de la République, les rajahs, autrefois souverains absolus dans leurs États, y avaient perdu tout pouvoir et même celui de disposer de leurs pierres précieuses. Le gouvernement indien considérait comme biens nationaux ces butins fabuleux amassés depuis des générations par les dynasties. Les seules pierres que leurs possesseurs séculaires pouvaient vendre étaient celles que les experts de Delhi considéraient de valeur banale... Et encore...

Un grand bijoutier anglais de Calcutta, dit notre hôte, et qui représentait un maharajah du Bengale se vit confier par ce dernier un diamant à négocier. Tout était en règle pour cette pierre, belle sans doute, mais de dimensions moyennes. Les experts du gouvernement en avaient autorisé la sortie et la douane, quand le diamant fut envoyé en Angleterre pour une vente aux enchères, le laissa passer sans difficulté. Or, à Londres, on s'aperçut que le diamant portait une très fine inscription en arabe. Elle montrait qu'il avait appartenu à l'un des rois Mogols, descendant du grand conquérant des Indes. La publicité nécessaire fut faite autour de cette trouvaille et le diamant fut acheté pour quinze millions. Alors seulement, le gouvernement indien s'émut de voir passer à l'étranger une pierre historique. Et, malgré les bénédictions de ses experts et de sa douane, il frappa le bijoutier de Calcutta d'une amende si forte que celui-ci cherchait à racheter, pour le faire revenir aux Indes, le diamant des Mogols.

Notre hôte avait à peine achevé ce récit empreint d'une poésie singulière, que la table basse et très longue placée devant nous resplendit soudain sur toute sa surface, comme un éblouissant tapis.

Répandus à même le bois ou étalés dans leurs écrins somptueux, bijoux et joyaux semblaient liés en une seule, étrange et féerique substance. On devait se pencher sur elle pour en distinguer les éléments. Alors on était pris de vertige.

Vieux émaux travaillés à miracle et incrustés de saphirs et de brillants... Rivières de diamants... Bracelets auxquels des figures mythologiques faites de pierres précieuses servaient de fermoir... Énormes colliers d'or pur ouvragés comme une dentelle et tout sertis de rubis et d'émeraudes...

Bientôt la place manqua sur la table et les coffres de bois odorant et les malles de cuir rouge continuaient à livrer leurs secrètes richesses. Les écrins, les étuis ouverts s'amoncelaient les uns sur les autres et des feux verts, des feux bleus, des feux blancs, des feux rouges, des feux d'or jaillissaient sans cesse de cette matière enchantée.

Pour moi, je ne pouvais admirer que d'un œil profane la magnificence et l'éclat des bijoux. Mais Jean, lui, c'était en savant, en expert, en artiste, qu'il goûtait l'extraordinaire qualité de ce trésor.

Soudain le souffle parut lui manquer. Notre hôte, ayant dépouillé un dernier et gigantesque écrin, soulevait au niveau de son front une parure qui descendait jusqu'à sa taille. Et voici comment elle était composée : d'abord venait un collier de diamants prestigieux, séparés, à nombre égal, par des émeraudes dont chacune, à elle seule, valait une fortune ; de là partait un pendentif de trois plaques d'émeraude, reliées par un gros fil de diamants, de trois plaques d'émeraude épaisses d'un pouce et dont la surface s'élargissait de la première à la seconde et de la seconde à la troisième, si bien que la dernière ressemblait à un petit pavé.

Le soleil et les pierres se renvoyaient leurs rayons.

— C'est la vieille Maharanée qui m'a confié l'objet, dit le joaillier de Bombay. Elle a permission de le vendre.

— Mais qui voudrait acheter cela chez nous, de nos jours ! s'écria Jean... Seuls les princes de l'Arabie Séoudite peuvent y songer... avec leurs droits sur le pétrole et qui, à leur tour, se constituent des trésors...

— Leurs émissaires, en effet, viennent souvent ici, dit le joaillier.

Il replaça la fabuleuse parure dans son écrin. Cependant, sur un comptoir, son frère alignait des chasse-mouches beaucoup plus volumineux que ceux du bazar et dont les perles étaient beaucoup plus grosses et plus belles.

— Je reviendrai voir la marchandise à tête reposée, dit Jean.

— Rien ne presse, dit le joaillier.

Il aida son frère à refermer les étuis. Il ne souriait plus.

*

La bonne grâce de son accueil, durant tout notre séjour, ne se démentit pas un instant.

Il nous invita dans sa demeure somptueuse qui donnait sur le golfe et où sa femme, d'une très grande beauté nous parla des actrices de Hollywood avec la curiosité la plus vive et de la mort avec une sérénité parfaite, car sa religion lui permettait de la considérer comme une amie.

Il nous mena au champ de courses où, sous le soleil ardent, les saris, les fleurs et les turbans animaient de merveilleux coloris sur les pelouses lustrées.

Il nous fit déjeuner dans son bungalow, sur la plage de Juhu dont la mer était chaude et lisse, où les charmeurs de serpents faisaient combattre cobras et mangoustes, où des acrobates mongols, encore dans l'adolescence, couraient sur des fils tendus entre des perches de bambou plantées à même le sable brûlant.

Mais partout le joaillier avait deux visages. Quand il exerçait les devoirs de l'hôte, le sourire le plus éclatant, le plus charmant ne quittait pas ses lèvres. Dès qu'il emmenait Jean à l'écart, ses traits devenaient clos et presque durs. Le visage de mon ami changeait également d'expression. Les taches de rousseur se figeaient sur un profil tendu. C'est qu'alors les deux hommes discutaient d'affaires.

Un soir, en quittant le joaillier indien, Jean me dit, d'un air insouciant :

— J'ai appris que le plus grand lapidaire de Londres et l'un des premiers bijoutiers de New York se promènent par ici. Ils arrivent demain à Bombay. On les verra. Ce sont des amis.

Le marchand anglais qui nous reçut occupait à l'hôtel Taj Mahal l'appartement le plus somptueux, la suite royale. Elle lui avait été offerte par son correspondant indien qui habitait Delhi. Il avait, de plus, attaché à sa personne deux de ses serviteurs, empressés comme des esclaves. Enfin, il l'avait fourni largement de whisky et de gin — fait remarquable, on l'a vu, dans l'État de Bombay.

J'observais, dans le salon immense, ces professionnels du même métier dont l'un était venu de Londres, l'autre de New York et mon ami Jean de Paris. Ils se connaissaient depuis longtemps, mais leur rencontre était imprévue. Toutefois, si la coïncidence les inquiétait ou même les étonnait, ils ne le montraient par aucun signe.

Faisant tinter la glace dans leurs verres embués, ils rappelaient amicalement de vieux souvenirs. De temps à autre, sans doute, l'un deux posait une question concernant le négoce, mais si prompte, si légère qu'elle paraissait innocente. La réponse était faite du même ton.

Au bout d'une heure, ayant bien bu, nous prîmes congé. Dans le couloir sans fin, Jean ne dit pas un mot. Ce fut seulement dans sa chambre qu'il s'écria avec soulagement :

— Aucun d'eux ne va en Birmanie. J'ai eu peur un instant.

— Pourquoi ? dis-je.

— Pour les rubis disparus que nous allons essayer de retrouver à Mogok, répondit Jean. Ils auraient pu connaître, ici, mes informateurs.

Je me demandais s'il pensait à cette Américaine mûrissante, trop blonde, mais très désirable encore, avec laquelle il s'était entretenu dans un bar, quelques instants, et qui passait son temps avec des princes indiens ou s'il s'agissait de ce vieux petit docteur siamois, à figure chafouine qui l'avait abordé sur le champ de courses... Ou encore, le grand Cinghalais de la plage... Mais à quoi bon rêver ? J'avais appris à connaître, en ce domaine, la discrétion féroce de mon ami.

III

— *Shivaratri*, dit le chauffeur.

Il nous conduisait, à travers Bombay, à l'aérodrome de Santa Cruz, et nous lui avions demandé pourquoi les courants de foule étaient, ce jour-là, encore plus denses, plus énormes qu'à l'ordinaire et surtout plus ordonnés. Ce n'était que processions dont on ne voyait ni le commencement ni la fin, toutes classes mêlées, avec des gerbes ou des monceaux de fleurs et avec les signes mystiques fraîchement peints sur les fronts en ocre, en safran ou en vermillon.

— *Shivaratri*, dit encore le chauffeur. Très grande fête.

Puis, comme il parlait à peine l'anglais, il se tut.

Peu nous importait d'ailleurs. Notre seul souci était d'arriver à temps, malgré les fleuves humains, à Santa Cruz, pour prendre le courrier de Calcutta... Ce fut tout juste, les moteurs tournaient déjà...

Il était minuit quand l'avion nous déposa sur le terrain de la capitale du Bengale. Et, comme le terrain se trouve très loin de la ville et que la ville est immense, le trajet pour arriver à l'hôtel du Great Eastern prit une heure. Dans le hall désert, poussiéreux et mal éclairé, un employé très subalterne nous tendit nos clefs en grommelant. Puis, deux hommes déguenillés, hirsutes, se levèrent d'un coin d'ombre où ils dormaient à même les dalles. C'étaient des porteurs. Ils traînèrent nos valises jusqu'à nos chambres.

Malgré la fatigue qui tenaillait nos muscles et bien que les environs de l'hôtel, nous l'avions bien vu, fussent complètement vides et morts, aucun de nous ne songea au sommeil. La plus grande cité des Indes et la plus secrète, posée sur les derniers méandres du Gange, s'étalait dans l'ombre tout autour, d'autant plus vaste et plus mystérieuse, et aussi plus livrée, qu'elle vivait seulement par sa respiration nocturne.

Nous prîmes un taxi que pilotait un sikh à la barbe et au turban sauvages.

Longue et silencieuse d'abord fut cette course. Une avenue ample et d'une perspective sans fin, des édifices d'une architecture majestueuse et surannée, un parc dont on n'apercevait pas les limites... Pas un promeneur, pas un bruit n'animaient ce décor trop solennel. D'étranges larves blanchâtres couvraient les trottoirs, et comme elles se serraient l'une contre l'autre à l'infini, elles composaient une sorte de ver monstrueux aux anneaux en désordre. Seulement, lorsque l'une de ces larves se redressait, on voyait qu'elle avait un visage humain. Ainsi le cœur même de l'ancienne capitale de l'Empire des Indes semblait une ville abandonnée à des chenilles gluantes.

Si longue et silencieuse était cette course que — parvenus dans des quartiers sordides, monotones et tout aussi muets et déserts — nous fûmes sur le point de revenir à l'hôtel. Mais alors, par le canal d'une petite rue qui débouchait sur notre droite, on entendit une étrange clameur aiguë et rythmée. Le chauffeur sikh nous mena dans cette direction.

Jamais changement ne fut plus soudain, plus entier. D'un espace tout empli de silence, on passait dans le mouvement le plus ardent et le plus tumultueux. Au centre du carrefour éclairé à vif par des lampadaires, une ronde frénétique hurlait, chantant et claquant des paumes. Des femmes la menaient et uniquement des femmes. Aucun des hommes qui les entouraient d'un cordon épais ne songeait à se mêler à leur troupe. Cependant elles étaient jeunes et tentantes pour la plupart. Des parures d'or frémissaient sur leurs cous, sur leurs épaules nues. Les cheveux dénoués flottaient comme de sombres et superbes crinières. La fureur enivrée dont elles étaient la proie donnait à leurs traits et à leur chair une beauté orgiaque. Tantôt elles bondissaient ainsi que des bacchantes, tantôt, sans arrêter leur danse, elles se renversaient en arrière, ployées jusqu'à mi-corps, comme pour offrir leur gorge et leur visage au ciel et à ses astres. Puis elles dénouaient un instant leur anneau tournoyant et les plus effrénées se lançaient au milieu des autres, en transe, en délire... Mais elles ne perdaient jamais, malgré leur déchaînement, une expression de dignité, de fierté, de liberté singulière et farouche.

Pour savoir ce que signifiait ce délire sacré, au cœur même de la nuit, dans un quartier lointain, je m'adressai à l'homme le plus près de moi. C'était un coolie en guenilles qui ne comprenait pas l'anglais.

— *Shivaratri*, dit-il brièvement, sans détourner ses yeux de la ronde échevelée où luisaient tour à tour les couleurs violentes des vêtements, le blanc des yeux hantés et l'or des parures.

Shivaratri ? Ce nom de fête, nous l'avions entendu avant de nous envoler pour Calcutta. Ainsi par le miracle du voyage aérien, la même journée nous faisait assister, sur le golfe du Bengale, au dénouement des rites et des liesses que nous avions vu commencer dans Bombay, sur le rivage de la mer d'Oman.

Un ancien soldat, grand et robuste, s'approcha de nous. Il portait une chemise et un pantalon kaki. Son visage avait une expression de rude loyauté...

— Bienvenue, nous dit-il.

Puis, montrant la ronde qui développait sans répit ses cris, ses chants et ses soubresauts, il poursuivit dans un anglais hésitant, maladroit :

— Les femmes ont fête cette nuit... Elles doivent célébrer l'homme sans dormir, sans manger... Pour ça elles chantent et dansent.

Un vieillard, tout vêtu d'étoffes blanches, et dont les yeux sous les lunettes étaient fermes et sages, intervint alors. Sa connaissance de la langue anglaise était sans défaut.

— Shivaratri n'est pas aussi simple, dit-il. Mais il est vrai que l'un de ses rites comporte, pour les femmes, l'adoration du principe viril.

— Je vous accompagnerai, dit l'homme habillé de kaki. Là-bas... à la vraie fête...

Très loin, le fond de l'avenue qui partait du carrefour frémissait de lueurs et d'ombres.

J'ignorais à ce moment que le quartier où je pénétrais — tout éclatant de vie frénétique, de violent mystère, d'extase et de splendeur nocturnes — bordait les méandres étroits de la rivière Hougli qui était l'un des bras du Gange dans son delta. Et que l'appel de ces eaux sacrées avait fait surgir en ces lieux — et bien avant la naissance de Calcutta elle-même — des temples vénérés entre tous dans l'Inde entière. J'ignorais cela et pourtant ne m'étonnai point de voir fourmiller en pleine nuit ces écrasantes multitudes, hommes, femmes et enfants par centaines de milliers, alors que le centre de la ville ressemblait à une cité morte.

Et il nous parut tout naturel — car mon ami Jean éprouvait les mêmes sensations singulières — de pénétrer, seuls Européens visibles, au cœur de ces foules d'une densité prodigieuse, aux vêtements étranges, dont les bruns visages étaient encore plus tendus et les yeux encore plus brûlants qu'à l'ordinaire, et portées à un point extrême d'exaltation.

Tel était le pouvoir de cette ardeur, de cette transe collectives.

Tout devenait facile, et simple, et merveilleux.

Il y eut d'abord cet enclos immense à ciel ouvert. Là des milliers de femmes, serrées comme des grappes aux fruits de toutes les couleurs, suivaient, d'un même regard halluciné, l'homme aux prunelles de feu, auréolé de cheveux de jais qui leur criait, possédé, inspiré, d'impénétrables paroles.

Et puis cette rue, ces rues, ce dédale de rues, bondées de corps et de figures coulant, ruisselant le long des éventaires innombrables dressés à même le sol où l'on vendait nourriture, fleurs, parfums et fétiches. Et dans le même marché nocturne, à chaque pas, mêlées aux gâteaux, aux brochettes, aux cuirs et aux étoffes, trônaient, sur de petits autels, les divinités aux cent membres, aux faces terribles, à qui, genoux dans la boue, prosternés, immobiles, des adolescents et des vieilles femmes dont les traits et les rides étaient sculptés par le burin de la faim, de la résignation et de l'extase, offraient les visages les plus émouvants de la terre.

Et puis, tout à coup, ce temple...

De la grille qui protégeait son domaine, un vaste espace semé d'herbe, d'arbres et de fleurs, montait doucement vers ses marches de pierre. Le sommet de la façade se perdait dans l'obscurité, mais une douce, une irréelle lumière, baignait les degrés du perron et les hautes colonnes. Répandus à travers l'herbe, ou assis sur les gradins et entre les piliers, des centaines d'hommes enturbannés et de femmes en sari et les cheveux couverts de voiles, veillaient sans un mouvement... Qu'attendaient-ils ? L'aube ? L'ouverture du temple ? Était-ce la fatigue ou le recueillement qui leur donnait ces attitudes de paix bienheureuse ? Je n'en savais rien. Mais l'harmonie de ce jardin, de cette colonnade, de ces couleurs et de ces formes silencieuses, dépassait en beauté, grâce et envoûtement les tableaux les plus magiques du Titien ou de Véronèse.

Et surtout, surtout la rivière.

En vérité, à l'endroit où, d'une ruelle fangeuse je débouchai brusquement sur l'Hongli, ce n'était qu'un très mince cours d'eau, presque un chenal, pris entre de sordides masures. Mais qu'importait ! Ce filet liquide, lent et bourbeux, était un enfant du Gange au flot immortel et divin. Des gens sortaient de toutes les venelles pour s'y purifier. On ne pouvait distinguer leur âge ni leur condition car les berges étaient sans lueur. Le reflet des étoiles flottait vaguement sur le courant obscur. Des corps nus descendaient, entraient dans l'eau et la vase. Des silhouettes voilées y plongeaient des récipients qu'elles emportaient, pleins, avec une sollicitude mystique. Procession d'ombres... aussi silencieuse que l'eau. Et cet enfant qui conduisait vers elle un être terrifiant, tout empaqueté de guenilles, si courbé, si tordu, si difforme, qu'il était impossible d'en deviner le sexe ou même la nature...

Je revins à moi sur une place, devant un théâtre en plein vent, noir de spectateurs. De même que dans l'Europe du moyen âge, la fête religieuse comblait ici, tout à la fois, les élans de l'âme, le désir des nourritures, et le goût pour les bateleurs.

Le tréteau portait un décor léger, de soieries et de velours. Deux personnages s'y affrontaient, vêtus de vieux costumes superbes, semés de pierreries.

J'entendis alors à mon oreille — nous avait-il suivis ou retrouvés ? — la voix de l'ancien soldat :

— Le méchant, le gros, chuchota-t-il, est un marchant de la Compagnie des Indes... l'autre, le jeune et beau, c'est un rajah qui défend son pays...

Il y eut à ce moment un violent remous de foule. Notre guide disparut de nouveau et nous-mêmes, arrachés par un mouvement de marée, nous fûmes portés parmi le flux humain, à un porche énorme et béant qui nous engloutit.

Ce temple avait des dimensions si vastes que, malgré les feux des flambeaux et des torches, on n'en pouvait distinguer ni les contours, ni le plafond. Forêt de piliers massifs et de colonnes géantes, labyrinthe de salles et de couloirs, pas un pouce de cet espace immense n'était libre. Haillons contre haillons, visages contre visages, haleine contre haleine, on ne pouvait même pas imaginer le nombre des misérables qui se pressaient là. Et des plates-formes de bois et de pierre, scellées contre les murailles formidables, portaient, suspendu dans la pénombre, un infernal grouillement de faces faméliques et de corps mutilés.

C'était le temple des mendiants.

Mais cette nuit-là, nuit de fête sacrée, nuit du Shivaratri, ils ne demandaient rien. Certains faisaient résonner des instruments étranges... D'autres chantaient des airs sans mesure... D'autres semblaient dormir les yeux ouverts, debout.

Chacun de ces groupes menait sa liesse ou son extase, ignorant tous les autres et comme séparé du voisin par un abîme... Clans, tribus, sectes, peuples différents...

Accrochées aux cintres, aux porches et aux voûtes, des entrailles pendaient...

Et quand on avait cheminé à travers cette Cour des Miracles aux mille et mille têtes, à travers la gigantesque et païenne cathédrale, dans une misère insondable, vertigineuse, on arrivait soudain devant une porte cyclopéenne qui tenait rigoureusement clos ses deux battants d'or massif... Sur le métal précieux, les noirs viscères des sacrifices nouaient leurs guirlandes horribles et un sang épais suintait goutte à goutte.

Ensuite nos corps, qui faisaient partie de la monstrueuse coulée humaine, quittèrent le temple des mendiants et, traînés à travers un nouveau dédale, se trouvèrent soudain contre un long mur de pierre. Une brèche l'ouvrait par où arrivait une odeur indéfinissable, suave et hideuse, une odeur sans nom...

L'enclos sur lequel donnait le passage était plein d'énormes rameaux, de nœuds de racines géantes et de troncs d'arbres entiers, l'un sur l'autre empilés. Une foule muette glissait entre ces bûchers mythologiques. L'odeur devenait plus lourde, plus sucrée, plus immonde.

Alors s'ouvrit le seuil, qui, depuis des siècles et des siècles, a été le dernier pour tant de dépouilles humaines. Cent brasiers flambaient là et sur chacun grésillait un cadavre ou ce qui en restait. Les flammes grondaient, attisées par des hommes à demi nus, mêlés à leurs propres ombres. La senteur des bois se mariait à celle de la graisse fondue, de la chair brûlée, des os calcinés et des énormes fleurs qui ornaient les dépouilles...

Les flammes ondoyaient comme des vagues. Leur chaleur soulevait, animait les corps de mouvements convulsifs.

Là-bas, au carrefour, la ronde des femmes...

Ici la danse macabre sur les bûchers...

Derrière l'écran de feu et de membres ardents, coulait l'Hougli, lent et noir comme le Styx.

Je me tenais près de l'entrée... Deux coolies me frôlèrent. Ils portaient un brancard qu'ils placèrent contre le mur, tout près de moi. Une jeune fille y reposait. Un sari rose l'enveloppait. Ses joues étaient fardées et ses lèvres. Véritablement, elle souriait.

Jamais repos ne sembla plus doux, plus léger, plus vivant...

Les brasiers fumants crépitaient. Ici, tout était consumé sauf une jambe... Là une tête tressautait encore... Bientôt, grésillerait la jeune fille au sari rose qui souriait...

*

Sur le chemin du retour, nous fûmes longtemps sans parler. Jean dit enfin, à mi-voix :

— Je ne m'attendais pas à trouver cela sur le chemin des rubis.

Il se tut, hocha la tête et dit encore, avec humilité :

— Quoi qu'il arrive, mon voyage a été cette nuit largement payé.

Je n'avais rien à répondre. C'était mon sentiment le plus profond, le plus entier.

IV

Deux jours après, nous volions au-dessus de la Birmanie et de sa haute jungle. Pendant des heures, végétation et monts sauvages passèrent sous nos yeux... Puis, un immense serpent liquide, couleur d'étain fondu, figura l'Irrawady. Quand s'amorçait son delta, Rangoun apparut.

Rien n'est plus émouvant que le premier échange avec une capitale exotique dont on ne sait rien, sinon par les récits et les livres. On ajuste avec bonheur ces notions abstraites à l'éclatante vie que découvrent les yeux. Et les images qui ne se laissent pas comprendre et déchiffrer dès l'abord, enchantent l'esprit par tous les riches secrets qu'il se promet de découvrir.

Ainsi, à mesure que nous avancions dans Rangoun, je me disais sans cesse :

— Les visages ici prennent un autre sens. Ils ne portent plus l'empreinte ardente et pathétique de l'Inde. La structure des traits, la forme des yeux, la couleur de la peau, la placidité aimable de l'expression — tout annonce la Chine. Un autre versant de l'Asie commence... l'Extrême-Orient.

Ou bien :

— Ces légères étoffes quadrillées ou rayées que les hommes et les femmes enroulent autour des reins et des jambes, comme des jupes — on les appelle des *longi*. Seulement, le nœud qui les maintient, les femmes le font sur le côté, et les hommes sur le ventre.

Et encore :

— Voilà des gens qui se lavent tout habillés devant les fontaines publiques et s'en vont heureux, tandis que leurs vêtements ruissellent, dessinant la forme de leurs corps graciles. Ils ont le culte de l'eau. Pour le Nouvel An bouddhique, ils s'aspergent, ils s'inondent les uns les autres — et c'est leur grand jeu, leur grande joie.

Et lorsque, dans la foule vive, surgissaient, graves et lents, même s'ils étaient encore à l'âge de l'adolescence, des hommes au crâne poli par la tonsure, vêtus de longues robes orange, ocre ou safran, le bol du mendiant à la main, je me réjouissais de reconnaître en eux des bonzes et contemplais avec émerveillement, dans la capitale la plus bouddhiste de l'univers, les aiguilles dorées des pagodes s'élancer vers le ciel birman.

*

Le premier Européen que je rencontrai à Rangoun, fut Roger Piérard, le correspondant de l'agence France-Presse.

Il m'inspira — dès le premier regard, dès la première poignée de main — un profond sentiment de confiance, de sécurité, d'amitié. Il appartenait à cette forte race d'hommes — soldats de fortune, explorateurs par vocation, blédards de nature, chasseurs professionnels, sous des climats difficiles et dangereux, de gros gibier, d'images ou de nouvelles, gens pour qui l'aventure est le pain quotidien, le courage une habitude, la modestie une loi, qui cherchent le risque et même le provoquent, le créent, sans le savoir et qui sont riches seulement d'histoires vécues et superbes qu'ils n'écriront jamais parce qu'elles leur semblent toutes simples.

Grand, robuste, d'une bonne humeur toujours active

et parfois mordante, maudissant et adorant son métier et le connaissant à merveille, comme le fait pour la Légion un légionnaire plusieurs fois rengagé, tenant le whisky à miracle et, de plus, la *country liquor* de Birmanie qui est un tord-boyaux capable de terrasser le buveur le plus endurci, Piérard vivait depuis une vingtaine d'années en Extrême-Orient.

C'est dire que, de Shangaï à Pékin et de Tchoung-Kin à Canton, il avait suivi en journaliste les armées chinoises aux prises avec les armées japonaises. Puis avait rallié la France libre et travaillé pour elle en agent secret, puis avait mené la vie de partisan avec les guérilleros chinois, avait été capturé par les Japonais et connu leurs terribles camps de prisonniers. Libéré, exsangue et squelettique, par la victoire des Alliés, il avait, après le triomphe de la Chine communiste, dirigé les services de France-Presse à Hong-Kong. Enfin l'agence l'avait envoyé à Rangoun pour fonder un bureau.

Il en assurait le fonctionnement avec efficacité, ardeur et verve, dans des conditions de mauvais rêve : inévitable susceptibilité, lenteurs et complications administratives d'un État neuf, en pleine crise de croissance ; atroce chaleur humide et, dû à la pénurie extrême des logements, un manque de confort presque dramatique sous un pareil climat.

Les locaux où Piérard était forcé de travailler rappelaient par leur tumulte, leur incommodité, leur touffeur et leur pittoresque, ceux que l'on voit décrits chez Kipling quand il peint les rédactions des journaux tels qu'ils existaient aux Indes il y a trois quarts de siècle. L'A.F.P. de Rangoun était située dans une des artères les plus grouillantes de la ville et au sommet de l'une de ses plus vieilles maisons. Le rez-de-chaussée, enfer moite et torride, abritait l'administration et les presses d'un journal local. Là, s'amoncelaient des feuilles fraîchement imprimées, des piles de vieux numéros ; là grouillaient corps et figures jaunes des ouvriers à demi nus et trempés de sueur. On gravissait ensuite un escalier tournant, glissant, encombré de détritus, dont la moitié des marches manquaient et les autres n'étaient pas sûres. Une entreprise commerciale différente occupait chaque palier : machines à coudre, import-export, riz ou jute. Des Malais, des Indiens, des Chinois, en étaient les employés ou les patrons.

Enfin, on arrivait au dernier étage chez Piérard. Pour plafond, le bureau avait des nattes, noircies et rongées par le temps. Il était impossible d'y fixer un ventilateur. La chaleur suffocante, le vacarme du télescripteur, de l'appareil qui transmettait en morse et dont un employé aux pommettes saillantes traduisait le crépitement aigu, les discussions des rédacteurs en anglais, birman ou chinois (Piérard était le seul à parler français), le va-et-vient des messagers, la sonnerie incessante du téléphone, — les réponses criées en chinois, birman ou anglais — voilà le domaine sur lequel régnait Piérard, en manches de chemise, le front ruisselant et toujours partagé entre une sourde fureur et un rire éclatant.

Aussitôt que les événements le lui permettaient, il s'en allait à l'aventure. Toute occasion lui était bonne : campagnes de l'armée birmane contre les Karens rebelles ou dispersion des bandes chinoises qui, à la frontière du Siam, se déclaraient fidèles à Tchang Kaï Chek ; mais l'étaient surtout au trafic de l'opium. Pour voir cela Piérard vivait dans la jungle, le long des fleuves vierges, sous la tente ou à la belle étoile. Il me raconta sur ces expéditions des histoires admirables. Je l'enviais et lui, il m'enviait d'aller à Mogok, la haute vallée du rubis.

Le meilleur compagnon — et pour ainsi dire inséparable — de Piérard, était un garçon au visage fin et sensible qui, âgé de vingt-deux ans, parlait, lisait et écrivait une douzaine de langues d'Extrême-Orient. De plus, pour son plaisir, il avait appris le russe. Il s'appelait Jean Perrin et remplissait les fonctions d'attaché culturel à la légation de France. Mais comme la légation était pauvre en personnel, Perrin se trouvait également chargé des relations commerciales. Il recevait à ce titre de France les commissions les plus variées. Si bien qu'il faisait, dans la même journée, des cours à l'Université de Rangoun et des visites aux maisons de commerce et que sa serviette contenait en même temps des documents birmans, des textes chans et des bas de soie ou des soutien-gorges.

Quelque temps auparavant, il avait pu prendre place à bord d'un avion militaire qui allait jusqu'aux États du Nord de la Birmanie. Les tribus y vivaient encore, disait-il, à l'âge de pierre. Il en avait rapporté une arbalète primitive et des flèches empoisonnées. Ses amis, sans doute, admiraient l'arbalète mais ne tenaient pas beaucoup à voir Perrin s'en servir dans son appartement étroit.

Lui aussi nous enviait de partir pour Mogok.

*

Quelqu'un cependant nourrissait à l'égard de ce voyage un tout autre sentiment. Le ministre de France. Non point qu'il fût insensible à son attrait, à sa poésie. M. Christian Bell était en effet l'un des hommes les plus fins, les plus cultivés que l'on puisse rencontrer et de l'esprit le plus vif et le plus large. Mais le souci de notre sécurité faisait partie de ses devoirs.

Comme nous déjeunions dans la maison qu'il habitait hors de la ville, aérée, fraîche et ornée de quelques magnifiques objets apportés de l'Inde, M. Christian Bell nous exposa ses inquiétudes. La région de Mogok se trouvait en zone insurgée. Les communications étaient souvent menacées, coupées. Formations politiques, rebelles et bandes de *dacoïts* — simples bandits — attaquaient les voitures, rançonnaient, tuaient, enlevaient les voyageurs.

Un colonel anglais à la retraite avait été capturé, alors qu'il chassait à cinquante kilomètres seulement de Rangoun, et ses ravisseurs demandaient, contre sa libération, cent mille roupies.

Les conseils de M. Christian Bell venaient appuyer ceux que le ministre de Suisse avait adressés la veille à mon ami Jean :

— Si vous étiez mes ressortissants, avait-il dit, je ferais tout mon possible pour empêcher ce voyage. Nous avons déjà eu assez d'émotions avec le meurtre d'un sujet suisse assassiné par les *dacoïts*.

Mais nous n'étions pas venus de Paris à Rangoun pour rebrousser chemin. M. Christian Bell vit que nous avions résolu de courir notre chance, et ayant fait son devoir, passa, de la manière la plus aimable, à d'autres propos.

Le ministre de France, avant de venir à Rangoun, avait longtemps occupé un poste dans l'Inde. Il en connaissait la langue, les coutumes, l'esprit, la religion. Et il l'aimait d'une profonde passion spirituelle. Mais, comme la vallée des rubis était l'objet de notre voyage, la conversation eut d'abord les pierres précieuses pour thème naturel.

Or, Christian Bell était l'un des hommes qui avaient eu le privilège de voir et de toucher les trésors des princes indiens. Il avait plongé ses mains dans les amoncellements fabuleux des gemmes et les avaient laissés ruisseler entre ses doigts.

— Un exemple vous donnera une idée du volume et de la qualité de ces pierres, dit-il. Reçu un jour officiellement par le Maharajah de Cachemire, je me souvins qu'il possédait un diamant fameux en France, le plus gros qui eût appartenu à l'impératrice Eugénie. Voyant le prince tout constellé de joyaux sur son trône, je me permis de lui demander s'il portait celui-là. « Oui, dit le Maharajah, il est ici. » Et il porta la main à l'arrière de son turban. Dans la hiérarchie étincelante, le diamant de l'impératrice tenait le dernier rang.

A ce moment, M. Christian Bell eut ce demi-rire qui s'adresse à de lointains souvenirs et reprit :

— Je revois tout à coup cet évêque *in partibus* avec lequel j'ai fait connaissance sur le paquebot qui nous menait en Colombie, un de mes premiers postes. Il aimait le poker à la folie et y était fort malheureux. A la fin de la traversée, il avait perdu à ses partenaires dont j'étais, tout son argent et jusqu'à sa turquoise pastorale. Nous refusâmes de la prendre.

« Je le vis quelque temps à Bogota. Il y menait une vie fort dissipée, si bien que ses supérieurs l'envoyèrent en pénitence dans le district des mines d'émeraude. Il fallait pour l'atteindre sept jours à dos de mulet. J'étais très jeune alors et, au bout d'une année, profitant d'une période de loisirs, j'entrepris ce voyage et retrouvai mon ami.

« C'était justement la fête de la Sainte Vierge et, à cette occasion, chacun des indigènes employé dans la mine apportait en offrande un caillou à son évêque. Ces cailloux étaient tous des émeraudes. Mon ami me força à en garder une, fort belle, en souvenir, dit-il, de la turquoise du paquebot. »

Notre hôte fit beaucoup d'autres récits, colorés ou profonds. Mais le dernier surtout hante ma mémoire. Nous parlions de Ghandi, de sa vie et de sa fin. La voix de Christian Bell devint soudain plus grave, plus recueillie qu'elle ne l'avait été jusque-là. Et voici ce qu'il nous dit alors :

— J'ai très bien connu un vieil homme qui avait été le jardinier du Mahatma. Or, c'est dans son jardin, vous

vous en souvenez, que Ghandi fut assassiné. Le vieux jardinier vaquait à sa tâche, dissimulé par un buisson de fleurs, quand le meurtrier leva son arme, et le jardinier entendit son maître dire, très distinctement, et doucement, à celui qui le tuait : « *Ami, te voilà enfin !* »

*

Par une chance rare, je me suis trouvé le soir du même jour dans un lieu qui offrait en ineffable paix spirituelle, une réplique aux dernières paroles de Ghandi. La pagode de Schwedagon.

Elle coiffait une haute colline située à six kilomètres de Rangoun. On voyait de loin cet ensemble fantastique de coupoles étranges, de voûtes torturées et d'aiguilles géantes qui, toutes, étaient recouvertes de feuilles d'or fin. Extraordinaire cité de la foi la plus antique et la plus gracieuse. Enceinte merveilleuse ouverte à chacun...

On y accédait par des escaliers couverts qui comptaient des centaines de marches creusées, polies, érodées par le pas des pèlerins sans nombre qui les avaient gravies depuis des siècles. Mille échoppes les bordaient de chaque côté, où l'on pouvait acheter des offrandes, des gongs, des jouets consacrés, des parasols et des fleurs. Au bout du couloir obscur et montant que formaient les degrés, on commençait d'apercevoir dans un lac de lumière, une sorte de flamme immense et douce qui avait la forme d'une voile aiguë et la couleur de l'or et du corail. C'était la prodigieuse parure qui couronnait l'édifice central de la pagode, le Saint des Saints.

Mais il fallait arriver au sommet des marches pour saisir toute l'ampleur du temple.

Je me trouvai alors sur une terrasse circulaire et dallée, aussi vaste et brillante que l'étendue d'un grand fleuve. Au milieu, château fort de rêve, falaise fabuleuse, la masse centrale, brillant de mille feux, hérissée de mille aiguilles, semblait escalader le ciel du crépuscule.

Et tout autour de la terrasse, sans un pouce d'intervalle, gardées par des figures d'animaux mythologiques, s'élevaient, par dizaines, par centaines, les châsses, les chapelles, les temples, les monuments et partout, dans toutes les attitudes, à travers toutes les étapes de son histoire et de sa légende, des dizaines, des centaines d'images et de sculptures montraient le sourire et la sérénité de Bouddha. Sculptures en bois, bronze, pierre, marbre... Toutes ruisselantes de feuilles d'or... Et les yeux étaient faits de pierres précieuses.

Les robes des bonzes, couleur ocre, orange ou safran, semblaient tissées des teintes mêmes que le soleil, à son déclin, donnait, ici, à l'univers. Ils allaient lentement, à travers la terrasse immense, crânes ras, leur bol de mendiants d'une main et de l'autre, tantôt ils offraient des fleurs, et tantôt ils ébranlaient doucement les gongs consacrés.

De vieilles dames, au maintien superbe et suivies d'une servante se prosternaient à côté de pauvresses. Puis elles allumaient un cigare long et noir et continuaient en fumant leur promenade. Les enfants couraient parmi les sanctuaires et des chiens paralytiques se chauffaient aux derniers rayons sur les marches sacrées. Et le bruit des pieds nus, frottant contre les dalles, se mêlait à la voix des gongs.

Il n'y avait aucun éclat de la foi chez ces gens si pieux, pas trace de frénésie, d'inquiétude ou d'extase. Leur certitude était tout intérieure et pleine d'amitié pour le monde. Et le passant étranger, s'il rencontrait des yeux le regard d'un prêtre ou d'un fidèle, n'y trouvait que la clarté tranquille de l'accueil.

En ce haut lieu, d'où l'on apercevait, dans la brume bleue du soir, par-dessus un rideau d'arbres en fleur, d'autres aiguilles d'or s'élancer de la ville, j'oubliai tout ce que j'avais lu sur la pagode de Schwedagon — reliques du Bouddha données par lui-même au sanctuaire ; offrandes prodigieuses des rois birmans ; girouettes de diamant, parasols incrustés de joyaux sans prix pour protéger le faîte des toitures ; souvenirs émerveillés des voyageurs anciens qui pourtant avaient vu les trésors du Grand Mogol — j'oubliais tout cela pour contempler les silhouettes minuscules qui, à genoux sur les gradins dont étaient formés les toits de la grande pagode, collaient humblement leurs petites feuilles d'or sur tant d'autres accumulées au cours des âges.

*

— Ils s'acquièrent du mérite, dit soudain, à mi-voix, mais avec une conviction tranquille, le jeune Birman qui nous avait accompagnés.

Je le regardai, stupéfait. Rien, dans la façon dont il avait mené sa vie, ne préparait à une foi si assurée.

Ce garçon revenait d'Europe où il avait passé plus de quatre ans. Quand il avait quitté la Birmanie, il était communiste. Invité à ce titre par des comités de jeunesse, il s'était rendu en Roumanie, en Ukraine. Ce fut une déception profonde. La doctrine elle-même n'était pas en cause. Mais on lui avait peint, en Birmanie, ces contrées comme le seul refuge de la liberté. Il ne l'y trouva point. Sur le chemin du retour, il la découvrit en France. Il s'établit à Paris, étudia le français dans ses nuances les plus fines, suivit des cours, passa des examens.

Il parlait avec autant d'aisance que d'intelligence et de goût des romans de Malraux, des pièces de Sartre, des expositions de peinture, des caves de Saint-Germain, des débats à la Chambre, des congrès politiques. Bref, il s'était si bien assimilé aux mœurs et à la culture occidentales — car son information sur l'Angleterre était presque aussi vaste — que l'on oubliait parfois sa nationalité véritable. Et voilà que, soudain, il s'exprimait en disciple éternel de Bouddha.

Il n'avait pas fini de nous étonner.

Comme en le quittant je lui exprimais mon regret de ne plus le revoir, puisque nous partions le lendemain pour Mogok, il me demanda en souriant :

— La ville des rubis ?

— En effet, lui dis-je.

— Hé bien, reprit-il, vous la saluerez de ma part. C'est là que je suis né et que j'ai grandi.

Je demeurai un instant sans parole. Quoi, ce garçon arrivé depuis quelques semaines au plus de Montparnasse et du Quartier Latin, il avait pour berceau cette vallée perdue et précieuse, l'objet même des rêves que mon ami et moi nous avions si longtemps nourris !

— Ne vous recommandez pas trop de moi là-haut, reprit notre compagnon. Le chef des insurgés communistes qui menacent la région est un camarade d'école. Quand nous pensions de la même manière, nous étions très amis. Mais, aujourd'hui, nous appartenons à des camps opposés.

Il médita quelques instants, puis son visage rudement modelé s'éclaira d'un sourire d'enfant et il reprit :

— Il y a un lac là-bas... Par nuit de lune, les sorcières sortent de ses eaux et flottent au-dessus.

Je considérai avec incrédulité ce marxiste — il l'était toujours quoiqu'il eût abandonné l'obédience au communisme —, ce lauréat de la Sorbonne qui, tranquillement, affirmait cela. Je m'écriai :

— Vous parlez d'une légende ?

— Pas du tout... J'ai vu souvent les sorcières, dit notre compagnon.

Quand nous fûmes seuls avec Jean, un soupçon me vint. Je lui demandai :

— Ne serait-ce pas ce garçon qui t'a mis sur la piste des grands rubis perdus ? Il est de Mogok... Il a vécu à Paris.

— Tu es fou, répliqua mon ami, complètement fou ! Si j'avais rencontré un type aussi extraordinaire, tu crois vraiment que j'aurais pu m'empêcher de te le faire connaître !

La sincérité de Jean était éclatante. Une fois de plus je me voyais frustré dans mon désir aigu de savoir... Je fis mon possible pour m'endormir vite. Nous devions nous lever à l'aube pour prendre le Dakota qui, une seule fois par semaine, reliait Rangoun à la Haute Birmanie.

V

La partie de l'aérodrome qui, à Rangoun, était réservée aux courriers des grandes compagnies aériennes, ressemblait à beaucoup d'autres relais tropicaux semés tout autour de la terre. Les blancs quadrimoteurs se posaient et décollaient selon un horaire strict ; les voyageurs défilaient en bon ordre, de bureau en bureau, de service en service ; on prenait soin de leurs bagages et de leurs personnes. Bref, la routine des escales de l'air fonctionnait là comme ailleurs.

Mais, pour les lignes internes, il en allait tout autrement. Nous le vîmes bien en allant prendre l'avion de Mogok.

Il n'y avait personne pour porter nos valises — et nous y avions ajouté de lourdes caisses contenant des boissons et des conserves. Personne pour nous guider à travers la cohue qui fourmillait aux abords du bâtiment. Et quand nous eûmes, enfin, trouvé la salle d'attente, j'éprouvai un sentiment voisin de la panique.

Nous étions dans une sorte de préau très vaste, percé d'une dizaine d'ouvertures qui donnaient directement accès sur le ciment d'une piste. Mais on y distinguait mal les avions, à cause des gens qui emplissaient le lieu. Il y avait là une foule étonnante, autant par le nombre que par le vêtement. Toutes les tribus du pays s'y trouvaient représentées avec leurs costumes propres, leurs coiffures, leurs parures. Birmans et Chans, Karens et Tchins, Lishaws et Palaungs. En outre, des Indiens, des Siamois, des Chinois, des Malais se mêlaient à eux et aussi quelques Européens. Les tuniques d'un bleu sombre, les *longis* de toutes les couleurs, les saris de toutes les nuances, les chapeaux de toutes les formes, les turbans et les bonnets composaient un tableau si vivace et multiple que l'on surprenait dans un seul regard et une Chinoise charmante, à jupe fendue jusqu'à mi-cuisse, et un vieil Hindou à figure d'éternité, et un montagnard hirsute et sauvage, et un bonze silencieux dans sa robe de safran et encore une paysanne des États Chans, pieds nus et ornée aux chevilles de bracelets d'argent terni.

Pour une telle foule, il n'y avait pas un siège. Par contre, la salle était découpée dans toute sa largeur par des comptoirs destinés aux bagages et séparés par d'étroits corridors. Si bien que les voyageurs étaient forcés de s'asseoir ou de s'accroupir auprès des ballots, des sacs, des paquets, des colis, des malles en osier, des besaces qui contenaient les hardes, la nourriture, les ustensiles de ménage propres à chaque tribu et à chaque famille.

Un crépitement de voix où dominait le timbre aigu des enfants et des femmes animait sans arrêt cette sorte de foire.

Comme dans toutes les contrées où les communications par voie de terre sont lentes, difficiles et parfois dangereuses, le peuple birman avait pris très vite l'habitude et le goût du voyage aérien. Les terrains d'aviation leur étaient devenus aussi familiers, naturels qu'une station d'autocars ou, mieux, de diligences...

— C'est un aspect de l'aéroport de Rangoun que ne verront jamais les passagers des grandes lignes, dit Jean.

Il ajouta en riant :

— Seulement notre diligence n'a pas l'air de vouloir se mettre en route.

Sur un mur étaient accrochés des morceaux d'ardoise qui portaient inscrits à la craie, en birman et en anglais, les lieux de destination et les heures de départ. Celle du nôtre était passée depuis assez longtemps.

— Brouillard, dit un employé, avec beaucoup de gentillesse.

Dehors, sur la piste, une dizaine d'avions se trouvaient dispersés, tous des Dakota, — ces étonnants bimoteurs, conçus depuis vingt ans et qui assurent encore dans le monde entier les transports aériens sous les latitudes où les conditions de vol sont précaires. Mais aucun équipage n'était à bord.

La brume, en effet, bouchait le ciel et l'horizon et il faisait une chaleur pénible.

— Allons au bar, dit l'un de nous.

Il y avait là très peu de monde : quelques Indiens buvaient du thé et une famille birmane faisait un repas à base de riz et d'épices. Puis un homme de race blanche entra et, d'une voix rauque, ordonna de la bière. Il avait une stature herculéenne et une encolure de taureau. Des muscles massifs se nouaient sous sa chemise légère aux manches courtes. Une casquette de pilote posée à la diable sur un buisson de cheveux gris découvrait un visage buriné par tous les vents, tous les soleils et tous les excès.

Je l'invitai à s'asseoir avec nous. Il le fit, mais seulement parce qu'il lui était difficile de refuser. J'essayai de connaître sa vie. Il répondit par un haussement assez grossier de ses énormes épaules. Tout à coup il s'humanisa : Jean venait de lui dire que j'avais fait la première guerre dans l'aviation. Il accepta une autre bière et se mit à parler.

Il était Canadien, de père danois. Engagé en 1916, il n'avait plus quitté le métier de l'air. Pilote de chasse il avait fait, après la guerre, de l'acrobatie dans les foires américaines. Puis, contrebandier de passagers clandestins en Floride ou au Texas, convoyeur de métaux précieux dans le Grand Nord, affrété par des planteurs de Malaisie, pionnier d'une ligne dans les îles du Pacifique, il avait fini par rejoindre la plus rude équipe d'aventuriers volants de l'Extrême-Orient, les Tigres du général Chenault. Pendant la guerre de 1940, il avait servi dans l'aviation de Tchang Kaï Chek. Ensuite, il était devenu instructeur dans l'aviation que formait la Birmanie.

— Voilà, c'est ma tournée maintenant, dit-il, en fixant sur nous son dur regard de solitaire.

Quand elle fut servie et bue, le vieux pilote alla coller son visage à une fenêtre poisseuse. De là, il me dit :

— Vous partirez bientôt. Mais ils ont eu raison d'attendre... Ici, vous verrez, on navigue comme dans le bon vieux temps. Pas question de radar ni même de radio. Le flair et la chance...

Il rejeta sa casquette en arrière et s'en alla, massif, tenant très droites ses épaules de corsaire qui portaient quarante ans d'épopées inconnues.

Quand nous sortîmes du bar, des étendues de ciel commençaient à paraître. Les passagers de notre avion chargeaient leurs bagages. Un peu à l'écart se tenaient deux missionnaires en soutane blanche. Le plus petit avait une figure paysanne, ronde, jeune et gaie. L'autre, un vieil homme à barbe grise, regardait le monde avec des yeux clairs et légers d'enfant. Ils étaient Français et se montrèrent heureux de la rencontre. Ces missionnaires se rendaient à une escale entre Rangoun et Mandalay, pour une fête religieuse dans le pays des Karens. Ils s'occupaient uniquement de cette tribu.

— Et les conversions y sont nombreuses, s'écria le plus jeune avec enthousiasme.

— C'est que les Karens ne sont pas bouddhistes, remarqua doucement son aîné.

Il vivait en Birmanie depuis le début du siècle, en connaissait à fond tous les peuples, les langages, les mœurs, les sectes et les superstitions. La France, pour lui, ne semblait plus qu'un souvenir très doux mais très lointain et comme détaché de lui. Soudain, une émotion surprenante altéra son visage si calme. Je suivis la direction de ses yeux : ils étaient attachés aux chaussures que je portais, faites de toile et de corde.

— Mon Dieu ! s'écria le vieux missionnaire. Des espadrilles !

Il répéta d'une voix un peu enrouée :

— Des espadrilles !

Il hocha sa barbe grise et murmura comme malgré lui :

— Voyez-vous, je suis du pays basque... et ça fait près de cinquante ans que je l'ai quitté.

Sa nostalgie était d'autant plus poignante qu'elle l'étonnait lui-même.

— Mon Dieu ! des espadrilles, dit-il encore une fois.

Les deux moteurs du Dakota s'éveillaient l'un après l'autre. Il était temps de monter à bord.

*

Comme il avait raison, le vieux pirate de l'air, rencontré dans le bar ! Tout, dans ce vol, rappelait les temps héroïques : vitesse et altitude à la mesure du corps humain, loisir, haltes étonnantes, extraordinaire compagnonnage. Oh ! sans doute, il y avait ce remugle dont la chaleur accumulée par les flancs métalliques de l'appareil exaspérait sans cesse les effets, odeurs aigres des légumes qui débordaient d'énormes couffins, jetés entre les sièges, odeur sucrée de monceaux de jasmin, odeur pourrie que dispensaient les caisses pleines de poisson séché, odeur — pire que toutes les autres — du mal de l'air auquel les passagers orientaux semblaient particulièrement sensibles... Et c'était encore une chance, disait l'aîné des Pères Blancs, de ne pas voler avec des mulets, comme il arrivait souvent lorsque l'armée en avait besoin.

Mais cette gêne même, elle n'était que l'inévitable prix d'un voyage auquel son caractère primitif donnait tant de beauté. Il y avait le survol en rase-motte des vallées et des monts sauvages. Il y avait les merveilleuses couleurs dont les passagers étaient revêtus. Il y avait ces visages superbes. Et les terrains tout nus dans la jungle où, transportés on ne savait par quel miracle, des gens attendaient l'avion, et où les femmes venaient toucher les grandes ailes comme un fétiche. Et des bonzes, aidés par leurs disciples, gravissaient dignement l'échelle du Dakota, tout enveloppés de voiles teints de safran, d'orange, ou d'ocre, qu'ils enlevaient aussitôt pour voyager le torse nu... Et puis, à Mandalay, l'ancienne capitale des rois birmans et de leurs trésors fabuleux, où, selon une vieille chanson de marins anglais, dansaient les poissons d'or, cette statue colossale — juste au bout de la piste — juste devant l'échelle du Dakota, cette statue, marbre et or, de Bouddha...

Le soleil commençait à décliner quand nous fûmes aux approches de Momeïk, en Haute Birmanie. L'avion n'allait pas plus loin et je pensais que ce terminus de ligne offrait quelques commodités... Or, le terrain était encore plus rudimentaire qu'ailleurs et si bien mêlé à la brousse environnante que le pilote birman, pourtant remarquable, dut s'y prendre à trois fois avant de se poser. Après quoi, comme il repartait presque aussitôt sur Rangoun, il s'étendit sous une aile de son avion, faute d'autre abri.

En effet, autour de la bande à herbe courte où nous avions atterri, on ne voyait que des buissons d'épineux et, derrière, quelques maigres buffles bossus. Sur le terrain même, se pressaient les gens qui attendaient les passagers venus avec nous et les voyageurs qui allaient prendre l'avion dans son vol de retour et aussi les simples badauds.

Parmi les étoffes chatoyantes, je distinguai trois hommes vêtus à l'européenne. Un vieillard très sec et droit, à collier de barbe blanche, qui donnait le bras à une femme birmane très âgée et guidait son pas hésitant ; un homme robuste, dans la force de l'âge, qui portait une chemise hawaïenne à dessins imprimés et fumait un gros cigare ; et, enfin, Julius, que j'avais connu à Paris, l'associé de mon ami Jean et vétéran de Mogok, la vallée des rubis.

*

Ici, Julius n'avait plus la même apparence. Il portait un blouson, une chemise écossaise sans cravate, un chapeau de brousse qui lui faisait une auréole cabossée et un gros bâton noueux. Ses lunettes elles-mêmes avaient des verres sombres.

Je descendis de l'avion avant Jean qui collectait nos bagages et m'avançai vers Julius. Malgré la grande maîtrise qu'il avait de son visage et les verres qui masquaient l'expression des yeux, je vis les maxillaires saillir sur ses joues grasses et sa bouche se pincer comme sous l'effet d'une vive et désagréable surprise. Mais cela dura très peu. Les traits de Julius reprirent leur calme accoutumé ; il souleva son chapeau — ce qui découvrit ses cheveux d'astrakan argenté — et vint à moi la main tendue.

— Soyez le bienvenu, dit-il, dans son anglais sans défaut par la syntaxe et le vocabulaire, mais teint d'un accent indéfinissable.

Jean arrivait en courant. Julius et lui s'embrassèrent avec effusion puis Jean s'écria :

— J'ai vu votre famille avant de quitter Paris. Elle va

très bien. Et votre fille vous envoie une bouteille de gin... Elle connaît son père. Moi aussi... On a toute une cargaison d'alcool... Là... regardez.

Il me sembla que Jean parlait encore plus vite que d'habitude, comme pour dissimuler une gêne ou un sentiment de faute.

Julius appela deux manœuvres et leur cria quelques mots en birman. Ils prirent nos valises et s'en allèrent vers la brousse qui bordait le terrain.

— Un instant, nous dit Julius, il faut que je prenne congé.

Il se dirigea vers le grand vieillard dont le bras guidait tendrement la femme birmane très âgée qui fumait une longue pipe blanche. Le personnage replet à chemise hawaïenne accompagnait l'étrange couple. Sauf ces deux hommes, il n'y avait personne qui fût de race européenne autour de l'avion qui allait prendre son vol de retour vers Mandalay et Rangoun.

Mettant à profit l'absence de son associé, je demandai à Jean :

— Pourquoi Julius a-t-il semblé stupéfait de me voir ?

Jean se mit à rire et dit :

— Ce n'est pas sans raison. Il était déjà, tu le sais, tout à fait contre mon voyage. Alors...

— Alors ?

— Je n'ai pas osé l'avertir que tu venais aussi.

Jean ne me laissa pas le temps de protester contre cet état d'invité par force.

— Tout s'arrangera très bien, s'écria-t-il. Julius, tu verras, est la gentillesse même. Et puis... il n'y a pas d'autre avion avant huit jours.

Julius achevait ses adieux. Jean me dit très vite :

— Pas un mot des informations que j'ai reçues pour les rubis envolés ! Je l'avertirai plus tard, quand j'aurai quelque certitude.

L'associé de Jean nous rejoignait à pas courts et vifs, sa canne devant lui.

— Pauvre Jim, un ami de vingt ans, soupira-t-il en montrant le vieillard au collier de barbe blanche. Sa femme birmane est menacée de perdre la vue. Il l'emmène pour une opération à Mandalay... *Nice and cool.* Fraîcheur et délices...

— Et qui est l'autre, en chemise hawaïenne ? demandai-je.

— Un missionnaire américain qui...

Julius n'eut pas le temps d'achever. L'homme à la chemise fleurie, robuste, hâlé, joufflu, venait vers nous en courant, son cigare étroitement serré dans la commissure de ses lèvres pleines.

— *Hello, boys !* cria-t-il, avec l'accent plaisant et chantant des Américains originaires des États du Sud. *Hello, boys !* J'ai terminé mes adieux au vieil homme. Si on faisait un poker ?

Cette proposition sur ce terrain sauvage, à l'instant même où nous touchions les hautes vallées birmanes et venant d'un pasteur, semblait une phrase absurde. Mais le missionnaire ne plaisantait pas. Son visage exprimait au contraire une ardeur, une prière enfantines.

— Allons, un bon mouvement ! poursuivit-il. Vous ne savez pas comme il est difficile de trouver des partenaires dans ce pays. J'ai tout ce qu'il faut.

D'un mouvement de son cigare, il indiqua une jeep poussiéreuse et cabossée en bordure du champ.

— C'est ma vraie maison, dit le missionnaire. Je roule sans cesse dans la contrée. Alors, jeux de cartes, jetons, table pliante, j'ai tout sous la main. On y va ?

— Impossible, Padre, dit Julius avec une impatience presque brutale. Nous n'avons pas une seconde.

— Oh ! ces hommes blancs ! grommela le missionnaire. Toujours pressés. Vous pourriez prendre exemple sur les Birmans...

Julius nous entraînait déjà. Mais je pus tout de même entendre le missionnaire à chemise hawaïenne soupirer :

— Seulement, les Birmans ne jouent pas au poker...

Une mince brèche, aménagée dans le rideau de brousse, servait de sortie au terrain d'aviation. Comme je m'y engageais, le mouvement d'un buisson me fit tressaillir. Au creux des épineux, se cachait, vêtu de toile vert olive et coiffé d'un large chapeau qui ressemblait à celui des soldats australiens, un birman armé d'un fusil. En regardant mieux, j'en aperçus d'autres, confondus avec les arbustes sur tout le pourtour du terrain, qui tenaient — et prêts à s'en servir — soit une carabine, soit un mousqueton, soit une mitraillette.

— Des soldats, dit Julius.

— Mais pourquoi ?

— Plus tard, dit Julius, allons...

Il nous poussait presque. Les rides, sur son front, s'étaient creusées plus profondément. Il respirait plus vite.

Nous avions débouché dans une clairière où croupissait une grande mare. Le long de ses bords, croissait une herbe pâle. Des buffles domestiques, bossus et hâves, broutaient mélancoliquement.

A l'orée du chemin défoncé et recouvert d'une poussière épaisse, on voyait deux véhicules : un camion sans âge, couvert de rouille, qui se mettait péniblement en marche et une automobile américaine d'un modèle récent et dans un état parfait, où se trouvaient nos bagages. La ligne, les formes, la couleur de cette voiture luxueuse avaient un caractère presque incroyable parmi la brousse, les buffles et les femmes indigènes qui les gardaient.

— Formidable, la bagnole, s'écria Jean. D'où vient-elle ?

— Plus tard, dit Julius, allons ! allons...

Près du chauffeur, jeune Birman à figure agréable et gaie, qui portait le *longi* national, carré d'étoffe, noué sur le ventre et allant jusqu'aux chevilles, était assis un homme d'une soixantaine d'années, aux pommettes très aiguës, aux yeux très bridés, mais habillé d'un costume européen de teinte marron et coiffé d'un casque colonial kaki.

Ce dernier, nous voyant, se jeta hors de la voiture et se mit à incliner son torse maigre et sec par petites courbettes répétées et rapides, à l'ancienne mode chinoise, cependant qu'un sourire mécanique étrécissait encore davantage ses yeux et relevait sur ses lèvres une brève, rare et grise moustache.

— Mon courtier, dit Julius. Il entend l'anglais très bien et le parle un peu. C'est un ami depuis plus de vingt ans. Je n'ai pas de secrets pour lui.

Le casque colonial s'abaissa et se releva de nouveau à plusieurs reprises. Et, pendant que duraient ces mouvements, Julius murmura très vite à Jean, — cette fois en français :

— Tout de même, si vous avez quelque chose d'important à me dire en sa présence, faites-le dans la langue que j'emploie en ce moment. On ne sait jamais.

Puis Julius nous présenta, Jean et moi, à son courtier, dans un idiome qui nous était incompréhensible. Son propos, à mon sujet, fut de beaucoup le plus long. Je lui demandai ce qu'il disait :

— Vous êtes un très grand spécialiste, un très grand savant en Bouddhisme, m'expliqua Julius en français.

— Mais ce n'est pas vrai... m'écriai-je.

— Il fallait bien donner une raison à votre venue, dit Julius... Montez, montez... Nous avons déjà perdu trop de temps.

Julius se casa sur la banquette arrière, entre Jean et moi. La voiture se mit en route lentement, à cause des fondrières.

— Il faut comprendre, reprit Julius. Mogok, c'est un pays à part. On ne voit jamais de touristes à Mogok. Et encore moins d'écrivains. Votre arrivée, c'est tout un événement. Il y aura mille commentaires, mille soupçons. Jean, lui, encore, c'est clair, c'est net : un marchand de pierres précieuses au berceau des rubis. Tandis que vous !

— Mais pourquoi, diable, choisir le bouddhisme où je ne connais presque rien ?

— Les gens, ici, sont très pieux, et ça nous donnera de la *face*, dit tranquillement Julius.

Jean, alors, dit en riant :

— Cela n'a pas semblé faire une impression particulière sur votre courtier.

— Oh ! lui, il est musulman, dit Julius.

— Mais alors ?

— Il le dira aux autres.

Je demandai à mon tour :

— C'est en birman que vous parlez ensemble ?

— Ça dépend, dit Julius. Souvent, en hindoustani.

— Pourquoi ?

— Pour que les autres ne comprennent pas.

— En toute simplicité, s'écria Jean, ravi.

A ce moment, nous dépassions le camion poussif qui était parti avant notre voiture. Il portait quelques maigres sacs de courrier, des ballots de marchandises et les passagers qui étaient arrivés à Momeïk avec nous. Ils nous firent de grands gestes d'amitié. Après les avoir rendus, Jean demanda :

— Jusqu'où vont-ils ainsi ?

— Pas loin, dit Julius, à une épicerie qui sert aussi de bureau pour la ligne aérienne. Puis, ceux qui n'habitent pas Momeïk, s'en iront — parfois très loin — en char à buffles ou à pied.

Soudain — et sans le vouloir — je poussai un cri.

La route côtoyait à cet instant un vaste dépôt de bois

à ciel ouvert et je venais d'apercevoir, entre les amoncellements de troncs, une sorte de roche grise qui bougeait. Elle venait vers nous... Une tête se dessina, aux oreilles énormes, et armée de défenses.

— Eh bien ? demanda Julius, tout étonné de mon réflexe.

Je dis :

— Regardez... Mais regardez donc !

— Je vois très bien, répliqua Julius... Un éléphant... employé à tirer le bois... On en rencontre tout le temps...

Nous étions assez près maintenant pour distinguer les fers pesants par quoi étaient entravées les jambes massives, et la silhouette minuscule de l'homme, le guide, le cornak, juché, pieds nus, sur l'encolure colossale.

Derrière l'animal géant, qui remorquait un arbre entier, trottait son exacte réplique, mais très réduite, maladroite, charmante et comme enfantine.

— Celui-là est un éléphant bébé, dit Julius. Et l'autre, le vieux, lui apprend le métier.

— Arrêtez, criai-je.

En Afrique Orientale j'avais observé plus d'une fois des troupeaux entiers d'éléphants sauvages, mais il ne m'était jamais arrivé de voir domestiquées, employées au travail, ces bêtes mythologiques. Les rêves de l'enfance revenaient à ma mémoire. Je criai de nouveau :

— Faites arrêter la voiture !

— Impossible, dit Julius. Nous n'avons pas le temps.

— Mais pourquoi ? Mogok, après tout, n'est qu'à soixante kilomètres et le soleil est encore haut.

— Je vais tout vous expliquer, dit Julius.

Mais ni Jean, ni moi, nous n'étions en mesure de l'entendre.

A moitié penchés hors de la voiture, nous suivions

des yeux l'éléphant enchaîné qui portait avec tant d'obéissance, une poupée humaine — son maître — vêtue d'étoffes vives, et que suivait un tout petit pachyderme — son élève...

La ville de Momeïk était un quadrilatère poussiéreux et mélancolique de maisons en bois de tek, presque toutes pareilles, élevées sur pilotis pour les protéger contre les inondations aux saisons des pluies et dont les larges fenêtres sans vitres étaient protégées par des lattes qui se repliaient les unes sur les autres autour de barreaux de fer pour donner le plus d'aération possible. Si bien qu'elles ressemblaient à des cages suspendues. Seuls, donnaient de plain-pied sur la rue principale, les magasins des commerçants hindous et quelques boutiques avec des auvents de chaume sous lesquels on mangeait des nourritures chaudes et où l'on jouait au mah-jong.

Nous étions arrivés au quartier le plus paisible où des arbres magnifiques s'épanouissaient dans les jardins, lorsque le chauffeur donna un coup de frein brutal.

— Fraîcheur et délices ! Il ne manquait plus que cela, soupira Julius.

Une procession, qui débouchait d'une rue transversale, nous coupait le chemin. Elle avançait très lentement, composé d'hommes et de femmes aux figures naturellement avenantes et que, par surcroît, éclairait en cet instant, un sourire plein de joyeuse et tranquille douceur. Les vêtements étaient tous des vêtements de fête. Des parasols en soie aux couleurs éclatantes se balançaient mollement au-dessus du cortège. Puis, retentirent des chants aigus scandés par des coups de gong. Et un attelage de buffles parut dont les bosses et l'encolure étaient ornés de rubans et de fleurs. Ils traînaient un chariot rudimentaire mais tout hérissé de gerbes, de petits temples dorés, de statues et d'images bouddhiques.

— Cette cérémonie religieuse, en route pour la grande pagode, va nous coûter dix bonnes minutes, dit Julius à mi-voix.

Il enleva ses verres fumés, les essuya nerveusement et alors se montra, dans ses yeux découverts, une inquiétude profonde, voisine de l'angoisse.

— Mais enfin, qu'est-ce qu'il y a donc qui vous presse à ce point ? demanda Jean.

— Les insurgés, les rebelles, les *dacoïts*, nommez-les comme vous voudrez, dit Julius. Il vaut mieux rouler en plein jour.

Il remit ses lunettes, ce qui masqua l'expression de son regard ; mais la peur subsistait dans sa voix quand il poursuivit :

— Vous avez vu les soldats autour de l'avion ? Ils étaient là parce que, chaque semaine, à l'atterrissage, les autorités redoutent un coup de main. Et le missionnaire américain, savez-vous ce qu'il m'a raconté ? Hier, oui, hier, comme il faisait une tournée en jeep, on a tiré sur lui.

Le courtier assis devant tourna vers nous un visage qui ne souriait plus. Il murmura :

— *Dacoïts*... très mauvais... très méchants.

Il semblait plus anxieux encore que Julius.

— La région, entre Momeïk et Mogok, reprit celui-ci, est l'une des moins sûres de Birmanie.

— Qui forme ces bandes ? demandai-je. Et pourquoi ?

— C'est tellement compliqué, soupira Julius.

Et, tandis que la procession continuait à s'étirer dans la poussière et le soleil avec ses chars, ses parasols, ses images et ses fleurs, Julius nous parla de communistes rouges-staliniens, des communistes blancs-trotzkistes, des communistes verts qui n'étaient ni l'un ni l'autre, et des simples bandits qui se réclamaient de tous les partis.

— La campagne en est absolument infestée, acheva Julius.

— Allons, allons, dit Jean, ce n'est jamais aussi terrible qu'on veut le croire.

— Je n'ai rien à croire, s'écria Julius avec indignation. J'ai entendu siffler les balles. Ma maison a été attaquée deux fois, cet hiver même.

— Quoi, à Mogok ?

— En plein Mogok, monsieur !

Jean, de sa voix la plus innocente, alors, demanda :

— C'étaient des partisans, des communistes ou des bandits qui ont dérobé, après incendie et meurtre, les pierres fantastiques de l'ancien *dacoït* mystérieusement décédé ?

Julius jeta un regard de biais vers son vieux courtier chinois et dit entre ses dents, en français.

— Ah ! vous vous souvenez de cette histoire !

— Ma foi, elle est assez passionnante, non ! dit Jean avec la même candeur.

— A Paris, peut-être, grommela Julius.

Jean me donna une légère tape sur l'épaule et reprit ingénument :

— Je pensais surtout à mon ami, qui est écrivain.

— A Mogok, il est bouddhiste, dit Julius.

Je m'empressai de changer le cours de l'entretien.

— Si vous craignez tant les attaques sur cette route, dis-je, pourquoi ne pas demander à l'armée ou à la police, une voiture de protection ?

— L'armée ! la police ! cria Julius. Fraîcheur et délices ! Mais c'est encore plus dangereux ! Ce sont les policiers et les soldats que les insurgés attaquent de préférence... J'espère que ni vous ni Jean, vous n'avez de vêtements kaki... Si vous en portez, je vous préviens que je ne sors pas avec vous...

Il se calma brusquement et reprit à voix basse :

— Le meilleur sauf-conduit est encore cette voiture.

Elle m'a été prêtée par un des plus riches marchands de rubis de Mogok.

— Je ne comprends pas, dit Jean.

— Le chauffeur a des cousins chez les insurgés, chuchota Julius.

Fût-ce vraiment cette parenté, ou le simple jeu des chances qui, tout de même, était favorable aux voyageurs, mais le trajet se fit sans incident. La route avait beau être propice aux guets-apens — lacets de montagnes, défilés encaissés, jungle magnifique et traîtresse, petits ponts de bois fragiles posés sur les ravins — et, à chacun d'eux, Julius et son courtier échangeaient un regard plein d'effroi — il n'y eut qu'une alerte. Comme nous passions à côté d'un fossé très dense et couvert de fleurs sauvages, une forme rayée en jaillit et traversa la route.

— Ce n'est qu'un tigre, dit Julius, avec un soupir d'aise. La région en est pleine.

Il se tourna vers Jean.

— La première fois que je suis venu dans le pays — c'était en 1920 et avec votre oncle — les routes, naturellement, étaient beaucoup moins fréquentées. Et nous avons vu un tigre énorme, étendu au beau milieu du chemin, qui prenait le soleil...

Peu après, une vallée parut, toute semée de collines et sur ces collines s'étageaient des maisons. Au fond, brillait un lac... Nous étions enfin à Mogok.

VI

Au temps où les rois birmans étaient des demi-dieux et bien avant que Bouddha vînt donner la sagesse à ce monde, les hautes vallées du nord étaient libres de toute présence humaine. Dans la jungle et les monts, seuls régnaient les animaux sauvages et les oiseaux de proie.

Or, un jour, le plus grand aigle de l'univers et le plus vieux aussi, voguait lentement à travers les espaces bleus. Son regard, capable d'affronter le soleil sans ciller, cherchait au sol une pâture digne de lui. Il avait dédaigné des bêtes de toute sorte auxquelles un seul coup de son bec eût enlevé la vie. Et il continuait sa quête majestueuse et terrible. Soudain, il resta comme suspendu dans l'azur céleste.

Un énorme morceau de chair fraîche brillait au flanc d'une colline. Et cette chair était d'une telle qualité que jamais encore le vieil aigle n'en avait vu de pareille — lui qui depuis si longtemps chassait au-dessus du monde sans limites. Elle avait la couleur du sang le plus vif, le plus pur, le plus suave. Et toute la lumière du jour semblait faite pour elle, tant elle étincelait.

— Voilà une nourriture aussi noble que mon propre sang, pensa le vieil aigle.

D'un seul coup il replia ses ailes immenses et se laissa tomber sur la proie merveilleuse.

Mais quand les serres impitoyables, acérées et dures

comme des griffes de métal et qui traversaient sans effort les cuirs les plus épais, se furent refermées sur la chair éblouissante, il leur fut impossible de l'entamer. Dix fois, vingt fois le vieil aigle s'acharna sur cette substance inconnue qui avait la teinte du cœur à vif. En vain. Il se demanda si l'âge ne lui avait pas enlevé ses forces. Mais, quand il les essaya, les oiseaux les plus rapides et les bêtes les plus résistantes tombèrent sous ses coups furieux.

Alors, le vieil aigle comprit. Ce n'était pas un quartier de viande qui scintillait dans l'herbe de la colline, mais une pierre miraculeuse et sacrée, une pierre comme il n'en existait nulle part ailleurs, pétrie du feu et du sang de la terre.

Le vieil aigle saisit respectueusement la pierre énorme et l'emporta dans son refuge inaccessible, au sommet de la plus haute, la plus haute montagne.

Et la vallée où il avait trouvé cette matière prodigieuse était la vallée de Mogok. Et la pierre était le premier rubis du monde. Voilà pourquoi c'est à Mogok seulement qu'on les peut découvrir.

Telle est la légende que j'ai entendu raconter sur les lieux mêmes qui l'ont fait naître, avec une conviction tranquille, éblouie, souveraine. Et l'on pourrait sans doute envier cette foi poétique si les données de la science ne proposaient pas une explication plus propice encore aux rêves sans mesure.

Les roches de la vallée de Mogok sont en effet d'une antiquité si profonde que leur âge est celui-là même de notre univers. Elles sont nées quand le monde était neuf. Leur texture, pareille à celle de Ceylan et de l'Inde du sud, représente l'écorce originelle de la terre.

« C'est la substance primitive même, a écrit de Mogok le chef du service géologique sous l'occupation anglaise. Mais elle a été soumise à des changements si intenses de pression et de chaleur, à de telles injections par veines de feu et à un tel bain d'émanations corrosives venues de l'intérieur, bref à tant de forces titaniques et agissant sur des périodes de temps si vastes que l'imagination la mieux armée ne les peut évaluer ni même saisir. »

En vérité, il a fallu des milliers de millénaires pour que, au creux des entrailles terrestres en convulsions dans un immense chaudron d'enfer, la flamme et la lave, les acides bouillonnants et les éruptions gigantesques forment cette bande de calcaire cristallin où reposent les cailloux précieux de la vallée birmane. Elle contient les spinels rouges, rosés, violets ou noirs et le péridot, qui est l'émeraude de Mogok, et la rutilante pierre de lune et le lapis-lazuli. Elle recèle même — et on n'en trouve de plus beaux qu'au Cachemire — le saphir couleur de bleuet et le saphir blanc ou encore le saphir étoilé avec son astre à six branches. Mais surtout, mais exclusivement, c'est le gîte du rubis, roi de toutes les gemmes.

Ainsi, depuis le fond des âges, ces pierres, sorties toutes brûlantes de la forge du monde, attendaient que l'homme se penchât sur elles pour orner de leur éclat ses dieux, ses princes, ses idoles et ses courtisanes.

Les temps sans nombre passaient. L'animal parut à la surface de la terre.

Les plus anciens fouilleurs des grottes et des caves naturelles à Mogok, les premiers mineurs de rubis ont trouvé les traces des bêtes géantes de la préhistoire. Et c'est par eux que le plus vaste des ossuaires souterrains fut appelé *Hsin Te Kyaik :* la Voûte des Grands Éléphants Morts.

Sur une étendue de durée immense, la haute vallée birmane garde son secret. De mythe en fable et de fable en légende, il faut arriver jusqu'au quinzième siècle de l'ère chrétienne pour avoir sur Mogok quelques lumières sûres. Et pourtant tous les rubis que, dans cet intervalle, les conquérants antiques ont enfouis dans leurs trésors, ont porté sur leurs tiares et leurs couronnes, et tous ceux dont il est parlé dans les plus vieux parchemins — c'est à Mogok seulement qu'ils ont pu être ravis...

La Renaissance fleurissait en Europe d'Occident, lorsqu'un roi de Birmanie fit déporter vers le Nord, bien au-delà de Mandalay, un convoi de criminels. L'escorte les abandonna au milieu d'une jungle inhabitée qui s'étendait à l'infini sur des monts, des collines et des vallées sauvages. Pour se protéger des fauves, des serpents et des insectes venimeux, ces exilés commencèrent par habiter sur des arbres. On pense que cette façon de vivre a donné son nom à Tchaïpin — qui veut dire Haut Lieu — à l'endroit où se fit leur premier groupement.

Tchaïpin, aujourd'hui, se trouve à dix miles de Mogok. Et c'est entre ces deux agglomérations, en vérité, que s'étend la terre du rubis.

Les bandits déportés subsistaient surtout de la chasse. Or, un matin, des jeunes hommes lancés à la poursuite du gibier, quittèrent les crêtes couvertes de jungle et descendirent au creux d'une petite vallée. Là, des cailloux qui étincelaient de feux empourprés fixèrent leurs regards. Ils en prirent quelques-uns pour amuser le campement. Mais les plus vieux parmi les déportés montrèrent à cette vue un émoi singulier. Ils reconnaissaient, eux, les fabuleuses pierres rouges que des marchands indiens, thibétains ou chinois apportaient de lieux ignorés et ils comprenaient que leurs jeunes compagnons avaient découvert le gîte mystérieux du rubis.

Une délégation partit aussitôt pour la cour du Roi et chemina longtemps à travers la jungle, portant les plus belles des pierres précieuses que l'on avait pu recueillir. Cette épreuve eut sa récompense. Le souverain de la

Terre d'Or — ainsi appelait-on alors la Birmanie — fut si content de la trouvaille qu'il fit grâce aux criminels et leur offrit de rentrer libres dans les campagnes et les villes du royaume. Mais ils aimèrent mieux revenir aux lieux où poussaient les rubis. Le roi les y renvoya avec des présents, des vivres et des femmes.

Il y avait, cependant, une ombre dans la joie du souverain. En réalité, ce n'était pas à lui que le territoire de Tchaïpin appartenait, mais au prince des États Chans, habités par une tribu indépendante et forte. Mais, comme ce prince ignorait la grande découverte et qu'un lambeau de jungle inculte était pour lui sans valeur, il accepta sans difficulté de l'échanger contre un autre territoire, sur la demande de son puissant voisin. Ainsi la vallée de Mogok fut jointe à la Terre d'Or et un édit royal publié en 1597 — le premier que l'on connaisse à cet égard — fit mention des mines de rubis. Elles devenaient propriété personnelle, exclusive, du trône de Birmanie.

Dès lors, et pendant trois siècles, les souverains ne cessèrent de manifester pour la vallée des rubis l'intérêt le plus vif, le plus avide, le plus despotique.

Les mineurs n'avaient droit qu'aux trouvailles les plus petites, les plus ternes, au rebut, à la poussière.

Dès qu'elles dépassaient le volume prescrit par les ordonnances suprêmes, les pierres précieuses appartenaient au maître absolu, aux « Pieds d'Or ».

Toutefois, était-ce l'hérédité transmise par les bandits fondateurs de Mogok, ou le naturel et irrésistible attrait des feux magiques, mais la fraude et le vol ne cessèrent jamais dans la vallée enchantée.

De génération en génération, il y eut des mineurs pour briser en plusieurs morceaux les pierres qui étaient trop grosses pour leur propre usage. Et d'autres même, plus hardis, qui, dépistant espions et gardes, faisaient passer leur butin en contrebande vers les cours somptueuses des Rajahs indiens.

Quand ils étaient pris, un supplice terrible les attendait qui souvent s'étendait à leurs familles.

Le village de Laung-Sin, Terre Brûlée, tire son nom du fait que, au siècle dernier, pour un vol de rubis, tous ses habitants — hommes, femmes, enfants et jusqu'aux prêtres bouddhistes — furent enfermés dans une case à laquelle les officiers du roi mirent le feu. Les habitants de tous les hameaux voisins avaient été rassemblés autour du brasier, autour de l'exemple.

Rien n'y fit, les mineurs continuaient à fractionner, détourner les rubis les plus magnifiques. Certains préférèrent les enterrer sur place. L'espoir de les retrouver hante encore aujourd'hui les esprits à Mogok.

Cette lutte clandestine, étouffée dans les boyaux de la terre, alla si loin que le dernier grand despote birman, Mindon Min, ordonna, il n'y a pas encore cent ans, de transporter jusqu'à Mandalay, tout le *bayon*, c'est-à-dire le terreau porteur de rubis, et de le laver dans la cour de son palais. Quand il vit que, amenée de si loin par convois de chars à buffles, cette terre ne valait rien, le monarque redoubla d'atrocités. Les très vieilles personnes se souviennent encore de ces hécatombes.

Mais peu de gens, en dehors de l'étroit territoire qui allait de Mogok à Tchaïpin, entendirent parler des trouvailles étonnantes, des vols célèbres et des exécutions à grand spectacle. Les rois de Mandalay gardaient et faisaient garder si jalousement le secret de la vallée et des mines de rubis que, jusqu'à l'arrivée des Anglais en 1884, les Birmans eux-mêmes ne connaissaient rien de Mogok, sinon des récits fantastiques.

Quant aux Européens, ceux qui avaient pénétré jusque-là se comptaient sur une seule main. Le premier à voir Mogok fut, en 1833, le missionnaire italien Giuseppe d'Amato, mais il ne fit que passer. Puis il y eut un marin anglais déserteur qui, établi à Mandalay, à la cour du roi Mindon, fut chargé par ce dernier de faire sauter à la dynamite les rochers qui recelaient des rubis. Enfin, deux prospecteurs français eurent le courage et la chance de parvenir jusqu'à la contrée mystérieuse. Ils en revinrent avec un projet de concession minière. Alors, les Anglais qui déjà occupaient Rangoun et le delta de l'Irrawady poussèrent leurs troupes vers Mandalay et vers le Pays Haut. La Birmanie entière fut prise facilement et devint une simple province des Indes.

Mogok, désormais, appartenait à la couronne britannique.

Les récits, vrais et fabuleux, sur la terre des rubis qui, pendant des siècles, avaient enflammé les rêves et la cupidité des hommes, eurent à Londres un effet immédiat. C'était d'ailleurs l'époque où les diamants ruisselaient des mines du Transvaal. L'imagination — aussi bien chez les financiers que dans le peuple — vit, dans une sorte de délire avide, les rubis plus précieux encore que les diamants, déferler à Mogok comme un torrent empourpré. Des banquiers puissants, moyennant d'énormes redevances, obtinrent le monopole d'exploitation. Quand ils fondèrent la *Ruby Mine Company* et lancèrent les actions, il y eut bataille pour souscrire.

L'outillage le plus complet et le plus luxueux fut dirigé sur Mogok. En même temps les aventuriers du monde entier s'y jetèrent. C'était la fièvre du *rush*, l'hallucination des chercheurs d'or.

Les pouvoirs que la *Ruby Mine Company* avait reçus du vice-roi des Indes rappelaient ceux-là mêmes qu'avait exercés jadis l'ancienne Compagnie des Indes Orientales. Elle promulguait ses lois. Elle avait ses juges, sa police militaire. Elle avait loisir d'emprisonner, de déporter. C'était un État dans l'État.

Mais, ni le régime féodal, ni les machines modernes, ni les administrateurs à salaires énormes ne réussirent à faire dégorger les trésors de Mogok. Que pouvaient faire la geôle ou l'exil là où avaient échoué le bûcher et le pal des rois birmans !

Les mineurs de la vallée tiraient de leurs aïeux l'expérience de la fraude. Ils l'avaient dans le sang, dans les doigts. Elle déjoua toute surveillance ; elle faussa tous les calculs.

L'ignorance des coutumes, une bureaucratie démesurée, les folles dépenses basées sur les légendes, firent le reste. En 1920, la *Ruby Mine Company* avait perdu douze milliards et faisait faillite.

Les grands clubs luxueux tombèrent en ruine. Les merveilleuses machines se changèrent en ferraille rouillée. L'eau que l'on avait pompée à frais immenses se mit à filtrer partout, inonda les mines les plus fécondes et forma le lac de Mogok.

Alors le gouvernement anglais des Indes laissa, contre une faible redevance, chacun miner à sa guise, de Mogok à Tchaïpin.

La guerre vint et l'occupation japonaise.

Quand, après la victoire des alliés, une indépendance entière et souveraine fut consentie par l'Angleterre au pays birman, le gouvernement de Rangoun donna, en ce qui concernait l'exploitation des pierres précieuses, toute liberté à ses nationaux [1].

Telles avaient été les vicissitudes et tel était le statut de la vallée des rubis, au moment où nous y arrivions, mon ami Jean et moi.

1. Les étrangers ne peuvent pas obtenir une licence.

VII

Mogok se trouve au creux d'une magnifique vallée située à huit cents mètres d'altitude et se développe autour d'un lac.

Des collines et des chaînes de montagnes couvertes d'une végétation sauvage dominent de toutes parts cette ville, ou plutôt cette grande bourgade qui compte, au plus, dix mille habitants. Elle est assez étendue mais n'a que peu d'épaisseur. La longue rue principale qui avoisine le lac sort brusquement de la jungle pour aboutir à un éventail de voies courtes, à forte pente et très peuplées.

La partie de la ville bâtie sur la rive opposée du lac est beaucoup plus réduite et plus pauvre.

Sur les hauteurs s'élèvent des pagodes. Les plus neuves sont d'une blancheur éclatante et sommées d'aiguilles d'or. Les pierres ruineuses des autres ont pris la couleur du bronze.

Les maisons de Mogok se ressemblent toutes, qu'elles appartiennent aux plus opulentes familles ou aux plus démunies. Les cloisons faites de teck, ce bois fort et dur dont les forêts abondent aux alentours, sont composées de lattes qui s'articulent les unes sur les autres et se plient ou se déplient autour de barreaux de fer, selon la température des saisons et des heures. Complètement closes à la nuit qui, à cette altitude, est toujours fraîche, les maisons deviennent comme transparentes au cœur de la journée.

Elles n'ont qu'un étage. Personne ne vit au rez-de-chaussée où se trouvent les boutiques, les dépôts et les ateliers. Un escalier extérieur très raide mène aux locaux d'habitation. Il reste encore quelques toits de chaume d'une belle et douce couleur foncée. Mais la tôle ondulée couvre déjà la plupart des demeures. Quoique plus perméable à la chaleur, elle résiste infiniment mieux aux déluges de la mousson.

Ce fut devant l'une de ces maisons, placée dans la partie centrale de la grande rue, que s'arrêta la voiture dans laquelle nous étions venus de l'aérodrome de Momeïk.

Julius, qui en descendit rapidement le premier, eut aussitôt une conférence à voix basse et hâtive avec son courtier. Le casque colonial qui coiffait celui-ci s'inclina à plusieurs reprises et s'éloigna très vite.

Une petite foule composée surtout de femmes et d'enfants nous considérait avec une curiosité placide.

Au sommet de l'escalier, un vieux petit homme se montra. Il était pieds nus, portait un *longi* de couleur havane autour des reins et une écharpe terne, lâchement nouée sur les cheveux. Sa figure jaune était hachurée de rides minuscules et dans les fentes où logeaient ses yeux, brillait un regard encore très vif, et tout nourri de malice, de finesse, de sagesse. Il vint prendre nos bagages et nous sourit.

Malgré les courtes dents ébréchées et brunes, le sourire avait, par sa droiture et sa dignité, un charme extrême.

— Mon boy U Nyo, déclara Julius, avec solennité.

Comme nous montions les marches, Julius nous dit :

— Ici, le préfixe U, accolé à un nom propre, désigne les hommes de qualité ou d'importance. Les gens y sont très sensibles. Je l'accorde à mon boy, à cause de son âge et, surtout... pour le garder ; les Birmans de Mogok n'aiment pas à servir.

La porte du palier ouvrait tout droit sur le bureau de Julius. Cette pièce principale, qui donnait sur la rue, contenait en tout et pour tout deux tables, dont l'une portait seulement l'outillage nécessaire pour évaluer les pierres précieuses — petite balance, poids infimes, pinces et loupes — et l'autre un exemplaire du code que j'avais vu chez Jean, rue Lafayette ; un coffre-fort anachronique, un fauteuil bancal et trois chaises de paille.

Le reste du logis était encore plus primitif. Une cellule obscure avec un lit de camp servait de chambre à Julius. Puis venait la cuisine, c'est-à-dire un espace vide où, sur le carreau, trois pierres formaient un foyer de campement. De là, une porte en tôle ondulée, qui battait à tous les courants d'air, menait à un réduit destiné aux ablutions, que l'on pratiquait avec d'anciens bidons d'essence. Dans un coin du même réduit, se dressait une extravagante caisse percée, pour géants, construite visiblement avec les moyens du bord. En revanche, on apercevait de là des jardins fleuris et une vieille pagode merveilleuse.

Quand Julius nous eut montré tout cela, il dit à Jean :

— J'avais loué pour vous cette autre chambre...

Il nous fit passer dans une pièce contiguë au bureau et qui donnait également sur la rue. Elle semblait assez vaste parce qu'elle n'avait pour tout meuble qu'un lit de camp très étroit enseveli sous une moustiquaire, et une corde tendue d'un mur à l'autre pour y pendre linge et habits.

L'associé de Jean reprit, sans me regarder et en grattant ses cheveux d'astrakan argenté :

— Mais vous êtes deux maintenant...

Ce fut la seule allusion que Julius se permit durant tout notre séjour à l'arrivée subite d'un homme qu'il avait rencontré à Paris une seule fois, qu'il devait héberger à Mogok dans les conditions matérielles les plus précaires et qu'il combla de son hospitalité.

Je me sentais assez gêné, mais Jean s'écria :

— Aucune importance, je coucherai dans votre bureau, Julius. Je serai sur place pour travailler.

— Tout est bien alors, dit Julius.

A ce moment la porte de l'escalier s'ouvrit et le courtier entra, éventant de son casque colonial son visage en sueur. Derrière lui deux hommes portaient un lit de camp, une moustiquaire et quelques couvertures.

Le premier, vieil Indien à barbe grise et vêtu de haillons bleu noir, portait sur la tête un turban de même couleur mais à la façon des Sikhs. Malgré son âge il se tenait très droit. Quand il nous aperçut il porta une main à son turban et se figea dans ses guenilles avec une étrange raideur militaire. Ses grands yeux superbes étaient pleins à la fois d'audace et de servilité.

— C'est mon *sweeper*, mon balayeur, chargé des basses besognes, dit Julius.

Il haussa les épaules et poursuivit :

— Un vieux soldat de l'armée anglaise... Un ivrogne sans remède.

Le Sikh devina qu'on parlait de lui. Il nous sourit alors de toutes ses dents, éblouissantes malgré l'âge, et de tout son regard magnifique. Je n'ai jamais vu une si humble, si coupable expression à un visage hardi.

— Et celui-là, dit Julius, en montrant l'autre porteur, Chinois à face jaune, replète et figée — celui-là est le *dobbie*, le laveur de linge. — Maintenant vous connaissez tout le personnel.

Ce fut U Nyo, le vieux boy birman, qui dressa et aménagea les lits. Il était impensable que ces soins fussent confiés aux mains impures du *sweeper*.

Et la vie prit ses racines, son cours, sa routine parmi les décors et les personnages d'un songe.

*

Au lever, j'allais déplier les lattes de teck juste assez pour voir sans être vu. Tandis qu'à l'arrière-plan, sur les monts et collines, les pagodes dégageaient des brumes leurs étincelantes aiguilles d'or, une épaisse et fluide substance laiteuse couvrait encore le lac. Je n'ai jamais surpris au-dessus de ses ondulations les sorcières dont, à Rangoun, le jeune Birman, diplômé de la Sorbonne, m'avait décrit les danses enchantées. Mais je concevais qu'il ait pu découvrir des figures magiques dans les mouvements de cet étrange brouillard, car il était dense, fluide et vivant. Les spirales, les arabesques bleutées qui s'élevaient de ses nappes profondes demeuraient longtemps dans l'air et leurs formes, alors, étaient à demi humaines.

Cependant la petite place sur laquelle donnait la fenêtre s'éveillait à la vie. J'entendais au rez-de-chaussée les bruits du bazar qu'on ouvrait. En face, le restaurateur en plein air installait ses provisions, ses réchauds, ses banquettes, les tasses à thé, les bols pour le riz. Au bas de la maison opposée à la nôtre, un Birman de religion catholique bâillait sur le seuil de sa boutique où il représentait une firme célèbre de machines à coudre. On disait qu'il avait troqué — par le truchement d'un missionnaire — ce privilège contre sa conversion.

L'appartement au-dessus de son magasin était occupé par un Indien Gujerati, négociant en pierres précieuses. Nous pouvions l'y voir tout le long du jour dans l'exercice de son métier. Assis à la turque sur des coussins devant une table basse, et discutant sans fin avec des clients fixés dans la même attitude.

Quand j'avais entendu que Julius — il était toujours debout le premier — était prêt, j'allais à mon tour, traversant le bureau, la chambre de notre hôte et la « cuisine » jeter sur moi l'eau froide et l'eau chaude contenue dans les vieux bidons d'essence. U Nyo était accroupi devant son foyer de trois pierres noircies, sa vieille figure paisible sous le lacis des rides, — comme un génie familier.

Puis il servait le léger thé birman avec une minutie, une propreté de vieille fille. Tout ce qui sortait de ses mains avait le goût net et bon.

A peine avait-il eu le temps d'enlever la dernière tasse que, déjà, commençait le défilé des marchands de pierres. Julius en recevait toujours beaucoup — c'était sa raison d'être à Mogok — mais la présence de Jean, le grand patron de Paris, les faisait venir en nombre plus considérable encore. Chacun sortait, soit d'une poche de casaquin, soit d'un porte-monnaie, soit d'un sachet pendu à son cou, saphirs ou rubis. On s'installait autour de la table. Les balances, la loupe, les pinces entraient dans le jeu que menait le courtier de Julius. Ce jeu, en lui-même d'une grande monotonie, était cependant varié à l'extrême par l'expression des visages, par l'histoire des gens et des pierres que Julius, qui les connaissait tous et toutes, me contait en sourdine.

Au cours de ces palabres, le *sweeper* sikh à barbe grise, tantôt sobre et tantôt titubant, tantôt superbe et tantôt lamentable, balayait la pièce, emportait les ordures qu'il allait jeter dans le caniveau à ciel ouvert, creusé devant la maison. Il était parfois accompagné d'un petit garçon d'une beauté incroyable, qui avait exactement les mêmes yeux que lui, immenses et pleins d'une lumineuse détresse.

Personne ne faisait attention à eux.

Ainsi arrivait l'heure de midi. Nous allions voir alors chez eux les propriétaires de mines fécondes, les possesseurs de pierres rares, bref les négociants de haut rang — car ceux qui se déplaçaient n'étaient que menus ou moyens marchands.

Nous revenions déjeuner. Le plat essentiel était à l'ordinaire du riz que U Nyo préparait de façon à en détacher chaque grain et qu'il assaisonnait d'épices merveilleuses.

L'après-midi était de nouveau consacré aux marchands.

Des promenades à travers la ville coupaient ces négociations. Les rues, toutes bordées d'ateliers et de boutiques, étaient calmes. Elles le devaient sans doute au fait que beaucoup d'hommes travaillaient aux alentours, dans les mines, mais surtout au caractère des habitants. Personne ne criait, personne ne se pressait. La sérénité, la dignité et comme un sourire intérieur nourrissaient les visages. Et même aux grands marchés, qui se tenaient tous les cinq jours et attiraient les gens des campagnes et montagnes voisines, régnait cette tranquillité singulière.

Pourtant que de races, que de faces différentes Mogok offrait au regard ! Birmans purs et Chans, et Karens et Chins, et Palaungs et Lishaws, et Mainghtows, et les Chinois de toutes les provinces de la Chine immense, et les Indiens de l'Inde aux tribus sans nombre, et les métis de tous les sangs ! Et deci delà, des Siamois, des Persans, des Laotiens, des Arabes. Mais quelle que fût l'origine de tous ces gens, leur souci commun, leur vrai métier avaient trait aux pierres précieuses. Sur les dix mille habitants de Mogok, six à sept mille les cherchaient dans les mines, mille à deux mille les taillaient et les polissaient et les autres les vendaient. Il y avait au plus quelques centaines de personnes qui faisaient un autre commerce — et encore de temps à autre, elles ne pouvaient s'empêcher de prendre part au trafic général.

Les boutiques, d'ailleurs, petites, ternes et pauvres tenaient du plus humble bazar. Tout, denrées, ustensiles, étoffes, s'y trouvait mélangé. On achetait les billets de l'avion hebdomadaire pour Rangoun dans une épicerie-libraire-papeterie-mercerie des plus misérables.

Sur le pourtour du lac, s'élevaient, parmi des arbres et des fleurs, quelques-unes des pagodes principales de la ville et une grande école de bonzes à robes jaunes. Dans les mêmes parages idylliques, on voyait deux mosquées.

Aux lisières mêmes de Mogok, commençait la jungle et un paysage dont la douce et puissante beauté se modifiait sans cesse car il n'était que monts, collines, vallons et vallées. Des fleurs et des oiseaux aux couleurs étranges, flamboyantes, peuplaient leur sauvage solitude.

La vallée et la région étaient gouvernées — pour l'administration, les impôts, la justice, la police — par une demi-douzaine de fonctionnaires tout au plus et que l'on ne voyait jamais. On eût dit que les choses se faisaient toutes seules, en douceur, finesse et gentillesse. Les gens semblaient habitués depuis des siècles à vivre par eux-mêmes en petites et sages communautés.

On ne sentait pas les différences de classe et de richesse dans les rapports que pratiquaient entre eux les habitants de Mogok. Elles étaient comme effacées par la courtoisie et l'aménité des mœurs.

De ces coutumes faisait partie l'hospitalité la plus émouvante. Je ne parle pas des riches marchands ou même des courtiers qui nous traitaient avec un faste rustique. Mais il était impossible d'entrer chez un humble tailleur de pierres sans qu'il offrît, d'une façon délicate mais impérieuse, des cigarettes anglaises de haut prix qui venaient jusqu'à Mogok en contrebande et que lui-même ne se permettait jamais de fumer.

Dans les réceptions, les femmes se tenaient un peu à l'écart. Mais c'était décence et non humilité. Car il n'y a pas de pays au monde où règne autant qu'en Birmanie, l'égalité, l'équilibre entre les deux sexes. Les femmes y mènent les commerces les plus importants, les plus grosses affaires, les industries capitales. Étonnants visages, tendres, intelligents et graves sous leurs longs et magnifiques cheveux noirs lustrés, qui veillaient autour des tables ou au fond des pièces nues...

Au soir, nous reprenions le chemin de notre maison. U Nyo nous apportait le whisky du crépuscule — qui est dans ces contrées d'un goût sans pareil. Alors, ensemble, ou un à un, arrivaient les amis intimes que Julius s'était faits au cours de trente années de voyage et de séjour à Mogok.

Hommes pour nous étranges et fascinants : le géant sikh au rire d'ogre qui vendait le riz en gros ; et le médecin chinois à voix d'eunuque, lettré, gourmand, mystérieux. Et le persan, prêteur sur gages.

Ils ne touchaient jamais à l'alcool mais, buvant leur thé par grandes aspirations bruyantes, racontaient les nouvelles et les destins de la vallée des rubis.

De temps en temps s'arrêtait devant notre maison la Jeep du missionnaire à la chemise fleurie que nous avions rencontré en atterrissant à Momeïk et qui, avec sa cargaison de bibles et son outillage complet pour le poker, voyageait de village en village.

Comme nous préférions écouter de belles histoires que de jouer aux cartes, il ajoutait les siennes à celles du Sikh, du Persan et du Chinois.

Toujours, à cette heure, des rires frais et clairs sonnaient dans la grande rue sous nos fenêtres. Les jeunes filles aux yeux bridés et vêtues d'étoffes vives revenaient de l'école. Le lac prenait les couleurs du soleil couchant. On dînait tôt et frugalement. Jean et son associé faisaient le point pour les affaires. Puis, Julius, avec un humour lugubre, tirait de son inépuisable mémoire quelques souvenirs d'une vie étonnante. On prenait un dernier whisky et chacun regagnait son lit de camp au cœur de la nuit pure et froide des montagnes.

Parfois une étrange et haute mélodie venait hanter mon sommeil. C'est qu'il y avait séance dans l'extraordinaire salle de cinéma située sous notre maison. Il n'y passait, faute d'installation appropriée, que des films orientaux de l'époque muette, si touffus, si indéchiffrables qu'un commentateur de l'orchestre en devait expliquer l'action. Merveilleux films, merveilleux public, merveilleux instruments.

La foule s'écoulait vers minuit. Alors les chiens birmans, créatures extravagantes, à demi sauvages, faméliques et couverts d'ulcères, mais que la religion bouddhiste rendait intangibles, commençaient leur concert.

Tout le tourment du monde passait dans leur plainte sans fin.

VIII

Notre première visite, à peine quelques heures après notre arrivée à Mogok, fut dédiée à Daw Hla.

Le préfixe Daw avait pour les femmes le même sens que celui de U pour les hommes. Il indiquait une personne d'âge ou d'importance ou encore les deux à la fois. C'était, si l'on veut, l'équivalent des termes Dame et Messire que l'on employait jadis.

Le témoignage d'empressement et de respect que nous montrions à Daw Hla était dû à trois motifs : elle avait envoyé jusqu'à Moméïk sa voiture américaine — la plus belle du pays — pour nous chercher ; elle était une amie de Julius depuis trente-cinq ans ; elle possédait la plus importante réserve de pierres précieuses à Mogok.

Pourtant — sauf qu'elle était bâtie à mi-pente d'une rue qui montait vers la jungle — sa maison vue du dehors ressemblait exactement aux autres. Mêmes lattes de teck pliables à volonté autour de barreaux de fer ; même escalier extérieur très raide montant aux locaux d'habitation du premier étage.

Le rez-de-chaussée comme ailleurs n'était utilisé que durant le jour à un usage strictement professionnel. Chez Daw Hla il abritait un atelier de tailleurs et de polisseurs de pierres ouvert sur la rue et de plain-pied. Ils ne travaillaient que pour elle. L'outillage des artisans assis dans leurs *longis*, étalés autour d'eux comme des jupes, et pour la plupart le torse nu, était très simple. Il consistait en quelques bâtonnets noirs, quelques petits pots qui contenaient un épais liquide blanchâtre et dans une primitive machine à pédale qui faisait tourner une meule en forme de roue pleine. Au sommet de chaque bâtonnet, et tenu par une pâte brune très dure, un rubis se trouvait encastré. L'ouvrier le plongeait dans le liquide qui était de la poudre de diamant délayé puis, avec une précision, une légèreté, une adresse et une sollicitude indescriptibles, faisait effleurer la pierre précieuse par la meule grossière. De temps à autre, il éprouvait de la pulpe de ses doigts, sensible à l'extrême, les contours du rubis qui devaient devenir autant de facettes. Puis il reprenait son labeur minutieux.

— Le sort d'une grande pierre, la fortune de la famille sont souvent entre leurs mains, dit Julius.

Il nous précéda le long de l'escalier. Le courtier le suivait. Dès qu'il s'agissait des marchands de gemmes, il ne quittait pas Julius d'un pouce. Il était son ombre, son double. Et comme j'ignorais encore la fonction de cette espèce de satellite, ses droits et ses devoirs, tout me semblait singulier chez lui.

Quand nous fûmes arrivés sur la plate-forme assez longue à laquelle aboutissaient les marches, le courtier enleva ses chaussures.

— C'est l'habitude à cause des nattes, nous expliqua Julius à Jean et à moi. Mais ici nous pouvons garder nos souliers. Ils sont évolués dans la famille.

La pièce, pourtant, qui nous reçut et sur laquelle la porte du palier ouvrait directement, n'offrait rien que la nudité la plus traditionnelle, la plus élémentaire. Bien qu'elle fût très vaste et très spacieuse elle ne contenait aucun meuble sauf une table et quelques chaises de la sorte la plus banale et placées tout contre la cloison du fond. C'est là que le courtier nous demanda de nous asseoir avant d'aller prévenir la maîtresse de la maison, Daw Hla.

J'eus ainsi quelques instants de loisir pour étudier l'endroit et les gens qui s'y trouvaient, car nous étions loin d'être seuls.

Face à nous et sur le côté gauche s'élevait un singulier échafaudage qui soutenait, sous un globe de verre, la réduction d'une pagode exacte jusqu'à son aiguille d'or. Des fleurs, des offrandes minuscules étaient posées devant elle. Entre les jambes de l'échafaudage brillait dans la pénombre un bloc énorme et magnifique de cristal brut. A côté on voyait, façonnée dans le minerai translucide, la toiture d'une autre pagode.

Mais ce qui m'intéressait surtout c'étaient les gens assis sur leurs jambes croisées à même la natte claire qui recouvrait tout le plancher et le long des trois fenêtres, que formaient les lattes repliées de la cloison extérieure. Il y avait là une douzaine d'hommes. Les uns portaient le *longi* et le casaquin birman, d'autres la tunique sombre du peuple chan, d'autres encore le turban des Gourkas. Ils étaient répartis en petits groupes de trois ou quatre et chaque groupe entourait un plateau de cuivre sur lequel s'éparpillaient des cailloux. Le bassin et le torse de ces hommes demeuraient parfaitement immobiles et les seuls mouvements de leurs bras étaient de prendre ou de reposer devant eux les tasses de thé bouillant qu'ils aspiraient à grand bruit. Une femme âgée, très petite, un peu voûtée, très ridée, allait d'un plateau à l'autre, du pas silencieux de ses pieds nus.

J'allais demander à Julius le sens de cette scène quand, précédée du courtier, une autre femme entra. Elle aussi était de petite taille. Elle aussi avait plus de soixante ans. Et pourtant, malgré sa figure simple, ronde et lisse à la paysanne, malgré son port d'une modestie extrême et son sourire timide, toute sa mince personne donnait le sentiment de l'autorité. Le devait-elle aux rubis qui rutilaient à ses oreilles, brillaient à son cou, se répandaient sur tout son casaquin comme une rose empourprée, ou bien à la sereine assurance de son front ou plutôt à l'insondable et sage tristesse de ses yeux usés — je ne saurais le dire. Mais, avant que Julius ne l'eût dit, avant même qu'il se fût levé, Jean et moi nous savions que cette femme était Daw Hla, la maîtresse, la patronne, le chef de famille et dont chacun, à Mogok, parlait avec un respect qui s'adressait plus encore à sa personne qu'à sa fortune.

Elle nous pria de reprendre nos places — ce qu'elle fit par un geste d'une gaucherie charmante. Elle ne savait pas un mot d'anglais et, visiblement, était peu habituée à rencontrer des Européens. Elle échangea quelques mots avec Julius et celui-ci nous dit :

— Daw Hla regrette infiniment de ne pas pouvoir s'entretenir avec vous, mais son fils, qui parle anglais, va revenir bientôt de la mine où il se trouve.

A ce moment, une jeune fille posa devant nous un plateau qui portait des gâteaux au miel, une boîte métallique de cigarettes anglaises et des tasses de café. Comme cette dernière denrée était rare et chère à Mogok, on l'offrait toujours aux hôtes de marque.

— Je vous présente la fille de Daw Hla, dit Julius.

Ma Yin U — c'était son nom — avait un beau corps robuste, une figure pleine et douce, le merveilleux teint d'Extrême-Orient et presque autant de rubis que sa mère mais montés sur des fers à cheval, des épingles d'or et des boucles d'oreilles. Elle nous salua en rougissant et disparut.

Daw Hla se leva également et se dirigea — après un mot d'excuse à Julius — vers les hommes assis le long des fenêtres et autour des plateaux.

— Elle doit voir la marchandise qu'on lui apporte directement des mines, chuchota Julius. L'autre bonne femme est la sœur aînée. Elle ne fait qu'évaluer les pierres, mais elle a un œil sans pareil.

Nous entendîmes alors le résumé de ces vies étonnantes.

Daw Hla était née à Mogok, d'une mère chinoise et d'un père birman de la condition la plus pauvre. Elle avait épousé un humble tailleur de pierres précieuses. Quatre enfants vinrent l'un après l'autre. Le salaire du mari ne suffisant pas à les nourrir, Daw Hla s'avisa que le riz acheté à Mogok pouvait être vendu plus cher aux mineurs sur les lieux de leur travail. Pour se procurer les quelques mesures nécessaires au début de ce commerce, elle dut emprunter — à cinq pour cent *par mois*.

Daw Hla, portant son riz sur le dos, parcourait chaque jour de quarante à cinquante kilomètres. Mais elle faisait quelques bénéfices et, surtout, elle entrait en rapport avec tous les coolies des mines. Ce fut là que sa sœur intervint qui, dès son plus jeune âge, avait eu, pour les pierres précieuses, un don, un sens exceptionnels. Les deux femmes employèrent si adroitement les gains rapportés par les sacs de riz que, à la mort prématurée du mari de Daw Hla, celle-ci pouvait déjà faire vivre sa famille.

— Elle a développé ensuite et mené son affaire avec une sorte de génie ; maintenant elle vaut des centaines de millions, acheva Julius.

Là-bas, près des larges ouvertures sans vitres que faisaient les lattes de teck repliées, les deux vieilles femmes, accroupies sur leurs talons nus à même la natte, examinaient aux derniers rayons du soleil les gros cailloux bruts apportés par les mineurs Chans, Birmans et Gourkas.

La porte du palier battit vivement pour laisser passer un jeune homme en *longi* à petits carreaux et casaquin couleur tabac. Il était d'une minceur, d'une fragilité surprenantes mais si finement et harmonieusement construit qu'il semblait ciselé dans un vieil ivoire. Sa voix, quand il s'adressa à nous en anglais, avait la même qualité d'extraordinaire délicatesse.

— Bienvenue, dit-il. Je suis Maung Khin Maung, fils de Daw Hla.

Puis il exprima à Jean combien il était heureux qu'un homme comme lui, au nom célèbre dans la profession, eût affronté les fatigues et les dangers d'un long voyage pour venir jusqu'à Mogok.

Puis, ce fut mon tour.

— Je sais, dit-il, que vous êtes un grand savant en bouddhisme. J'espère m'instruire auprès de vous.

Je regardai Julius avec fureur. Son courtier avait déjà répandu la fausse nouvelle. Julius n'eut aucune réaction. Alors, pour changer de propos à tout prix, je posai au jeune homme la première question qui me vint à l'esprit.

— Avez-vous été en Europe ? demandai-je.

— Non, dit-il doucement, et je ne sais pas si je pourrai m'y rendre. Mon frère aîné a vécu assez longtemps à Paris. Il y représentait notre maison quand il est mort subitement. Je suis le dernier fils et ma mère ne veut plus que je la quitte... Peut-être quand mon fils sera grand...

Daw Hla vint nous rejoindre. Et sa fille, nous ayant apporté encore du café, s'assit également. On ne pouvait surprendre aucune manifestation de tendresse entre Daw Hla et ses enfants, ni le moindre signe d'autorité ou d'obéissance. Il en allait de même entre le frère aîné et la sœur cadette. Et pourtant, par je ne sais quel intense et secret pouvoir, on sentait ces rapports, ces liens aussi sûrs, tranquilles et inaltérables que leurs visages.

Nous prîmes congé bientôt. La première visite, en effet, ne devait être consacrée qu'à la politesse.

*

Mais, dès le lendemain matin, ce fut en acheteur de pierres précieuses que Jean se présenta chez Daw Hla. Et il en fut ainsi chaque jour que nous passâmes à Mogok.

Ces réunions se déroulaient selon un rituel inaltérable. Nous arrivions ensemble tous les quatre : Jean, Julius, le vieux courtier chinois au casque colonial et moi. Au rez-de-chaussée, les tailleurs et polisseurs, penchés sur leur ouvrage, levaient un instant la tête pour nous sourire. Dans la grande salle du premier étage, quelle que fût l'heure, des vendeurs de pierres précieuses assis, les jambes repliées, autour des plateaux de cuivre, attendaient que la sœur aînée de Daw Hla se prononçât sur leur marchandise.

Nous ne faisions que traverser la pièce pour entrer dans la pièce réservée aux affaires importantes. Quoique très simple, l'ameublement y était plus approprié aux coutumes d'Europe. Une grande table à tiroirs occupait un pan de mur. Une autre, garnie de papier blanc et de crayons, se trouvait placée contre la fenêtre. Pour s'asseoir, on trouvait des fauteuils et des chaises commodes. Quelques malles et coffres étaient entreposés dans le fond.

Nos hôtes commençaient par faire apporter du café, des cigarettes et mener une conversation anodine, pleine de courtoisie et de bonté. Puis on passait — pour le travail, — à la table placée près de la fenêtre, à cause de la lumière.

Jean et Julius se mettaient côte à côte, face à la rue. Dans le recoin, Daw Hla siégeait, ne parlant presque pas, ne laissant rien paraître sur sa ronde, sage et douce figure, mais voyant et décidant tout. Son fils Maung Khin Maung, avec des mouvements fins et silencieux que son *longi* accompagnait d'un froissement subtil, avec ce demi-sourire d'une gentillesse impassible qui flottait toujours sur ses traits aux méplats vifs et délicats, allait de l'un à l'autre, traduisait, montrait les pierres, donnait les chiffres. A l'arrière-plan, debout, le vieux courtier chinois ne prenait pas une part directe aux négociations, mais, pareil à une ombre tutélaire, mineure et amicalement grimaçante, veillait sur elles et s'efforçait de les aider par de menus services auxquels il s'empressait fébrilement, et ses courbettes et ses petits rires de magot.

Les détails de la première de ces conférences, par leur effet de nouveauté, ont tout naturellement le mieux imprégné ma mémoire. Les traits de Jean, si mobiles à l'accoutumée, avaient pris une expression sérieuse, tendue, presque sévère et ses taches de rousseur s'étaient comme figées. Le souci du métier entrait sans doute pour une grande part dans cette gravité subite, mais aussi une étrange émotion. Il connaissait, pour ainsi dire, une à une, en Europe et en Amérique, les collections des grands joailliers et les réserves des grands lapidaires auxquelles aboutissaient les pierres de Mogok. Et voilà qu'il touchait à leur source même, si ancienne, si lointaine, si mystérieuse...

Pour la vieille Birmane et pour son fils, l'étonnante confrontation se faisait en sens inverse. Ils voyaient — elle surtout qui, depuis près d'un demi-siècle, triait et retriait infatigablement le butin des pierres — ils voyaient enfin, dans la haute vallée, dans leur monde clos, l'un de ces grands marchands qui vivaient aux pays fabuleux d'Occident.

Bien sûr, ils ne montraient rien de leurs sentiments... Ils en étaient empêchés plus encore par le sens de leur dignité que par la discipline professionnelle. Mais, de même que l'on voit, dans les beaux documentaires, certains acteurs indigènes exprimer tout ce qu'ils éprouvent sans remuer un muscle de leurs faces — de même chez Daw Hla et chez son fils les mouvements intérieurs, quand ils atteignaient un certain point d'intensité, de densité, se faisaient jour à travers leurs figures immobiles.

Seul, Julius était dans son climat naturel. Il avait passé quarante années de son existence errante à remonter et à descendre la longue route des pierres précieuses d'un bout à l'autre. Sur ces chemins, sa courte chevelure bouclée était devenue grise et sa figure avait acquis une patience et une placidité presque orientales.

— D'abord les douze carats, dit-il à Maung Khin Maung.

Puis à Jean :

— Vous savez... la pierre dont je vous ai parlé plusieurs fois dans mes câbles pour que vous en décidiez.

Jean était, en effet, dans l'association qu'il avait formée avec Julius, le partenaire principal et, comme tel, il avait à se prononcer en dernier ressort sur les achats importants et difficiles.

Maung Khin Maung avait sorti de l'une des poches de son casaquin un petit sachet de papier blanc. Il le posa sur la table et, sans presque y toucher de ses doigts incroyablement fins, déliés et sensitifs, l'ouvrit. Au milieu de la feuille blanche apparut soudain, comme par un tour d'illusionniste, le premier rubis que j'ai vu à Mogok.

Jean, d'abord, garda le silence. Ses yeux, élargis, brillants, semblaient faire le tour de la petite pierre rouge, en compter les facettes, en aspirer l'éclat. Puis, sans dévier son regard, il demanda d'une voix assourdie :

— Julius... une pince.

— Elle est là, dit Julius, sous votre main.

Les doigts de Jean étaient loin d'être aussi subtils que ceux de Maung Khin Maung, mais, pour saisir le rubis entre les deux branches du léger instrument, mon ami montra la même rapidité, douceur et délicatesse que notre hôte. Il éleva la pierre de façon à la placer entre ses yeux et la clarté du jour et l'examina longtemps. Tantôt il tenait la pince immobile, tantôt il la faisait tourner dans un sens et tantôt dans un autre. Enfin il déposa le rubis et dit à Julius :

— Oui, je comprends...

Soudain il reprit la pierre avec la pince et en recommença l'examen.

— Approche-toi et regarde, me dit-il, je vais t'expliquer.

Mais il parlait surtout à lui-même.

— Tu vois, poursuivit Jean avec passion... Tu vois, c'est très difficile. Ce rubis est à la limite d'être une grande pierre. Une vraie grande pierre. Toute cette partie — la plus importante — touche à la perfection... Mais le fond, le culot est trouble... brouillé... Et la manière dont ils ont été forcés de le tailler empêche de cacher le défaut...

Il fit rouler lentement la pierre entre ses doigts. Le soleil mêlait ses feux à ceux du rubis.

— Mais regarde le reste, reprit Jean. C'est magnifique... C'est le vrai, le pur sang de pigeon.

— Sang de pigeon, répéta Julius, parlant en français.

Maung Khin Maung n'entendait pas cette langue. Pourtant, au dernier mot, il sourit, et dit :

— *Pigeon's blood.*

Et le vieux courtier chinois s'écria :

— *Pigeon's blood.*

Et Daw Hla elle-même, la vieille Birmane qui ignorait tout des idiomes étrangers, murmura en anglais :

— *Pigeon's blood.*

On eût dit un vocable mystique, un terme souverain, un maître mot.

Jean abaissa sa petite pince jusqu'au papier et laissa, comme à regret, aller le rubis.

— Je le reverrai demain, dit-il. Passons à autre chose.

Maung Khin Maung, en une seconde, replia le sachet, et posa une rapide question à sa mère. Elle approuva d'un mouvement de la tête à peine perceptible. Maung Khin Maung sortit par la porte du fond qui donnait sur les appartements intérieurs et revint, les paumes chargées de paquets beaucoup plus volumineux que le premier. Il les aligna sur la table, les défit rapidement l'un après l'autre. Alors le bois grossier sembla prendre feu. Car chaque sachet contenait des rubis par poignées. La taille des plus gros ne dépassait pas sans doute celle d'un noyau de cerise et les plus minces n'avaient que le volume d'un pépin de raisin, mais leur nombre, leur masse, leur amoncellement donnaient un sentiment d'incrédulité.

Maung Khin Maung apportait d'autres paquets. Bientôt la surface entière de la table ne fut qu'un seul brasillement.

— Ça alors... murmura Jean... Alors... ça !

— Mais ce ne sont que des lots pareils aux lots dont je vous fais l'envoi régulièrement, dit Julius.

— Sans doute, s'écria Jean. Mais, à Paris, je les reçois, un par un, au compte-goutte. Tandis que ça...

Mon ami me saisit le bras, sans en avoir conscience, et poursuivit :

— Il faut des années pour trouver, tailler, réunir cette masse incroyable... Ces rubis sont petits, mais il y en a ici pour des dizaines et des dizaines de millions. Sertis d'or ou de diamants, ils servent à composer les bracelets et les colliers merveilleux que l'on voit chez les grands bijoutiers.

Jean domina brusquement son excitation :

— Allons-y... dit-il à Julius. Il s'agit de choisir.

Les deux hommes alors commencèrent d'examiner, l'un après l'autre et minutieusement, chacun des rubis. Ils mettaient à part ceux qui ne leur convenaient pas et plaçaient devant eux sur une feuille de papier les pierres de leur goût.

— Sang de pigeon, murmuraient-ils chaque fois...

Un rire léger, fluet, charmant résonna contre mon oreille. Sans que je m'en fusse aperçu, Maung Khin Maung s'était assis à côté de moi. Il me demanda :

— Ce travail ne vous ennuie pas à regarder ?

— Non, dis-je, le spectacle a quelque chose de plaisant, de fascinant. Mais je voudrais comprendre...

Maung Khin Maung prit alors entre les longs doigts effilés de sa main gauche l'une des pierres que Jean avait écartées et de sa main droite une autre, parmi celles qu'il avait retenues. Le jeune Birman les haussa ensemble de façon à ce qu'elles fussent, pour la lumière, à la même incidence.

— Voyez vous-même, dit-il. A gauche, le rubis est trop sombre, trop sourd, vulgaire comme du sang de bœuf. Le soleil ne passe pas. Il en est par contre qui sont trop pâles, trop fades, tandis que celui-ci...

Maung Khin Maung, maintenant, élevait la main droite et ses yeux bridés exprimaient soudain l'admiration, la tendresse. Et il dit :

— Celui-ci, pour la teinte, ressemble aux pétales des jeunes roses. Et la lumière en même temps le traverse et en rejaillit — colorée par le rubis — comme d'une source, purifiée par lui comme par un feu qui ne laisse pas de cendres. Cette pierre est animée. Elle respire, elle chante au soleil comme à la clarté des lampes. Elle *vit*.

Maung Khin Maung reprit haleine pour rire de nouveau, doucement, gentiment.

— Voilà ce que nous appelons Sang de Pigeon, poursuivit-il. Le mot birman est *Ko Dwei* et les Indiens — qui ont inventé l'expression — eux, disent *Kabooterka Xyn*.

Jean et Julius continuaient leur tâche. La vieille dame immobile qui ne les quittait pas du regard dit quelques mots à son fils en remuant à peine les lèvres.

— Elle pense, traduisit Maung Khin Maung, que votre ami est un grand connaisseur.

— Mais vous-même... dis-je.

— Oh ! moi... c'est naturel, répliqua le fils de Daw Hla. Depuis l'âge de six ans, chaque jour de loisir que m'ont laissé mes études, ma mère et ma tante m'ont enseigné la science des pierres précieuses... Et depuis que mes études sont achevées, je suis dans la profession.

Il me considéra avec respect et reprit :

— Elles étaient surtout consacrées à l'enseignement de notre Maître et puisque vous êtes très versé en bouddhisme...

Le mot seul me donnait la panique. Je dis précipitamment :

— En vérité, je suis venu pour écrire un livre sur la vallée des rubis.

Les yeux étroits, intelligents et subtils glissèrent vers l'associé de Jean.

— M. Julius est un très bon ami, dit Maung Khin Maung avec un doux sourire.

Entendait-il par là que Julius avait voulu me donner de la « face » ou honorer les gens de Mogok ? Par la vérité sur ma personne ou par une fiction ? Il était impossible de le savoir. D'ailleurs, Jean se leva, disant :

— Assez pour aujourd'hui.

Les rubis qu'il avait choisis furent recueillis dans trois sachets. On les ferma avec de la cire rouge, sur laquelle Julius apposa le cachet de la bague qu'il portait.

— Personne n'a plus le droit de voir ces pierres avant que nous donnions notre réponse, m'expliqua Jean.

— Ce n'est pas encore un mariage, dit Julius, mais déjà des fiançailles.

*

Les rencontres qui suivirent celle-là lui ressemblèrent

en tout point sauf que, parfois, les gros sachets contenaient des poignées de saphirs aussi bien que des rubis. La table, alors, devenait, par éblouissantes alternatives, tantôt un champ de bleuets d'où ruisselait une lumière féerique et tantôt un tapis de petites constellations empourprées.

Jean continuait à choisir les pierres avec la même minutie infatigable. Mais de temps en temps, il interrogeait Julius à voix basse :

— Est-ce qu'ils n'ont rien d'autre ? Des pièces rares ?

Et Julius qui avait la placidité, la patience même de nos hôtes, répondait chaque fois :

— On ne sait jamais, attendons.

Or, à mesure que le temps passait, un climat plus familier, plus intime s'établissait autour de la table, fruste éventaire aux cailloux qui valaient des fortunes. Cette modification dans les rapports tenait beaucoup à l'attitude que Jean avait prise. Obéissant à son instinct, il n'essayait pas de jouer à l'acheteur impénétrable, au grand marchand pétrifié dans sa dignité. Dans cette maison si accueillante, il plaisantait gracieusement avec Maung Khin Maung comme avec un camarade. Il faisait une cour déférente à Daw Hla. Il montrait franchement son plaisir et son enthousiasme pour la pierre qui les suscitait.

La confiance engendre la confiance. On nous parla de la famille. On nous la montra. La fille de Maung Khin Maung, qui avait trois ans, extraordinaire poupée aux yeux fendus et à la toison de jais, nous fut présentée. Sa femme apporta le fils de trois mois, orgueil de la maison.

Nous apprîmes qu'elle avait pour père un grand propriétaire de mines à Tchaïpin, situé à l'autre bout de la vallée. Nous apprîmes aussi que la fille aînée de Daw Hla était mariée à un des principaux marchands de pierres de Mogok. Lui-même vint nous rendre visite chez sa belle-mère.

La sœur cadette de Maung Khin Maung, encore sans époux, et que nous connaissions déjà, tenait également sa part dans l'affaire. Elle avait le département des pierres semi-précieuses, zirkons et péridots que l'on trouvait en abondance dans les mines. Ces pierres bleues, blanches, vertes, jaunes, orangées, rosées, d'une limpidité et d'une couleur ravissante, la jeune fille les disposait avec un art subtil au fond des écrins et leur donnait la forme de corolles, d'abeilles et de roues enchantées.

Et un matin, sur un mot que Daw Hla, assise comme à l'ordinaire au bout de la table, immobile et gouvernant tout de son regard bienveillant, adressa à son fils, Maung Khin Maung demanda à Jean de la façon la plus naturelle :

— Vous plairait-il de voir quelques pierres étoilées ?

Jean sursauta sur sa chaise.

— Et comment ! cria-t-il. Et pourquoi ne pas les avoir montrées jusqu'à présent ?

Maung Khin Maung sourit de son subtil, indéfinissable, mais toujours charmant sourire et donna cette indéchiffrable, mais suave réponse :

— Parce qu'elles n'étaient pas encore visibles.

Il s'en alla vers les trésors des appartements intérieurs et Daw Hla, douce et sereine, continua de contempler la table.

— Ils m'ont parlé de ces marchandises, murmura Julius à Jean. Mais c'est votre présence qui les décide à les sortir.

Je demandai alors ce qu'étaient les pierres étoilées.

— Quand elles sont belles, on les paie des prix record en Amérique, dit Julius. Les femmes, là-bas, en sont folles.

— Mais comment sont ces pierres ?

Maung Khin Maung revenait.

— Tu vas voir, me dit Jean.

Et je vis...

Les petits sachets classiques de papier blanc contenaient pour moitié des rubis et pour moitié des saphirs. Mais, cette fois, chacune des pierres précieuses portait à l'intérieur, en son milieu, son centre, son cœur, un petit foyer, une sorte d'étincelle plus dorée que l'or le plus vif, plus brillante que le diamant et de laquelle jaillissaient six branches, six rayons du même éclat mystérieux.

— Tu comprends ? me demanda Jean.

En cet instant, il projetait sur les pierres le faisceau d'une puissante torche électrique dont Maung Khin Maung l'avait muni, car c'était pour les « étoiles » la meilleure lumière.

— Je comprends, dis-je à mi-voix, fasciné par le miracle de ces astres logés au cœur de la pierre radieuse.

L'un des rubis surtout était magnifique : sang de pigeon le plus pur (je savais maintenant ce que le mot voulait dire) et tout traversé, tout enveloppé en dedans par les rayons éternels du soleil qu'il portait.

— Il sort tout juste de l'atelier, dit Maung Khin Maung à Julius avec une sorte de piété reconnaissante. Vous comprenez ce que cela signifie pour nous.

Julius, alors, s'adressa à moi :

— Il faut savoir, dit-il, que l'on voit l'étoile à des centaines de pierres lorsqu'elles sont encore à l'état brut mais que, après la taille, il n'en reste plus une seule qui soit étoilée...

Jean demanda brusquement à Julius :

— Les prix ?

Julius posa la question à Maung Khin Maung, lequel la transmit à sa mère. La vieille Daw Hla réfléchit une seconde et dit un chiffre en birman. Le courtier sembla le saisir au vol et le jeter précipitamment, en hindoustani, à Julius. Et lui se pencha pour le chuchoter à l'oreille de Jean.

— Mais c'est très considérable, dit mon ami en français. Ils demandent presque plus cher que les marchands d'Amérique.

Julius haussa les épaules et les sourcils en même temps, plissa les lèvres avec résignation — et dit :

— Ils ne tiennent pas à vendre, ni même, vous l'avez vu, à montrer leurs belles pièces.

— Mais pourquoi ?

— Est-ce que je sais... Les grandes trouvailles se font de plus en plus rares dans les mines... La monnaie birmane est peu sûre... Il y a les insurgés... On transporte plus facilement un rubis étoilé que des liasses de billets...

— Alors, demanda Jean, pourquoi me laissent-ils voir ces pierres ?

— Pour la *face*, devant un connaisseur, dit Julius. Et parce qu'ils vous ont pris en amitié.

Ce sentiment, il nous fallut toutefois attendre le terme de notre séjour à Mogok, pour qu'il se montrât d'une façon décisive. Nous parlions de notre départ à Daw Hla, et nous étions assez émus. Car une affection singulière avait mûri peu à peu en nous pour cette vieille dame birmane avec laquelle il nous était impossible d'échanger une parole et dont le seul truchement était un regard las, tendre et sage. Elle devina, sans doute, ce que nous éprouvions pour elle, et parut touchée. Et, comme elle l'avait fait si souvent, elle donna à son fils quelques instructions très courtes.

Une fois de plus Maung Khin Maung disparut dans les appartements intérieurs. Mais cette fois, il n'en revint pas seul. La sœur aînée de Daw Hla accompagnait son neveu. Son apparition nous surprit profondément. Elle n'avait jamais assisté aux réunions d'affaires ni d'amitié. Nous n'avions pu que l'entrevoir dans la grande salle, menue, silencieuse, ombre furtive, penchée sur les pierres qu'apportaient les mineurs. Nous fûmes soudain frappés de découvrir que, malgré sa petitesse, la modestie de son visage effacé et son vêtement tout simple, il y avait chez elle une dignité secrète, une naturelle noblesse qui rappelaient Daw Hla. Et notre étonnement s'accrut bien davantage lorsque nous vîmes que cette femme portait une cuvette de grande taille, une vieille et vulgaire cuvette dont l'émail était à demi rongé.

Elle la déposa sur une table. Alors, Jean poussa un cri étranglé :

— Julius... Julius... Mais c'est... c'est unique au monde.

Et Julius, par un réflexe nerveux contraire à toute logique, enleva ses lunettes comme pour mieux voir et dit :

— Je suis un familier de trente ans, et ils ne m'ont pas même laissé soupçonner cela.

J'écartai mes deux amis — à ce moment, je pouvais appeler Julius aussi de ce nom — et me penchai à mon tour sur la cuvette. Entre ses parois craquelées, lamentables, ce n'est pas des pierres précieuses que je découvris, mais une douzaine de blocs minéraux, lourds et grossiers de forme. Leur couleur et leur substance étaient singulières. La surface avait une fluorescence laiteuse, opaline et, à travers elle filtrait une sorte de fluide qui rappelait tantôt l'azur du ciel le plus doux, tantôt les teintes de l'aurore.

Je dis à Jean :

— Veux-tu m'ex...

Il ne me laissa pas achever.

— Ça, vois-tu, cria-t-il, c'est le brut. C'est l'état naturel où l'on trouve les pierres précieuses. Elles reposent ainsi dans leur lit, leur nid, leur matrice. Mais, je n'ai jamais rien vu de cette taille, de cette richesse, rien qui fût si rare et si plein de promesses.

Il tirait un à un les énormes cailloux et les présentait à la lumière.

— Et celui-là, celui-là ! cria-t-il de nouveau... Julius ! Julius ! Ce n'est pas croyable. Du rubis entouré de saphir.

Tous deux ils gardèrent le silence et l'on entendit la voix frêle de Maung Khin Maung :

— C'est ma tante qui a choisi ces morceaux, dit-il. Et, dans toute la vallée, de Mogok à Tchaïpin, il n'y a pas d'œil plus sûr.

Je regardai la vieille femme... Ses prunelles étaient ternes, usées, tranquilles.

Elle murmura quelques mots à peine distincts. Daw Hla approuva de la tête et Maung Khin Maung inclina son visage comme ciselé dans l'ivoire.

— Oui, dit-il, ma tante est sage. Il faut attendre la taille...

Il se tourna vers moi, l'ignorant, le profane, avec sa courtoisie et sa gentillesse accoutumées.

— C'est le grand inconnu, reprit-il, le vrai jeu. Les plus savants eux-mêmes ne peuvent jamais prévoir ce qui va sortir du brut. Le regard le plus subtil ne peut pas y découvrir le voile intérieur, funeste... Nous l'appelons la *soie*. Elle n'apparaît qu'à la fin, lorsque la pierre est hors de sa gangue.

— Et alors, dit Julius, la lumière ne passe plus... Le rubis est mort... Il ne vaut même plus la moitié, le tiers de ce que vous avez payé le brut. Et alors...

Il siffla lugubrement.

Maung Khin Maung leva l'un de ses doigts effilés vers le bloc aux veines d'azur et de pourpre que Jean continuait de tenir.

— Le travail pour celui-là, dit-il, sera d'une terrible difficulté. Il va durer des mois. Et pendant des mois, je vais surveiller en tremblant les ouvriers qui devront, à la clarté d'une chandelle, — c'est la meilleure — scier d'abord le minerai selon les craquelures, puis établir les facettes, puis les polir... Et après tout cela, peut-être, on trouvera une soie.

Le vieux courtier chinois intervint alors. Toutes ses rides, toutes ses grimaces n'avaient plus qu'un sens : la passion du joueur.

— Par contre, s'écria-t-il, si la taille donne tout ce qu'on peut espérer, alors, la pierre qui sortira de ce brut vaudra les plus célèbres rubis de U Min Paw.

A ce nom, Julius fronça les sourcils et se mit à essuyer ses lunettes. Le courtier lui-même sembla regretter de l'avoir prononcé dans son emportement.

— Qui est U Min Paw ? demandai-je à notre jeune ami birman.

— Il n'est plus. Et on ne sait pas ce que sont devenues ses pierres, dit Maung Khin Maung avec un détachement qui me parut excessif.

— Ah ! oui, murmura Jean qui semblait absorbé par l'examen du grand rubis brut. C'est son histoire, je pense, que Julius nous a racontée à Paris.

Puis Jean répéta deux ou trois fois, d'une manière qui pouvait passer pour tout à fait machinale mais dont je savais bien qu'elle était destinée à graver dans sa mémoire le nom de l'ancien meurtrier de grand chemin.

— U Min Paw... U Min Paw...

Brusquement, il rejeta la pierre brute dans la cuvette et demanda :

— A combien l'estimez-vous, dans l'état actuel ? Dix millions ?

Maung Khin Maung prit un crayon et convertit aussitôt ce chiffre en roupies birmanes. Ensuite, il dit à mi-voix :

— Le double.

— Pour une fois, je ne discute pas, reprit Jean. Et si vous voulez bien, je suis de moitié dans le jeu.

Julius enleva ses lunettes.

— Fraîcheur et délices, murmura-t-il avec effroi.

Car il n'aimait pas avoir le hasard pour partenaire.

Mais seul le rire exquis de Maung Khin Maung répondit à Jean. Avant qu'il ait eu le temps de l'expliquer, Daw Hla interrogea son fils du regard. Il traduisit pour elle l'offre de notre ami. Un sourire débonnaire illumina le visage de la vieille dame, si clos à l'accoutumée. Puis elle parla à Maung Khin Maung. Il fit — cette fois pour Jean — l'interprète.

— Ma mère est très touchée par la confiance que vous nous témoignez, dit-il. Mais elle pense que si elle acceptait votre proposition, elle ferait perdre la *face* à sa sœur aînée. C'est elle qui, depuis toujours, choisit le brut.

La plus âgée des deux vieilles femmes reprit la cuvette, et sans un mot, traînant un peu ses pieds nus sur la natte, l'emporta dans le fond de la maison.

IX

Pour commencer, il me fut assez difficile de m'accoutumer à eux. Ils venaient sans prévenir, sans même frapper ou s'annoncer d'une manière quelconque. Et comme la porte de l'escalier extérieur donnait droit sur le bureau de Julius, c'est-à-dire la pièce centrale, et que cette porte demeurait ouverte la plus grande partie de la journée et que, selon l'usage, les visiteurs se déchaussaient avant de pénétrer dans le logis — ils surgissaient sans faire plus de bruit qu'un fantôme. Je sortais de ma chambre, ou du réduit réservé aux ablutions, pour trouver soudain dans le bureau, qui était vide quelques instants plus tôt, des hommes de tout âge et de tout habillement, installés, l'un sur une chaise, un autre sur le lit de Jean, un autre accroupi à même le plancher. Et ils attendaient sans hâte, sans mouvement, comme s'ils avaient eu la vie entière devant eux.

Or, ils étaient tous marchands de pierres précieuses... Oh ! assurément, ils ne possédaient pas — même en rêve — les ressources et les réserves étalées ou secrètes de Daw Hla et de sa famille. Certains subsistaient avec peine, au jour le jour. Néanmoins, ils faisaient partie de ces 1 500 négociants reconnus, patentés qui — sur une population de 10 000 habitants — vivaient uniquement du commerce des gemmes.

Les plus fortunés achetaient les pierres taillées que

s'étaient procurées les plus pauvres à l'état brut, chez quelque mineur pressé par le besoin. On allait les offrir ensuite à ceux qui avaient pignon sur rue, relations avec l'étranger ou débouchés personnels.

Julius, qui modelait son existence sur les traditions et les coutumes de Mogok, tenait pour eux boutique ouverte dans son bureau. L'arrivée de Jean — le grand homme de Paris — en avait fait le lieu le plus couru de la ville.

Le défilé commençait de très bonne heure, durait jusqu'aux environs de midi et reprenait après le déjeuner. Dans la plupart des cas, l'affaire était réglée très vite. Julius jetait un coup d'œil sur la marchandise offerte et la refusait sans même la laisser arriver jusqu'à Jean, assis de l'autre côté de la table. Le vendeur acceptait la décision avec un sourire tranquille, repliait son sachet et s'en allait continuer sa ronde.

Mais quand une pierre — petite à l'ordinaire et un saphir en général, moins rare et moins cher que le rubis — retenait l'attention de Julius et de Jean, le cérémonial commençait.

L'un ou l'autre portait d'abord, d'un geste instinctif, la pierre contre sa joue — car l'une des propriétés étranges du minerai précieux est de devenir immédiatement tiède au contact de la peau. Puis, entraient en jeu loupe, pince et balance. Puis venait la phase décisive : la discussion du prix.

Le premier de ces débats m'emplit de stupeur. Je m'attendais à un colloque véhément, nourri d'indignations et de grands gestes, bref à un marchandage de bazar. Or, pas une parole ne fut prononcée. Julius se contenta de faire un signe à son courtier. Le vieux Chinois, alors, bondit vers le vendeur et jeta sur la main droite de celui-ci une écharpe qu'il tenait prête. Ensuite, il glissa lui-même sa main sous l'étoffe qui se mit à onduler et à frémir.

— Que se passe-t-il ? demandai-je à Julius.
— Ils marchandent, dit l'associé de Jean.
— Mais comment ?
— En touchant paumes, doigts et phalanges, dit Julius. Chaque partie de la main représente un chiffre établi depuis longtemps, par une convention que connaissent tous les gens qui, en Orient, s'occupent de pierres précieuses.
Je demandai encore :
— Et vous savez compter ainsi ? Et vite ?
— Aussi vite que les autres, dit Julius en riant. J'ai appris ça vers 1910 en Arabie et dans le golfe de Bahrein, au grand marché des perles... C'est là que le système a été inventé parce que les Arabes, les Indiens et les Persans n'avaient pas d'autre façon de se comprendre.
Sous l'écharpe verte, le dialogue de sourds-muets suivait son cours.
Soudain, le vieux Chinois poussa un grand cri, fit disparaître l'étoffe avec une rapidité de prestidigitateur et claqua bruyamment sa paume contre celle du vendeur. Alors, celui-ci donna un saphir au courtier qui le remit à Julius. L'affaire était conclue.
Mais pour un achat, combien fallait-il renvoyer de gens qui, d'un gousset de gilet, d'une poche de casaquin, ou d'un vieux porte-monnaie, ou d'un pli de turban, ou d'un sachet pendu au cou, sortaient une pierre de mauvaise qualité : tout leur avoir ! Je m'étonnais de la patience illimitée que montrait Julius. Ne pouvait-il pas à l'aspect, à la mine, au vêtement — lui qui connaissait tout le monde à Mogok — faire une sélection à l'avance ?
— Dans ce pays, on ne sait jamais, soupira Julius à ce propos. Les coups les plus surprenants vous arrivent. J'ai eu un magnifique rubis étoilé par un médecin arabe sans clientèle... Le fils de mon *dobbie* — le blanchisseur

— m'a vendu un bon saphir. Et le *sweeper* lui-même, vous vous rendez compte, le *sweeper*, ce vieil ivrogne, ce paria, ce mendiant — hé bien, de temps à autre, il m'apporte une pierre passable.

— Mais où peut-il la prendre ? m'écriai-je.

Julius, comme il le faisait souvent, haussa les épaules et les sourcils à la fois.

— Allez le lui demander, dit-il. Son petit-fils l'a trouvé en jouant avec les rebuts d'une mine... Ou il l'a gagnée au jeu à plus ivrogne que lui.

Julius acheva avec un soupir :

— Tout le monde est marchand ici...

*

Un seul, parmi les négociants les plus importants de Mogok en pierres précieuses, n'avait pas voulu, comme le faisaient à l'ordinaire les gens de son rang commercial, que l'on se rendît chez lui. Il arriva au bureau de Julius, en personne, pour montrer à Jean un beau rubis tiré de l'une des mines qu'il possédait. Il est vrai qu'il avait pris spécialement rendez-vous et qu'il était escorté par un courtier, son neveu, qui veillait avec empressement à satisfaire ses moindres désirs.

Le marchand était de la simplicité la plus affable. Vêtu d'un *longi* et d'un casaquin de couleur neutre et d'étoffe peu coûteuse, il s'effaçait modestement pour laisser le passage à Jean et à Julius, il faisait des petites plaisanteries innocentes, il offrait avec insistance à chacun de nous des cigares birmans, noirs comme de l'encre et qu'il fumait sans discontinuer.

Mais il y avait chez lui un trait fort singulier : quand il souriait — ce qui lui arrivait souvent — seules ses lèvres pâles participaient au sourire et les profondes rides qui couvraient son visage osseux et desséché. Le regard, lui, conservait une expression inquiète et même anxieuse, très étrange chez un homme aussi considérable et qui appartenait à une race dont le caractère essentiel semblait être la sérénité. Outre les yeux, véritablement hantés, traqués, un autre signe d'angoisse marquait cette figure : la crispation nerveuse qui, sur le côté gauche, ébranlait par secousses régulières sa joue depuis la pointe du sourcil rêche et gris jusqu'au menton effilé.

Et quoiqu'il fît, tout le temps que dura l'examen de son rubis qui allait et venait entre Jean, Julius et le vieux courtier chinois, le bonhomme ne lâcha pas une seconde la pierre d'un regard en biais, dissimulé, clandestin, mais où se lisait une méfiance aussi aiguë et farouche qu'irraisonnée. Et le tic, sur lequel, en cet instant, il avait perdu tout contrôle, lui tordait la chair sans répit. Ce fut seulement au bruit net que fit le tiroir du coffre de Julius en se refermant sur la pierre, dûment enveloppée, cachetée et scellée, que le marchand respira.

Il reçut alors, en souriant, des mains de son courtier personnel sa grosse canne noueuse et son bonnet, nous salua avec bonne grâce et nous quitta pour revenir le jour suivant débattre le prix de son rubis.

Après son départ, je m'étonnai du guet craintif que son visage exprimait sans relâche. Cette remarque fit rire Julius.

— Le bonhomme a eu beau édifier trois pagodes — ce qui lui a coûté des dizaines de millions... hé oui, des dizaines... — son passé le tient...

Julius éparpilla sur la table la poignée de cigares birmans couleur d'encre que nous avait laissés le marchand et en choisit un qu'il alluma :

— Ce grand propriétaire de mines et de pierres précieuses, reprit Julius, a commencé sur les grandes routes... Oh ! il n'a pas versé de sang — du moins on n'en sait rien... Il se bornait à détrousser les voyageurs isolés... Puis il est entré comme mineur au service de la grande compagnie anglaise qui avait alors le monopole de l'exploitation : la *Ruby Mine*. Tout le monde la volait. Mais lui, en ce domaine, c'était un expert, un champion. Ensuite il est devenu le courtier — c'est-à-dire l'homme lige — d'un grand exportateur américain qu'il a triché, roulé, trahi de toutes les manières. Après quoi, il s'est mis à travailler pour son propre compte.

Julius tira voluptueusement sur son cigare, qui tournait le cœur rien qu'à le regarder, et acheva :

— Ce qu'il a fait, je dois dire, très gentiment, très honnêtement.

Le marchand reparut le lendemain à l'heure dite. Son courtier personnel prit son chapeau et sa canne, lui tendit un cigare, lui donna du feu. Je remarquai alors que ce jeune homme avait la musculature et le visage déterminé d'un garde du corps.

Mais ce fut le vieux courtier chinois qui, sur un mouvement de Julius, devint soudain le personnage essentiel de la scène.

L'instant était arrivé où le langage des doigts sous le foulard devait fixer la valeur du rubis enfermé dans le coffre.

Le marchand aux yeux traqués en avait demandé plus de cent mille roupies. Quand le courtier de Julius fit disparaître son énorme mouchoir avec un rugissement de triomphe, le prix était tombé de moitié.

Une singulière joie pure, presque enfantine, donna soudain un grand charme au visage ravagé du marchand. Avait-il fait un bénéfice considérable ? Pensait-il à la prochaine pagode qu'il allait construire pour que son mérite balançât les anciens péchés ?

Quand il nous quitta, j'allai machinalement à la fenêtre pour le suivre du regard. Mais, alors, un autre personnage me le fit oublier.

C'était un adolescent, presque un enfant, à l'œil vif et hardi. Vêtu de la façon la plus misérable, il se tenait en bordure de la rue, appuyé contre la selle d'une très vieille bicyclette tout emmaillotée de ficelle et de fils de fer. Mais, s'il tendait la main, ce n'était point pour mendier. Il offrait aux passants un petit saphir qui brillait dans sa paume.

J'appelai mes amis et leur montrai le garçon.

— On a vu quelques marchands extraordinaires, dit Jean en riant. Mais aucun comme celui-là.

— Pierre volée, dit Julius... à Tchaïpin sans doute... à l'autre bout de la vallée. Par le gamin lui-même ou un coolie de mine qui l'aura chargé de la vendre. Et lui, il paie d'audace.

L'adolescent leva la tête vers notre fenêtre, et nous adressa un clin d'œil malicieux, amical, intrépide. Julius dit encore :

— Je connais le petit... Il peut aller loin.

A ce moment, nous vîmes arriver devant la boutique de machines à coudre qui faisait face à notre maison et appartenait à l'unique chrétien de Mogok, la Jeep du missionnaire à chemise hawaïenne.

Avant de quitter sa voiture, il appela le jeune garçon, marchanda quelques instants, puis, avec un grand rire et donnant une forte tape sur l'épaule du vendeur, acheta le petit saphir.

— Faute de poker, le Padre se met à jouer aux pierres précieuses, murmura Julius... Fraîcheur et délices !

Le missionnaire entra dans la seule boutique chrétienne de la ville. L'adolescent enfouit les billets dans ses loques et sauta en selle. L'ancien bandit, devenu riche et pieux, qui s'en allait dignement appuyé sur sa canne et suivi de son neveu garde du corps, l'accompagna d'un regard pensif.

Et je pensai qu'un jour, peut-être, le garçon haillonneux à la bicyclette déguenillée aurait assez de saphirs et de rubis pour bâtir, lui aussi, des temples.

X

L'instant est venu, je crois, de peindre l'homme qui a été pour nous la clef de la vallée du rubis, c'est-à-dire Julius, l'associé de Jean. Non seulement il nous a ouvert les maisons et les cœurs, expliqué les coutumes, les techniques, les figures, mais encore il avait si bien enraciné sa propre existence dans ce haut pays birman qu'il en était devenu l'un des personnages les plus significatifs et les plus authentiques.

Pour l'aspect, je l'ai déjà décrit. Un homme au-delà de la soixantaine et portant son âge avec une rare verdeur ; court de taille, rond de ventre mais carré d'épaules et de chair dense ; une courte, drue et grise chevelure crépelée qui faisait songer à une sorte d'astrakan argenté ; de grands yeux attentifs dans une figure large et pleine, hâlée jusque sous la peau et qui avait pris, par une étrange osmose, la sérénité orientale.

Tel je l'avais connu à Paris. Tel je le retrouvai à Mogok. Mais, habillé des mêmes traits, le visage prenait un sens tout différent selon les latitudes. En Europe, Julius n'était qu'un bon bourgeois familial, conventionnel, assez guindé, un peu perdu, taciturne et mélancoliquement résigné à un terne cortège de jours et de semaines. Rien de tout cela ne subsistait à Mogok. Pas de cravate. Un vieux chapeau de toile coiffait en auréole tordue sa toison d'argent annelée. Une forte canne en bois d'épineux appuyait sa démarche courte et agile. Des lunettes sombres masquaient ses yeux, mais quand il les enlevait le regard brillait d'une seconde jeunesse. Il respirait plus large. Il n'arrêtait pas de parler. Il connaissait tout le monde. Il se trouvait partout à l'aise. Il était chez lui.

Pour pénétrer les ressorts qui gouvernaient un changement aussi profond, il était nécessaire de connaître la ligne et la trame d'une destinée vraiment surprenante. J'en ai su les détails un par un, tantôt au whisky du crépuscule, tantôt près d'une table resplendissante du feu des saphirs et des rubis ou bien à un dîner birman, ou encore pendant les promenades que nous faisions dans la vallée splendide.

Julius était né en 1892 dans la Russie du Sud, d'une famille juive orthodoxe. Il avait appris en même temps le russe, le yiddish et l'hébreu. Aussi, dès le berceau pour ainsi dire, sa langue fut rompue à tous les idiomes. L'époque de son enfance était celle aussi où les grands mouvements de révolte contre le despotisme de droit divin et une misère affreuse préfiguraient la révolution qui devait emporter l'empire des tzars. Tous les adolescents de cœur généreux conspiraient alors. A l'âge de quinze ans, Julius appartenait à un groupe clandestin socialiste juif. Il distribuait des appels à la rébellion, il endoctrinait les ouvriers des usines. La police le rechercha — ce qui signifiait la déportation en Sibérie. Il eut des faux papiers, des logis précaires, s'abrita chez des moujiks, des rabbins, des prostituées. Enfin il dut fuir de Russie.

Le voilà en 1909, à seize ans, à Constantinople. C'était l'un des centres les plus actifs du sionisme, puisque, en ce temps, la Palestine appartenait à la Turquie et au Sultan Rouge Abdul Hamid, son maître. Julius adhéra au mouvement, fit de la propagande. Mais il fallait vivre. Un courtier en perles et diamants le prit comme garçon de courses. Il se sentit du goût pour ces grains légers, polis, précieux, pour ces pierres étincelantes. Il apprit les premiers rudiments du métier.

Puis il passa au Liban qui, à l'époque, était aussi une simple province de la Sublime Porte. Il étudia l'anglais à l'Université américaine de Beyrouth. Il avait alors dix-huit ans. Il était robuste et croyait au sionisme. Il alla en Palestine défricher la terre juive. C'était le temps héroïque. Les dunes de sable ondulaient à l'endroit où s'élève aujourd'hui Tel Aviv, qui compte plus d'un demi-million d'habitants. Les colonies israélites étaient des hameaux perdus et tous leurs habitants des pionniers. Julius compta parmi les plus ardents... Mais un beau jour, il quitta la Palestine.

— Je n'étais pas un saint, me dit-il à ce propos avec sa grimace caractéristique faite de malice débonnaire et de joviale amertume. J'ai pensé à mon avenir. J'avais envie de voir du pays et de gagner un peu d'argent.

Pour satisfaire ces deux désirs à la fois, il entreprit le commerce des perles. Depuis Djeddah jusqu'aux îles Bahrein, il connut l'Arabie et les côtes du golfe Persique. A cheval, à mulet, à chameau, à pied. En felouque, en tartane, en sambouk, en dhow.

A l'âge de vingt ans, il se trouvait aux Indes.

Bombay, à ce moment, était, pour les perles, le grand marché du monde. Julius s'y établit. C'est là que la guerre de 1914 le vint surprendre. Or il était toujours sujet du tsar, mais fugitif sans passeport et rebelle fiché par la police russe. Et il apprit bientôt que le gouvernement de Saint-Pétersbourg envoyait un navire pour ramasser dans les ports tenus par l'Angleterre alliée tous ses ressortissants mobilisables.

— Fraîcheur et délices, me dit Julius. Je savais ce qui m'attendait si je prenais ce bateau.

Que faire ? Comment échapper à cet embarquement pour les camps de Sibérie ?

Julius pensa alors au général Knight qui commandait la région de Bombay. Ils étaient membres tous deux du Yacht Club. On sait le sentiment profond que nourrissent les Anglais de la vieille observance pour une camaraderie de cette nature. Aux Indes, et en un temps qui était encore celui de Kipling, il avait un caractère de culte.

— *Well, my dear boy*, dit le général Knight dans un petit salon du Yacht Club, vous me mettez dans un damné embarras. Je ne veux pas vous livrer aux mangeurs de chandelle et pourtant c'est un devoir. Nous sommes alliés... Vous voyez un moyen ?

— Oui, dit Julius. Prendre du service dans l'armée anglaise.

— *Good show* (bien joué), dit le général Knight.

Il emmena Julius dans une pièce voisine où un homme d'âge mûr lisait les journaux. C'était un officier des services secrets, chargé du renseignement dans les pays arabes. Il voulut faire passer un examen à Julius pour la langue, mais y renonça vite. Le jeune marchand de perles était beaucoup plus savant que le spécialiste.

Ainsi commença pour notre hôte de Mogok un extravagant roman d'aventures qui devait durer quatre années.

Il alla, déguisé en pauvre vieille femme musulmane, à Bassorah d'abord, puis à Smyrne, recueillir des informations. Si, dans les souks et les bazars, on avait deviné le visage qui se cachait sous le voile rituel, c'était pour Julius le supplice.

Il eut à mettre les menottes à la célèbre théosophe Annie Besant, citoyenne britannique, mais qui détestait à ce point l'occupation des Indes par son pays natal qu'elle criait et publiait partout : « Chaque Anglais qui tombe est une bénédiction pour moi. »

Il dépista, au bout d'une filature longue, subtile et dangereuse, un espion grec, au moment où celui-ci était sur le point de fomenter le soulèvement d'un régiment indien, et un Persan qui avait commencé d'empoisonner les conduites d'eau à Bombay.

Mais l'affaire dont Julius parlait encore avec l'émoi le plus vif était liée à un diplomate russe en poste à Delhi, du nom d'Iswolski et proche parent de l'ancien ministre des Affaires étrangères du tsar, alors ambassadeur à Paris. Il avait appuyé de toute son influence la demande qu'une jeune femme russe habitant Shanghaï avait faite pour venir le rejoindre dans la capitale administrative des Indes. Avec une telle garantie, elle reçut aussitôt son visa d'entrée et fut chaudement recommandée aux autorités de Bombay où elle devait débarquer. On envoya même un homme de confiance pour la recevoir au port. Il se trouva que ce fût Julius.

Cependant, lorsqu'il aperçut la jeune femme, un mouvement d'intuition singulier, et, si l'on peut dire, le sixième sens de l'agent secret, fit qu'il ne se présenta pas en sa véritable qualité. Il se servit d'une carte de correspondant du *Times of India* et approcha la jeune femme comme journaliste. Flattée de se voir assez importante pour mériter un interview, elle laissa Julius l'accompagner jusqu'à l'appartement qui lui avait été réservé par les soins d'Iswolski, au *Taj Mahal*, l'un des hôtels les plus magnifiques du monde. Tandis qu'elle passait dans la salle de bains, Julius ouvrit ses bagages avec une dextérité professionnelle, trouva une photographie de la jeune femme et la déroba.

Il fit tout cela sans la moindre raison valable et poussé uniquement par l'irrésistible exigence de l'instinct. La même exigence lui imposa la démarche qui suivit.

— Le soir même, racontait Julius, je me suis rendu dans quelques maisons closes que je surveillais et j'ai montré la photographie au personnel. Vous savez qu'il n'y a pas d'association plus serrée, d'internationale mieux agencée que celles des lupanars. Eh bien, quand les pensionnaires du quartier réservé de Bombay ont vu l'image de la noble dame descendue au *Taj Mahal* et qu'attendait à Delhi un neveu de l'illustre Iswolski, elles ont crié, dans la proportion d'une sur deux : « Mais c'est la Mania de Shanghaï... » Une ancienne camarade de travail, vous comprenez ! Fraîcheur et délices...

Puis Julius fit quelques remarques assez vives sur la crédulité, la fatuité des hommes, toujours empressés, pour satisfaire leur orgueil, à parer, disait-il, des plumes du paon une vulgaire grue.

Quand le général Knight eut transmis le rapport de Julius à Delhi et que, là-bas, on eut prévenu Iswolski avec tous les ménagements possibles, le diplomate fut pris d'une colère furieuse. Quoi ! On mettait en balance la caution d'un représentant du tzar, la parole d'un gentilhomme, l'influence d'une famille puissante à la Cour de Russie et des ragots de police, des histoires de prostituées !

— Le jeune Iswolski était de bonne foi, soupira Julius en poursuivant son récit. Vous pensez ! En route pour Delhi, il avait rencontré, à Shanghaï, la douce Mania, dans un bar de la concession française, et il lui convenait mieux d'avoir séduit une princesse que d'avoir couché avec une fille. Seulement pour moi ça n'arrangeait rien. Au contraire.

Le général Knight qui reçut, par la voie hiérarchique, les invectives d'Iswolski, dit en substance à Julius que, même si la dame du *Taj Mahal* était bien la Mania de Shanghaï, personne n'y pouvait rien du moment que son haut protecteur la garantissait irréprochable. Il fallait se résigner à lui donner son visa pour Delhi.

Julius protesta. Il n'était pas, dit-il, professeur de vertu et se moquait bien des mœurs de cette femme. Mais, il sentait, il était sûr que sa présence aux Indes menaçait la sécurité du pays. Il supplia son chef de retenir à Bombay, sous un innocent prétexte administratif, la passagère de Shanghaï.

— Trois jours, c'est tout ce que je peux vous donner, dit le général Knight.

Le temps pressait. Alors Julius voulut avoir sur-le-champ une preuve, tout au moins personnelle, psychologique, morale, qui confirmât son intuition jusque-là sans fondement. Il se rendit au *Taj Mahal*, toujours en sa qualité de journaliste. La jeune femme le reçut aimablement. Soudain, en langue russe dont elle ignorait qu'il eût le parfait maniement, Julius lui cria. « Tu n'es qu'une saleté de vendue et d'espionne. » Et la femme se décomposa et balbutia : « Non... non, je vous en supplie. »

Mais elle se reprit aussitôt et montra l'indignation la plus violente. Elle accusa Julius de mensonge, de chantage. Elle le rendit responsable du délai qu'on lui faisait subir à Bombay. Elle allait prévenir sur-le-champ son « fiancé » de Delhi. Et l'on verrait bien qui, alors, serait jeté en prison.

— Or, me dit Julius, elle ne savait pas combien elle touchait juste par ce dernier argument. Je n'étais pas encore naturalisé anglais. Je dépendais encore, légalement, des autorités russes. Pourvu qu'il prît la peine de s'intéresser à mon passé, Iswolski pouvait réclamer ma pauvre personne... Et alors... fraîcheur et délices...

Seulement, au cours de l'épreuve qu'il avait tentée, Julius avait vu sur le visage de la Mania de Shanghaï un aveu décisif. Cette femme était aux Indes pour le compte de l'ennemi. Et Julius pressa le général Knight de faire opérer une perquisition dans l'appartement du *Taj Mahal*.

— C'est bon, dit enfin Knight. Mais si vous ne trouvez rien, achetez des fourrures pour la Sibérie.

Et Julius ne trouva rien, malgré la fouille la plus opiniâtre... Rien, si ce n'est un contrat qui lui parut bizarre pour une personne de haut vol et qui allait rejoindre un noble et riche amoureux. Le document était passé entre elle et un barbier grec de Bassorah, lequel s'engageait à faire tenir régulièrement à sa correspondante des miroirs arabes sertis d'argent. Jouant sa dernière carte, Julius porta le papier aux gens du chiffre. L'équipe entière y travailla toute la nuit. Au matin, le contrat était décodé. Il s'agissait d'un massif trafic d'armes, destiné à une rébellion de troupes indiennes.

— Chaque fois que je me rappelle cette Mania, j'ai besoin d'un bon verre, conclut Julius (il se versa un whisky). Je n'ai jamais été aussi près du *khazouk*.

Il m'expliqua alors que ce mot arabe désignait un piquet de tente et que les cheïks du Hedjaz, de Transjordanie ou de l'Hadramaout se servaient de ce bois pointu, contre les gens qui leur déplaisaient, à la manière d'un pal.

*

En 1918, démobilisé et devenu sujet britannique, Julius reprit sa profession.

Le père de notre ami Jean qui, à cette époque, avait fondé à Paris, dans le marché des perles, une sorte de royaume fabuleux, demanda à Julius de voyager pour le compte de sa firme en Extrême-Orient. Et Julius navigua entre les Indes et Bornéo, du Siam à la Birmanie, de Canton à Shanghaï.

Entre deux embarquements, il avait épousé une jeune et charmante Anglaise de Bombay, dont il eut une fille. Sa femme et son enfant, que le climat tropical éprouvait, allèrent bientôt se fixer à Paris. Il les chérissait, mais les voyait seulement au cours de ses brefs passages en Europe. Par sa connaissance des hommes et des langues (outre l'arabe, il parlait avec aisance l'hindoustani, le birman et un peu le chinois), par l'habitude qu'il avait acquise du renseignement secret, il était devenu un spécialiste indispensable de l'Extrême-Orient.

Si je devais rapporter les récits que m'a faits Julius, des aventures qu'il a courues, des ruses qu'il dut déployer, des voleurs qu'il eut à dépister, des hasards extravagants dont il fut le témoin, le bénéficiaire ou la victime, il me faudrait, pour lui seul, un volume. Et le lieu de l'action irait de la rade sublime de Ceylan aux avenues immenses de Calcutta, des paradis indonésiens à la prodigieuse cité fluviale de Bangkok et des hautes jungles birmanes au Shanghaï évanoui du temps des concessions et à Hongkong, l'île impériale. Et les personnages de ce livre porteraient le turban des sikhs et le *sarong* malais et la robe jaune du bonze et le smoking blanc de l'Européen et la calotte du mandarin...

Et même si l'on reproduisait avec fidélité tous les souvenirs de Julius et dans leur moindre détail, il leur manquerait toujours l'inimitable saveur qui venait de la manière dont il les contait. Il y avait chez lui un mélange merveilleux de placidité orientale, de sagesse biblique, d'humour anglais, de noire ironie juive et de tristesse russe, par quoi chacun de ses propos se trouvait imprégné à la fois de suc, de verve, de résignation, de malice et de philosophie.

Il faut ajouter à cela une mimique amère, un rire tendre, le jeu d'un regard désabusé dans une figure réjouie et l'inépuisable gesticulation de bras très courts. Et aussi un choix étonnant d'expressions.

On connaît déjà son mot favori : « Fraîcheur et délices ». Il se servait presque aussi souvent de ce *Khazouk* dont j'ai plus haut expliqué le sens. Il disait que les pierres précieuses à l'état brut le faisaient penser aux femmes arabes dont on ne sait vraiment si elles sont belles que leur voile enlevé. Voyant un rubis très bien taillé, mais déshonoré par une « soie », il grommelait :

« Le corps est agréable... dommage que le teint soit trouble. » Et quand on lui demandait pourquoi fallait-il qu'un marchand fût toujours doublé d'un intermédiaire, il répondait gravement : « Jéhovah lui-même, pour vendre aux Juifs les Tables de la Loi, a eu besoin d'un courtier, qui s'appelait Moïse... »

*

Et de nouveau, il y eut une guerre mondiale.

Julius alors se trouvait en Birmanie. Puis, l'invasion japonaise lui fit chercher refuge aux Indes. Sa famille était à Paris. Pendant quatre années, il fut sans aucun contact avec elle.

Enfin, arriva la débâcle allemande et Julius, dès qu'il put obtenir un passage, rejoignit en France sa femme et sa fille.

Mais si la grande guerre était achevée, la paix ne régnait pas encore sur le vaste monde. Et parmi tant de pays où continuait de couler le sang des hommes, il y en avait un — bien que minuscule et encore informe — que Julius tenait pour sa patrie idéale. C'était la Palestine que, pionnier adolescent, il avait défrichée aux temps héroïques. Les Juifs, maintenant, s'y levaient contre les troupes anglaises.

Julius travailla clandestinement à fournir d'armes et d'explosifs les commandos de la Hagana et de l'Irgoun.

Or, il avait un frère plus jeune que lui de beaucoup et qu'il aimait comme un fils. Il l'avait fait venir en bas âge à Londres. L'enfant y avait grandi, fait ses études. Pour lui, il n'y avait pas d'autre mère patrie que les Iles Britanniques. Grand, brave et d'une vigueur redoutable, il se distingua dans la campagne du Proche-Orient. A la fin de la guerre, se trouvant en Palestine, il fut nommé adjudant et transféré dans la police militaire.

Il ne partageait en rien les sentiments de solidarité, de tendresse que Julius nourrissait à l'égard d'Israël et de ses combattants. Au contraire. Ils n'étaient à ses yeux que terroristes et rebelles à la Couronne. Il agit envers eux selon ce qu'il considérait comme son devoir.

Un jour, un indicateur — mais l'était-il vraiment ? — lui signala que des chefs de l'Irgoun, recherchés par les autorités anglaises, étaient réunis à une adresse qu'il désigna. Le frère de Julius s'y rendit aussitôt. Quand il ouvrit la porte, le pavillon était désert, mais une machine infernale se déclencha dont l'explosion mit en pièces le policier britannique de sang juif.

C'était peut-être Julius qui avait fourni le plastic destiné à tuer son cadet...

Mais il n'eut à se poser cette question atroce que bien après l'événement. Son frère était enterré depuis des mois et des mois lorsque la nouvelle du drame finit par atteindre Julius. En effet, sa principale résidence était déjà Mogok.

C'était l'orée de l'indépendance birmane. Le chaos des limbes régnait dans le pays. La lutte des tribus le déchirait. Plus de sécurité, plus de communications, plus de loi. Julius approchait de la soixantaine et, quoi qu'il eût risqué dans la vie, il jurait bien que, loin d'être un héros, il n'avait cessé, pendant qu'il courait ces risques, de trembler de peur. Et il continuait, disait-il, à redouter les poux porteurs d'épidémies, les chiens enragés que la religion birmane interdit d'abattre, l'eau souillée par les excréments et surtout les coutelas et les balles des insurgés, des rebelles, des partisans de toute espèce et des *dacoïts*.

En ce temps de troubles, tous ces fléaux sévissaient en Birmanie et, singulièrement, dans la vallée de Mogok. Pourtant Julius le craintif, le trembleur — et, en effet, je l'ai vu blêmir d'effroi à plusieurs reprises — s'y rendait chaque année. Rien ne l'arrêtait. Ni l'interminable remontée de l'Irrawady sur des bateaux ignobles. Ni les nuits passées dans les étables à buffles. Ni les voyages en avion, côte à côte avec des mulets. Ni même les agressions, les enlèvements, les meurtres dont il voyait souvent les témoins...

Et maintenant même, quand l'ordre était à peu près rétabli, les voies de terre demeuraient menacées et l'avion qui se posait à soixante kilomètres de là, une seule fois par semaine, devait être protégé par une troupe armée jusqu'aux dents. Deux fois, au cours du même hiver, les insurgés avaient attaqué la ville. Julius avait entendu siffler les rafales des mitraillettes qui perçaient le bois de ses murs.

Sans parler d'une menace qui, sans cesse, irritait les nerfs, les conditions matérielles où campait Julius eussent fait hésiter plus d'un jeune homme. Mais il s'en accommodait, à la manière des vieux soldats des tropiques. Debout à l'aube et presque aussitôt lavé, frotté, poncé, rasé comme sous l'épiderme, il n'arrêtait plus, jusqu'à la nuit, de voir les gens, d'évaluer les pierres précieuses, de recueillir des informations par cent truchements secrets.

Pour visiter les mines, il emportait toujours son revolver. Il ne le destinait pas à combattre les *dacoïts*, car, selon lui, le plus grand danger en cas de rencontre avec eux était de se défendre. Son arme lui servait contre les serpents de toutes sortes qui grouillaient autour des trous et des ruisseaux à *bayon*. Julius détestait les reptiles. En outre, c'était un tireur d'élite et il ne lui déplaisait pas de montrer que ses balles atteignaient chaque fois et en pleine course la tête brillante et mobile qui glissait entre les pierres. Cela lui donnait de *la face*.

Il avait, dans toute la vallée, une popularité très grande qu'il devait à sa droiture sans défaut, à sa bonté bougonne, au fait que, si la ville manquait d'eau, il faisait sa barbe à la limonade, mais surtout aux histoires juives, arabes, indiennes, anglaises, russes, dont il avait un répertoire inépuisable et qu'il racontait avec un plaisir candide.

Tout propos lui était bon, toute occasion propice pour commencer, d'un air innocent :

— Il y avait un jour deux rabbins...

Ou bien :

— Deux moujiks.

Ou encore :

— Deux vieux colonels des Indes.

Ses amis de Mogok — et c'était tous les habitants — disaient de Julius :

— S'il nous donnait une roupie par histoire, nous pourrions nous retirer du commerce.

Mais, en vérité, ils ne se lassaient jamais de l'entendre. Et pour toutes ces raisons, et bien qu'il maugréât sans répit contre les difficultés grandissantes du métier, les prétentions des marchands birmans, les traîtrises des intermédiaires indiens, les incursions des rebelles, la lenteur de son vieux boy chan, l'ivrognerie de son balayeur sikh, la bêtise de son blanchisseur chinois, les fantaisies imprévisibles du service postal pour le courrier de Paris, bref, malgré tous les « fraîcheur et délices » et tous les *khazouk* du monde, c'était à Mogok et dans sa haute, lointaine et primitive vallée que Julius, visiblement, avait trouvé la forme de son bonheur.

Mais comme rien ne pouvait être simple dans cette vie dédoublée, tandis que Julius tenait à Mogok par des fibres essentielles, une autre partie de lui-même ne pouvait se détacher de Paris. Sa femme considérait cette ville comme son foyer. Sa fille y avait été élevée et les rives de la Seine formaient sa vraie patrie. Et Julius, dans sa solitude birmane, ne cessait de s'inquiéter pour cette fille qui, à une distance de mille lieues, menait une existence qui n'avait avec la sienne aucune commune mesure. Elle rêvait de réussir au théâtre et Julius eût donné le plus beau rubis de la terre pour l'y aider. Mais que pouvait-il faire ?

Or, pendant que Jean et moi nous étions à Mogok, un soir, à l'heure du whisky, Julius reçut une lettre de sa femme lui disant qu'une chance rare s'offrait à leur fille, pourvu qu'elle obtînt quelque sérieuse recommandation. La chose, pour des gens de Paris, n'avait rien qui pût surprendre. Mais Julius, lui, était en vérité de Mogok.

— Recommandation... gémit-il... Quel rapport ?... Ils ont perdu la tête en France...

Et cédant au pouvoir de l'habitude, il grommela :

— C'est encore un *khazouk*.

Jean posa son verre sur la table où veillaient les petites balances faites pour les pierres précieuses et dit :

— Attendez, mon vieux... Il se trouve qu'un très bon copain à moi — nous avons été parachutés ensemble en Savoie sous l'occupation — possède en ce moment pas mal d'influence.

— Vous... Vraiment... Vous feriez cela ? balbutia Julius.

Il avait enlevé ses lunettes et les yeux les plus naïfs, les plus touchants du monde se montraient dans son visage d'éternel coureur d'aventures et de bon bourgeois éternel.

Jean, déjà, rédigeait son câble.

J'avais vu à Mogok et je devais voir encore bien des scènes étonnantes, mais je me demande si cet instant qui reliait le pauvre logis birman de Julius à un bureau de ministre au cœur de Paris, pour une histoire de théâtre, par l'intermédiaire de la Résistance dans son état le plus héroïque et de la chasse hasardeuse au rubis, n'était pas, entre tous, le plus extraordinaire.

XI

La hiérarchie sociale, à Mogok, s'ordonnait comme tous les autres éléments de la vie, en fonction des pierres précieuses.

Les grands marchands et concessionnaires des meilleures mines — les deux choses allaient de pair en général — occupaient le sommet. C'est là que se plaçaient Daw Hla, grand-mère douce et sage et son fils Maung Khin Maung, et le vieux pirate dévasté de tics auquel Jean avait acheté un beau rubis, ou encore Ko Ba Ve qui avait travaillé à Paris, rue Lafayette. Avec ceux que nous n'avions pas encore rencontrés, leur groupe ne dépassait pas une demi-douzaine de personnes.

Faisant, pour ainsi dire, pendant aux négociants de premier ordre, on trouvait les acheteurs importants. Ils étaient fixés à Mogok ou, du moins, y passaient presque toute l'année. Leur nombre équilibrait celui des marchands. Ils étaient Indiens pour la plupart. Un Anglais, toutefois, ancien employé de la Burma Oil et à qui la Compagnie servait une pension parce qu'il avait été blessé par un éléphant travaillant aux puits de pétrole, représentait un lapidaire de Londres. Enfin, il y avait Julius.

Au troisième rang de la cité fondée sur le saphir et le rubis, venaient les *pwéza*, les courtiers. Les grands, bien entendu. Car les membres de leur corporation, comme ceux des deux premières, s'échelonnaient selon tous les degrés de la fortune, entre la vraie richesse et l'état de besogneux. Et les grands *pwéza* jouaient dans le mécanisme tout particulier de Mogok un rôle si essentiel et coloré que tout effort pour prendre une vue exacte, une mesure valable de la ville, de ses rouages et de ses mœurs eût été vain sans s'arrêter sur leurs personnages.

Eux aussi on les pouvait compter aisément. Sauf un ou deux intermédiaires que l'on appelait « collectifs », parce qu'ils prenaient des pierres pour tout le monde et les offraient à tout venant, il y avait exactement autant de grands courtiers que de grands acheteurs. Il ne pouvait en aller autrement. Cette parité rigoureuse avait un caractère de loi naturelle. Un acheteur devait, de toute nécessité, posséder *son* courtier et ce courtier eût trahi l'essence même de sa fonction si, dans les démarches, les propos et jusque dans les pensées, il ne réservait pas à *son* acheteur toutes les ressources dont il disposait.

L'acheteur qui servait de truchement entre les rubis de Mogok et le désir que les pierres empourprées inspiraient au vaste monde était, par définition, étranger au pays. Il avait donc, à son tour, besoin — et besoin absolu — d'un intermédiaire entre ce pays et lui-même. Il lui était indispensable d'avoir à sa disposition, pour partager ses desseins et ses manœuvres complexes, un homme profondément enraciné dans le sol de la haute vallée, muni d'antennes nombreuses et subtiles, infaillible en jugement professionnel, retors en diplomatie, savant en calcul, honnête et honorable jusque dans sa famille puisqu'il recevait chaque jour des fortunes en dépôt et surtout d'une fidélité à toute épreuve puisqu'en l'absence de l'acheteur c'était son courtier qui parlait pour lui. Comment le premier eût-il pu concevoir que les services du second ne lui fussent pas assurés entièrement et uniquement ?

En cette terre d'Orient où, depuis toujours, le chef a eu pour double un confident-conseiller, le courtier était à l'acheteur ce que le vizir est au sultan, le complice au conspirateur, le bâton à l'aveugle, la flûte au charmeur de serpents et le chien courant au chasseur.

Des grands *pwéza* de Mogok, c'était, naturellement, celui de Julius que je connaissais le mieux. Et du moment qu'il travaillait avec Julius, il était fatal que Kin Chone fût, entre tous les autres, le *pwéza* le plus singulier.

Son père, sujet du Céleste Empire, mais de confession islamique, était arrivé en Haute Birmanie bien avant la prise de Mandalay par les Anglais. A cette époque, aussi lointaine pour nous que le moyen âge et dont, pourtant, Kin Chone était l'héritier, le Fils du Ciel régnait comme une divinité à Pékin dans la Ville Interdite et Mindon Min, le dernier grand roi birman, faisait subir les plus affreux supplices aux mineurs de Mogok, s'ils tentaient de tromper sa cupidité.

Le père de Kin Chone, misérable petit colporteur de village, avait pour toute fortune un maigre ballot de tissus qu'il promenait sur son épaule. Cependant, au lieu de vendre ses étoffes, dont on avait grand besoin à Mogok, il s'avisa de les échanger contre des pierres précieuses, petites, d'abord, et de pauvre qualité. Mais en Chine elles avaient beaucoup plus de valeur. Il les revendit avec un bénéfice qui lui permit de ramener en Haute Birmanie un lot plus important de cotonnades. Ce qui lui permit de rapporter en Chine des pierres de plus haut prix. Grâce à ce travail de manège dont chaque tour apportait un profit accru, le colporteur acquit une honnête aisance, put prendre femme birmane, élever ses enfants.

Kin Chone, fils aîné, fut initié au jeu des pierres précieuses dès l'âge de dix ans. Il en avait aujourd'hui soixante-dix. C'est-à-dire que, pendant un demi-siècle largement passé, il avait chaque jour manié, pesé, jaugé, scruté saphirs et rubis. Et la moitié de tout ce temps avait été consacrée au service de Julius.

Ils formaient un couple indivisible et vraiment extraordinaire. Julius était rond et petit, Kin Chone grand, osseux, efflanqué. Julius portait un chapeau de toile et Kin Chone un casque colonial kaki. Julius n'avait jamais de cravate ; Kin Chone toujours. Julius était capable de réciter en hébreu des passages entiers de la Bible et Kin Chone, qui était le chef de la communauté musulmane à Mogok, pouvait lui répondre en arabe, par autant de versets du Coran. Des lunettes sombres cachaient les yeux de Julius. Ceux du courtier étaient découverts. Mais leur oblique, mobile et brillante nudité protégeait mieux le secret du regard que les verres opaques. Enfin, tandis qu'il y avait toujours de la densité, de la dignité dans le comportement de Julius, son courtier se prodiguait sans répit en courbettes, grimaces et petits rires de magot.

Mais sous l'humilité et la ruse transmises à son fils par le colporteur chinois, sous les tics du métier qu'exerçait Kin Chone, perçaient une gentillesse profonde et les vertus d'une longue vie simple et probe. Si bien que, très vite, la marionnette devenait humaine et forçait l'amitié.

Quant à sa profession, il y excellait.

— Le vieux singe, nous dit affectueusement Julius en présence de son courtier, n'a pas son pareil pour la mémoire visuelle. Il y a mille cinq cents marchands à Mogok. Il connaît chacun d'eux et tous leurs pedigrees. Entre ses mains ont passé des pierres sans nombre. Eh bien, pour celles qui avaient quelque valeur, il se rappelle leur forme, leur origine, leurs tribulations. Il a reconnu cet hiver un saphir de soixante carats simplement parce qu'il l'avait vu, il y a vingt-cinq ans, entre les mains de son frère — aujourd'hui perdu d'opium et bon à rien — mais qui alors était un des meilleurs tailleurs de pierres précieuses.

Kin Chone, écoutant cette louange, multipliait les courbettes et battait l'air de ses mains pour bien montrer son humilité ; mais son visage portait le bonheur de la vanité comblée... Et il suffit à Jean de secouer la tête avec une expression de doute pour faire disparaître tout bonheur des traits du vieux Chinois.

— Je me demande, lui dit Jean, si vous pouvez me citer toutes les pierres que possédait U Min Paw, l'ancien *dacoït*.

Kin Chone eut un petit rire d'assurance triomphante, ferma les yeux et commença de psalmodier une longue, longue litanie étrange et somptueuse. Les rubis, les saphirs chantaient dans sa voix rauque avec, pour chacun, le nombre de carats, le chiffre des facettes, les qualités de la taille, la nuance de la couleur, la beauté des étoiles...

— Regardez-le... il rêve, dit Julius.

— Moi aussi, fit Jean à mi-voix.

Julius le considéra un instant avec malaise, puis haussa épaules et sourcils en même temps et reprit :

— Le vrai talent du courtier se montre dans la chasse aux renseignements. Première chose : il faut savoir la situation financière de chaque vendeur. S'il dispose d'une trésorerie aisée, il tiendra son prix longtemps. Si, par contre, il a employé tout son argent liquide — et, à plus forte raison s'il a emprunté — pour acheter une grosse pierre, pour investir des capitaux dans une mine, pour donner une fête coûteuse ou pour assouvir son goût du jeu, alors on peut le prendre à la gorge.

« Or, ici, le grand prêteur sur gages et en même temps, le seul homme qui escompte — ce qui est légalement interdit — les chèques étrangers, est un bengali, chef de la communauté indienne. Mon courtier, lui, représente la communauté musulmane. Ils ont forcément des rapports étroits. Des affaires publiques on passe aux affaires privées. Le bengali demande à Kin Chone d'évaluer exactement une pierre qu'on lui offre en gage. Petit service pour petit service. Kin Chone demande au bengali le nom du propriétaire. Et moi, ainsi, tout doucement, je me fais une idée sur les ressources véritables des marchands.

« Mais il n'y a pas que les vendeurs, il y a encore les acheteurs, mes concurrents. Ce sont presque tous des Indiens et, par ce fait même, ils ont, au départ, un grand avantage sur moi. Ils appartiennent à l'Orient. Leurs coutumes, leur tournure d'esprit, leur sens du marchandage, leurs palabres, tout les rapproche des gens d'ici. Ils ont avec eux des liens de famille, de parenté. Ils s'appuient sur une tradition qui se perd dans la nuit des temps. Leurs aïeux venaient déjà chercher les rubis de Mogok pour les maharajas et, malgré le monopole des rois birmans sur les belles pierres, malgré les supplices terribles dont la fraude était alors punie, ils réussissaient à emporter des trésors. Cet instinct de la contrebande, les acheteurs indiens l'ont toujours dans le sang. Comme la valeur véritable de la monnaie birmane est très au-dessous du cours officiel, ils introduisent clandestinement des roupies indiennes ou des livres anglaises et les changent au marché noir. Ou bien, s'ils le peuvent, ils procèdent par chèque, ce qui leur donne un pouvoir d'achat très supérieur à celui dont je dispose, moi qui, représentant une grande firme d'Europe, ne peux même pas songer à de pareils trafics. Il me faut donc essayer de rétablir autrement l'équilibre avec mes concurrents. Ici encore intervient Kin Chone. Son amitié avec le bengali lui permet d'apprendre que tel Indien a converti une somme importante en roupies birmanes ou a donné un gros chèque. C'est qu'il veut acheter une grosse pierre. A moi et à Kin Chone, qui connaît tous les mineurs, tous les tailleurs et, naturellement, tous les courtiers, de savoir laquelle. Si elle m'intéresse, je me précipite, force mon prix, enlève l'affaire. »

Cette étonnante leçon sur Mogok s'adressait surtout à mon ignorance. Mais, à ce moment, Julius se tourna vers Jean et lui dit :

— Je n'ai pas encore eu le temps de vous prévenir... Bapu Lal, vous savez, l'acheteur le plus retors de Bombay, qui a comme maîtresse ici Ma Kyi, la très fameuse femme courtier, devait reprendre l'avion cette semaine parce que son permis de séjour expirait. Mais votre arrivée l'inquiète et il a retardé son départ. Comment je le sais ? Nous avons ici un médecin qui s'appelle Abdul Rahim. Il est Indien — donc il a donné à son compatriote Bapu Lal un certificat de complaisance l'autorisant à rester davantage. Mais en même temps il est musulman, donc il a confié cela à Kin Chone, chef de sa communauté et mon *pwéza*.

Jean, avec un grand rire, s'écria :

— En somme *Khazouk* pour Bapu Lal !

— Un vrai *Khazouk*, dit Julius.

Ce mot, qui signifiait le traitement du pal avec un piquet de tente, lui rappela sans doute une mésaventure personnelle, car il poursuivit soudain :

— Il y a fort longtemps, après la première grande guerre, j'ai été courtier moi-même à Bombay. Mais de l'autre côté de la barricade... pour le compte d'un grand vendeur. Comme je recevais souvent les clients à sa place, j'ai vu arriver un jour au bureau deux acheteurs, vieillards majestueux en provenance de Delhi. Leur attitude, la qualité de leurs vêtements, les lettres d'introduction qu'ils possédaient, tout témoignait de leur importance. J'ai fait montrer nos plus beaux stocks. Graves, leurs parapluies entre les jambes, les vieillards menaient l'examen avec sévérité. Ils étaient connaisseurs et difficiles. Un diamant ou une perle sur vingt trouvait tout au plus leur assentiment. Ils les plaçaient, comme cela se fait toujours, d'un côté. De l'autre, ils faisaient glisser les gemmes dont ils ne voulaient pas. On apportait sans cesse de nouveaux paquets — et les lots refusés augmentaient sans cesse.

« Tout à coup, j'eus un frisson. Il me semblait que dans chacun de ces rebuts qui, remarquez-le bien, comprenaient et des perles et des brillants d'une grande valeur, manquaient une ou deux pièces. D'abord j'ai cru que je me trompais. Je me suis mis à compter et à recompter les lots dédaignés par les vieillards solennels. Je ne pouvais le faire que du regard mais, à l'époque, j'avais l'œil infaillible, l'œil du courtier. Résultat : une trentaine au moins de perles et de diamants avaient disparu.

« J'ai demandé alors aux vénérables acheteurs de m'expliquer ce mystère. Il y eut une grande scène d'honnêteté meurtrie et de noblesse outragée. Mais je tins bon et décidai de les fouiller. N'oubliez pas qu'à ce moment je venais d'avoir quatre ans d'apprentissage dans l'Intelligence Service et savais passer les gens au peigne le plus fin. Mais j'avais beau faire, je ne trouvais rien sur mes deux victimes, qui se prêtaient, il faut le dire, avec une sainte résignation à tant d'indignité.

« A bout de ressources, je menaçai de les livrer à la police secrète où j'avais conservé des relations. Ce n'était qu'un bluff, mais il a réussi, car, eux, ils devaient avoir à cette même police un dossier édifiant. L'un des nobles vieillards a fait un clin d'œil à l'autre. Et ce dernier m'a demandé : « Si je rends la marchandise, nous laisseras-tu la liberté ? »

« Je lui en ai donné ma parole. Alors tout simplement, il a repris le parapluie qu'il avait posé contre la table pendant la fouille et il l'a retourné. Diamants et perles sont tombés du manche creux où il les avait fait rouler pièce à pièce tandis que d'un geste majestueux il repoussait les lots de rebut... Fraîcheur et délices, non ?

Julius médita un instant puis il s'adressa à Jean.

— Et encore, le vol ce n'est pas ce qui peut arriver de pire à un courtier. Vous vous souvenez de Daniel ?...

— Un merveilleux type, me dit Jean. Mais il parlait trop... Le jour même où il débarque à Chicago avec un rubis étoilé de dix-sept carats, absolument admirable, et au moment où il va le serrer dans le coffre de sa chambre d'hôtel, on frappe à sa porte. Une voix neutre crie : « Télégramme. » Il ouvre et reçoit six balles dans le ventre...

— Si jamais le malheur frappe Kin Chone, ce ne sera pas à cause de son indiscrétion, remarqua Julius. Il bavarde sans arrêt, mais c'est exprès, c'est pour ne rien dire...

*

Quelque temps après cette conversation, nous allâmes dîner chez le vieux courtier de Julius. Dans sa maison, il était un autre homme. Plus de courbettes, ni de grimaces, ni de petits rires chez ce débonnaire patriarche, coiffé d'une calotte, entouré de ses enfants et de ses petits-enfants. Tous ses mouvements, tous ses traits n'exprimaient que la joie grave et simple de l'hôte.

Le repas fut d'une variété, d'une abondance somptueuses. Pourtant les murs délabrés, le manque de serviteurs donnaient un sentiment de pénurie. Cela m'intrigua. Grand courtier depuis trente ans et d'un grand acheteur, Kin Chone devait être riche. Ou alors, très économe.

— Ni l'un, ni l'autre, me dit Julius. Mais joueur... Oh ! pas aux cartes ni au mah-jong... Joueur en pierres précieuses.

Une grimace indulgente et triste plissa les lèvres sinueuses de Julius.

— Si bien, poursuivit-il, que Kin Chone lui-même,

mon *pwéza*, mon ami, a essayé une fois de me donner le *Khazouk*. Entre les pierres qu'il me présentait revenait toujours un rubis auquel une « soie » enlevait toute valeur. Elle était visible à l'œil nu. Kin Chone pourtant s'obstinait à me le faire acheter. Lui, le connaisseur, l'expert, il assurait, il jurait que la pierre n'avait pas de défaut. C'était même enfantin. Je finis par lui demander la raison de son mensonge. Il bondit, comme ébouillanté, au milieu de mon bureau, jeta par terre son casque — n'oubliez pas qu'un musulman ne doit jamais se découvrir — et cria : « Allah m'écrase si je te dis, à toi, une parole fausse ! »

« Malgré ce serment, je persistai à refuser la pierre. Enfin, torturé, déchiré, en larmes, Kin Chone me fit sa confession. Il était entré, pour un tiers, dans l'achat d'un rubis, à l'état brut, plein des plus belles promesses. Et, à cause de cela, d'un prix élevé. Après la taille apparut la « soie », c'est-à-dire la ruine.

« Kin Chone sanglotait. Nous étions de vieux amis... Il m'avait rendu des services précieux. Je connaissais toute sa famille... Bref, on passa l'éponge... Mais depuis ce jour-là, les notations que portent les paquets où je cachète mes pierres, je ne les fais plus en anglais, ni en hindoustani, ni en birman — toutes langues que Kin Chone sait lire.

— En français ? demandai-je.

— C'est encore trop accessible, dit Julius. En hébreu.

Il enleva ses lunettes, passa une main dans l'astrakan argenté de sa chevelure et reprit à mi-voix :

— Hé bien, même avec cette précaution, j'ai eu le *Khazouk*. Il s'est trouvé, à Mogok, pour déchiffrer mes secrets, un courtier persan, qui avait été élevé à Jérusalem.

Julius remit ses lunettes, haussa en même temps les sourcils et les épaules.

— Un *pwéza* persan à Jérusalem, je vous demande pourquoi ? dit-il.

XII

Nous venions seulement de passer les dernières maisons de Mogok et, déjà, la rue principale était devenue un chemin désert, dominé par des collines couvertes de jungle.

Ko Ba Ve s'arrêta pour nous montrer un sentier qui s'enroulait aux flancs de l'une de ces ondulations boisées.

— La mine est par là, dit-il.

Jean poussa un cri et se mit à courir. Je le suivis, laissant Ko Ba Ve à la compagnie de Julius. Eux, ils savaient tout de Mogok. Ils n'étaient pas pressés. Mais Jean, à qui les marchands et courtiers en pierres précieuses n'avaient pas laissé le moindre loisir, s'était irrité chaque jour davantage — et moi avec lui — de ne pas avoir vu encore les mines de rubis que, seule dans tout le vaste monde, recelait cette haute vallée et dont les légendes chantaient depuis des siècles les trésors et la gloire.

Et voici que l'une d'elles se trouvait là, toute proche.

Jean, plus léger et plus prompt, avait disparu dans les lacets du sentier. Je le rejoignis dans une sorte de crique minuscule. Un ruisseau de couleur jaune y débouchait. Une dizaine de femmes, dont les vêtements bigarrés et les cheveux très noirs semblaient attirer tout l'éclat du soleil, se livraient à une occupation singulière. Elles allaient, tour à tour, racler le fond du ruisseau avec leurs chapeaux de paille en forme de cône, puis s'accroupissaient sur leurs talons et, tandis que l'eau s'échappait goutte à goutte à travers les interstices de l'osier, plongeaient leurs longs doigts effilés dans la boue liquide et la palpaient avec un soin infini.

J'étais sur le point de questionner Jean sur cette scène qu'il suivait d'un regard fasciné, lorsque Julius et Ko Ba Ve se montrèrent. Je m'adressai alors à ce dernier. Non seulement il était né à Mogok où il comptait, bien que n'ayant pas atteint la quarantaine, parmi les négociants les plus riches et les plus influents, non seulement son visage aux méplats robustes exprimait une intelligence et une autorité peu communes, mais encore, comme il avait habité Paris pour sa profession, il était sans doute le seul homme de Haute Birmanie à parler le français couramment.

— Que peuvent bien faire ces femmes ? lui demandai-je.

— Vous le voyez bien, dit Ko Ba Ve, elles récoltent des pierres.

— Quelles pierres ?

— Rubis ou saphir. La mine produit les deux.

A son tour Jean s'écria :

— Quelle mine ?

— Mais celle où j'ai promis de vous conduire ; la mienne..., dit Ko Ba Ve. Nous y sommes...

Notre stupeur le fit sourire légèrement et il reprit :

— Oh ! vous ne voyez ici que le résidu de l'exploitation et les femmes ne sont pas employées par moi. Je leur abandonne le rebut contre une faible redevance. Elles filtrent dans leurs chapeaux ce qui peut rester en fin de triage.

Je voulais voir le résultat de cette opération. Mais Jean s'écria :

— Après... après ! Allons voir la mine, la vraie.

Et Ko Ba Ve lui ayant dit qu'il suffisait de remonter le cours du ruisseau, Jean reprit le pas de course et disparut de nouveau.

Je fus le premier à le retrouver, cette fois encore. Tandis que je reprenais mon souffle (la montée avait été assez longue et rude) j'entendis mon ami dire à mi-voix :

— C'est insensé, non ?

Faisait-il allusion au paysage d'une beauté saisissante qui nous entourait — crêtes étagées des collines dont chacune portait sa profonde végétation sauvage — tandis qu'à nos pieds bouillonnait, dans son lit abrupt coupé de barrages, le rouge flot d'un torrent qui prenait sa source et sa force à une sorte de geyser blanc projeté en panache contre le ciel léger et limpide ? Ou bien était-ce plutôt, après tant de rêveries exaltées et vagues sur la magnificence des mines de Mogok, était-ce le contact avec la réalité qui inspirait à Jean ce réflexe d'incrédulité ?

La mine, maintenant nous l'avions sous les yeux tout entière. Or, le mot lui-même était impropre pour cette exploitation au grand jour. Et la séculaire matrice aux trésors que notre imagination avait habillée de mille prestiges se réduisait à une étroite rigole en pente vive, dans laquelle une pompe précipitait un jet d'eau et que des assemblages de bois, filtres élémentaires, coupaient à intervalles réguliers, comme des marches.

Sans doute, Ko Ba Ve devina-t-il cette désillusion sur nos visages puisqu'il dit :

— Et pourtant c'est une des mines que nous appelons « modernes ». Car le pompage de l'eau se fait à l'électricité. C'est tout ce qui nous reste des splendeurs de la *Ruby Mine Company*... Il est vrai que, malgré son outillage et son état-major, elle ne réussissait pas beaucoup mieux...

— Fraîcheur et délices, grommela Julius.

Tranquillement, Ko Ba Ve reprit :

— La seule chose qui compte, voyez-vous, c'est le *bayon* de Mogok, la substance terreuse ou boueuse, unique au monde, dans laquelle reposent au fond de leur gangue le spinel, le saphir et le rubis. En outre, il faut de l'eau en quantité suffisante pour laver le *bayon*. Le reste n'est que détail.

Notre ami birman nous fit grimper jusqu'au panache liquide qui semblait exploser des entrailles du sol. De là, s'élançait au creux d'un chenal assez profond le flot torrentueux qui charriait une matière rougeâtre, dont son cours se trouvait coloré. C'était le *bayon*. Des barrages successifs arrêtaient un instant le ruisseau furieux. Leurs parois allaient s'étrécissant à mesure que descendait la pente. Si bien que le premier, aux lèvres assez larges, pouvait seulement retenir les plus grosses pierres, tandis que le dernier était conçu de manière à ne plus laisser filtrer que la boue liquide.

— Que faut-il de plus ? demanda Ko Ba Ve, en souriant. Quelques coolies mineurs... très peu, s'ils connaissent leur métier. Et, chez nous, le métier se transmet de père en fils.

En effet, il y avait là, tout au plus, une demi-douzaine d'hommes. L'un d'eux s'occupait de la pompe... Un autre réglait la force du jet d'eau. Les autres, plongés à mi-corps dans le torrent, se penchaient sur les barrages. Ils étaient coiffés de chapeaux de paille coniques et portaient des vestes de toile flottantes sur des pantalons très larges du bas. Leurs visages et leurs vêtements semblaient faits de la même matière, tant ils étaient imprégnés d'une boue d'un jaune rougeâtre. Un vieillard aux longues moustaches blanches, aux yeux durs et sans cesse en alerte, qui se tenait à l'écart sur une éminence, ne montrait pas ces stigmates. C'était le contremaître, le surveillant.

— Les coolies sont honnêtes, je les connais tous. Mais tout de même... dit Ko Ba Ve.

— Quand ramassent-ils les pierres dans les barrages ? demanda Jean.

— A cinq heures du soir, du moins dans les mines « modernes » répondit Ko Ba Ve... La force électrique dont dépend la pompe ne fonctionne pas plus tard. Le système n'est pas jeune. Il date de la *Ruby Mine*, je vous l'ai dit. Et la *Ruby Mine* a fait faillite en 1920.

Jean demanda encore :

— On peut revenir à cinq heures ?

— Quand vous voudrez, dit Ko Ba Ve, avec douceur, comme s'il s'adressait à un enfant pressé... Mais il arrive de plus en plus que l'on ne trouve rien, ou presque.

Julius, alors, grogna à l'adresse de Jean :

— Ne vous l'ai-je pas écrit, câblé dix fois !

— Mais pourquoi cette pénurie ? s'écria mon ami.

Julius haussa à la fois épaules et sourcils et grommela :

— Les mines s'épuisent. Les gens cherchent aux mêmes endroits depuis des siècles. Leurs pères étaient plus savants qu'eux, disent-ils.

— Ils le croient sincèrement, assura Ko Ba Ve.

— Et vous ? demandai-je à mon tour.

— Même si je n'étais pas de cet avis, dit l'homme de Mogok qui avait vécu rue Lafayette, seul, je ne pourrais rien changer. Il faudrait des géologues, des capitaux énormes...

La ligne de ses maxillaires devint plus apparente sous la peau ambrée et les pommettes se firent plus aiguës.

— C'est au gouvernement d'agir en ce sens, reprit-il. Et il le fera... Car, en vérité, il est le propriétaire.

— C'est exact, dit Julius.

Alors, tantôt lui, tantôt Ko Ba Ve, ils nous expliquèrent l'économie des mines, cependant que la gerbe d'eau continuait de fuser vers le ciel, que grondait le torrent aux rubis et que frémissait la jungle, sous le vent des collines.

Depuis l'indépendance de la Birmanie, le *bayon* était devenu — comme toutes les richesses du sous-sol — un bien national. Personne ne pouvait posséder une mine à Mogok et le mot « propriétaire » était une simple facilité de langage. Au vrai, les gens qui exploitaient les gisements étaient seulement les locataires de l'État, qui leur accordait une licence. Ils l'obtenaient contre une taxe proportionnée à la valeur de la mine. Et cette valeur était calculée selon le nombre de coolies nécessaires aux travaux. L'impôt était de dix roupies par mois et par tête. De plus, dans les mines « modernes », l'installation et le courant électrique coûtaient trois mille roupies versées, elles, à un Anglais, qui avait été contremaître à la *Ruby Mine* et avait sauvé quelques bribes de l'ancien outillage.

— Mais le pauvre vieux Roberts ne fera pas fortune, remarqua Julius. Il n'y a que très peu de mines à posséder une pompe à moteur. Les capitaux manquent. On peut compter sur les doigts d'une main les grands « propriétaires » tels que Maung Khin Maung ou Ko Ba Ve.

— Comment s'arrangent les autres ? demanda Jean.

— Ils se contentent de ce qu'a fait la nature, dit Julius. Ils travaillent, comme aux temps les plus anciens, les endroits où les sources des collines peuvent être facilement détournées pour irriguer le *bayon*. Et quand il n'y a pas d'eau, eh bien, on attend la mousson.

Julius haussa de nouveau les sourcils et les épaules tout en poursuivant :

— Il y en a pour tous les goûts et toutes les bourses... Savez-vous combien vous trouverez de sillons et de trous à rubis exploités entre Mogok et Tchaïpin ? Treize cents... *Yes, sir.* Treize cents !

Ko Ba Ve dit alors :

— Cela permet à chacun de tenter la chance. Avec une telle variété, toutes les combinaisons sont possibles. On s'associe pour le gisement. On prend des parts. Selon ses ressources. Il y a ainsi des mines pour fortunes moyennes, comme il y a les mines des pauvres gens. Celles-là, les coolies eux-même les exploitent, à trois ou quatre au plus et ils n'ont qu'à payer la taxe pour eux-mêmes...

— Tout de même, treize cents mines... murmura Jean.

— Oh ! Il pourrait y en avoir beaucoup plus. Dans cette vallée, nous vivons sur du rubis, s'écria Ko Ba Ve. Combien de fois, en creusant les fondations d'une maison, ou d'une pagode, combien de fois on a trouvé du *bayon !* Et l'eau était toute proche. Mais le gouvernement refuse toute licence nouvelle. Il attend son jour.

Julius à ce moment regarda sa montre et dit à Jean :

— Nous avons rendez-vous à mon bureau, dans un quart d'heure.

— Cela vous donne encore cinq minutes ici, remarqua Ko Ba Ve.

Seulement alors je pris conscience combien ce lieu était proche du centre de la ville et cela me parut incroyable.

Avant de partir, Ko Ba Ve cria en birman quelques ordres aux mineurs. Ils hochèrent en signe d'assentiment leurs masques de boue rougeâtre.

— Combien touchent-ils ? demandai-je.

— Cinq à dix roupies par jour, dit Julius.

— C'est tout !

Un mouvement passionné — le premier — anima soudain les traits de Ko Ba Ve.

— Le salaire importe peu, dans leur cas, s'écria-t-il. Ce qui compte, c'est qu'ils sont intéressés à 30 % et, chez moi, jusqu'à 40 % sur tout ce qu'ils trouvent. Ils sont, en fait, les ouvriers les mieux payés du monde.

— Et ils vous laissent vendre les pierres sans vous contrôler ? demanda Jean.

— Ils ont confiance, dit avec force Ko Ba Ve. Comme

nous avons confiance en eux. Sans quoi, dans ces conditions de travail, il n'y aurait pas de vie possible.

— Et puis, remarqua doucement Julius, les tailleurs et les polisseurs de pierres sont tous copains des coolies. Et les courtiers, pour la discrétion, ne sont pas des carpes. Les mineurs ne risquent pas le *khazouk*.

Nous avions commencé à descendre la pente, en suivant le torrent qui bouillonnait sur les barrages au fond desquels il abandonnait peut-être rubis et saphirs. En bas, près de la crique où son cours s'épuisait en un mince et paisible filet d'eau, les femmes continuaient de filtrer, dans leurs chapeaux, le *bayon* appauvri.

L'une d'elles, très jeune et de traits charmants, nous montra, en riant, avec un peu de confusion, sa récolte. C'était une poignée de tout petits cailloux blanchâtres. On voyait au fond quelques stries bleues ou rouges.

— La petite, dit Julius, a, ce soir, pour le moins triplé sa mise. Car pour le droit de fouiller le rebut, chacune de ces femmes paye dix roupies par jour.

Quelques instants après nous étions dans la grande rue de Mogok.

*

Sur les treize cents mines qui fournissaient, pêle-mêle, pierres semi-précieuses, saphirs et rubis, j'en ai visité dix tout au plus. Mais dès l'instant où mes yeux furent instruits à déceler les signes par quoi elles se manifestaient, je n'ai point passé un seul jour sans me sentir comme cerné et hanté par leur multitude.

Elles étaient partout... Dans ce pli de la campagne... Derrière ce rideau de jungle... Au flanc d'une colline... A l'ombre d'une pagode... Dans une faille de rocher... Sur les lisières de Mogok... En pleine ville, au bord du lac...

Certaines se mariaient à la majesté du paysage. Pour d'autres, au contraire, leur *bayon* (ce terreau d'un brun rougeâtre et prodigue en trésors) sortait d'un sol triste et lépreux. Quelques gisements employaient jusqu'à vingt coolies mineurs, mais on en voyait aussi où deux hommes seulement, habits et visages englués de boue sèche, exécutaient un labeur monotone et spectral...

On avait littéralement l'impression de marcher sur le saphir, sur le rubis. Et les gens s'en allaient travailler aux mines comme font les maraîchers en route vers leurs champs de légumes ou les artisans vers leurs établis.

Cette attitude triviale, l'abondance extravagante des gisements, leur promiscuité, l'aspect même des mines, enfin, primitif jusqu'à l'incroyable, enlevaient aux trésors de Mogok la splendeur et la gloire que mon esprit leur avait si généreusement attribuées à l'avance.

Pourtant, la première déception passée, je m'aperçus qu'une autre poésie, non plus préfabriquée celle-là, mais vraie, forte, simple et pure se substituait aux images toutes faites, artificielles, dont je m'étais encombré.

L'instrument de cette initiation fut l'ancien détrousseur de grandes routes, devenu grand marchand de pierres précieuses, dont j'ai dit plus haut les yeux hantés et les tics effroyables.

On se souvient peut-être qu'il avait cédé à mon ami Jean un assez gros rubis. Or, cette vente lui avait procuré un plaisir extrême. Était-ce qu'il en avait tiré un gros bénéfice, bien qu'il eût accepté la moitié du prix qu'il en avait exigé tout d'abord ? Ou se réjouissait-il pour la *face*, d'avoir traité directement avec le grand homme venu de Paris ? Ou bien le fruit de son marché lui permettait-il d'achever l'une de ces pagodes auxquelles il consacrait ses gains pour le rachat de ses péchés ?

Quoi qu'il en fût, le vieux pirate — nous l'avions surnommé ainsi — ne savait plus comment nous montrer son amitié. Il venait tous les matins au bureau de Julius nous rendre une visite de politesse et d'affection. Son neveu, qui lui servait de courtier, d'interprète et de garde du corps, était chargé de nous offrir chaque fois quelque friandise nouvelle : fruits, bonbons, gâteaux au miel sauvage, *cheeroots* au tabac puissant.

Le vieux pirate nous fit même présenter par son neveu deux cannes fort belles, taillées d'un seul morceau dans un arbre épineux, au bois dur et odorant sur lequel les racines des branches coupées formaient des griffes luisantes. Celle de Jean était fine, claire et noble, ainsi qu'il convenait à un homme capable d'acheter des rubis. La mienne ressemblait davantage à un gourdin. Soit qu'il ignorât la légende inventée par Julius sur ma prétendue science en bouddhisme, soit qu'il n'en fût pas dupe, le vieux pirate me traitait — sans doute à cause de ma taille et de mon poids — comme une sorte de lutteur chargé de veiller à la sécurité de Jean, le grand patron. Aussi me laissait-il, d'habitude, à la compagnie de son neveu. Il appareillait les deux gardes du corps.

Cette société n'avait, pour moi, rien de déplaisant. Au contraire. Non seulement le jeune homme parlait avec aisance l'anglais — son oncle lui avait payé de bonnes études — mais encore il était doué d'un étrange et tranquille cynisme qui donnait beaucoup de saveur à tout ce qu'il disait. Je fus donc très heureux d'être assis à ses côtés, le jour où le vieux pirate nous mena voir l'une des mines qu'il exploitait.

A Mogok, il n'y avait que cinq marchands de pierres à la fois assez fortunés et évolués pour posséder une voiture. L'ancien bandit était de ceux-là. Mais il se contentait d'une Jeep fort débraillée que pilotait son neveu.

Ce dernier, pour sortir de la ville, prit la direction opposée à celle par où nous avions rejoint la mine « moderne » de Ko Ba Ve. Le voyage ne fut pas long. Il suffit pourtant à un dépaysement complet. A mesure que la Jeep gravissait un mauvais chemin montueux, on voyait, sous une végétation qui devenait sans cesse plus courte, rare et pauvre, apparaître le grain rugueux et plissé, la texture minérale des collines. Elles avaient, ici, un profil rude et si abrupt que, parfois, il leur donnait un à-pic de falaise. Mais, sur toute leur surface, l'œil ne trouvait pas une seule arête vive. La substance en était fruste et grenue, striée, érodée jusqu'à la trame. Ces parois inspiraient un singulier sentiment de fatigue et de vieillesse cosmiques. Les fissures ténébreuses qui, de temps à autre, s'ouvraient à leur base semblaient servir encore d'asile aux bêtes et aux hommes de la préhistoire.

La Jeep s'arrêta en vue de ces orifices, mais à un niveau beaucoup plus bas, car la piste, soudain, n'était plus qu'un sentier pour chèvres sauvages.

Le vieux marchand de pierres précieuses sauta de la voiture avec une vivacité qui convenait mal à ses rides et à sa peau flétrie. Il remonta d'une brusque torsion le *longi* noué autour de ses reins de manière que la pièce d'étoffe lui dégageât complètement les mollets et se mit à grimper rapidement de roc en roc. Jean s'élança derrière lui. Pour ma part, ainsi qu'à l'accoutumée, je suivis le neveu.

Lui, il avançait sans hâte. Ce n'était point qu'il manquât de vigueur ou de souplesse. Chacun de ses mouvements en était, au contraire, comme imprégné. Mais il appartenait, je pense, à cette race d'athlètes nonchalants qui n'imposent jamais à leurs muscles un effort inutile et leur accordent une féline mollesse jusqu'à l'instant où ils doivent devenir dangereux d'une seule détente. Tout en marchant, le jeune homme, du bout des lèvres, me demanda :

— Les mines vous intéressent si fort ?

— Naturellement, dis-je. Et vous ?

— Pas le moins du monde, soupira-t-il. Les mines sont faites pour donner des pierres et les pierres pour donner de l'argent... Voilà tout.

— Et l'argent ?

— Pour les cartes et le mah-jong, dit le jeune homme en toute simplicité.

Je me souvins alors des récits que l'on m'avait faits sur le goût du jeu qui était une passion essentielle chez tant de Birmans et qui dévorait, en un soir, les fruits de mois et de mois de labeur acharné. Je demandai encore :

— Et votre oncle ?

— Il est devenu un grand sage, dit, comme à regret, mon compagnon.

J'insistai :

— Mais dans sa jeunesse ?

Le neveu de l'ancien brigand et son garde du corps fit glisser un instant sur mon visage son regard indéchiffrable.

— En ce temps, il s'amusait à d'autres jeux, dit-il.

Nous étions parvenus au sommet de la pente pour trouver une sorte de terrain inégal, borné par les murailles des falaises millénaires, striées et grises comme une peau d'éléphant. Je cherchais des yeux Jean et le vieux marchand. En vain.

Mon compagnon, alors, appela, à mi-voix, un homme que je n'avais pas distingué du roc auquel il se tenait appuyé, tellement il en avait pris la couleur. Sa veste lâche, son pantalon flottant évasé du bas, son chapeau de toile, ses mains, ses joues, son front, tout en effet était recouvert d'une poussière grenue, pareille à une cendre de pierre. Mais sous les vêtements habituels du mineur, il y avait une vitesse de mouvements singulière, redoutable, et le regard, étrangement nu dans le masque de poudre grise, montrait une attention constante, dure, une vigilance d'homme de main. Et comme la glu pierreuse effaçait tout signe d'âge sur cette figure, on se demandait instinctivement si le coolie mineur du vieux marchand de rubis n'avait pas servi également son maître lorsque, tapi dans la jungle, celui-ci guettait le voyageur isolé ou le muletier sans défense.

Le neveu, lui, s'étant assis sur un morceau de rocher, allongea les jambes, alluma un âcre et noir *cheeroot*. Puis il me dit :

— Pour rejoindre votre ami, suivez cet homme.

Le coolie, déjà, filait rapidement, silencieusement, le long du sentier creux qui épousait le mouvement de la falaise. Ses pieds nus touchaient à peine le terrain rude et coupant. J'avais parcouru avec difficulté quelques centaines de mètres quand, soudain, il se plia en deux, serra les épaules et s'évanouit, comme dévoré par la colline.

Arrivé au même endroit, je me baissai à mon tour et découvris un orifice très étroit, découpé irrégulièrement dans la pierre. Il donnait sur une pente qui glissait vers un trou de ténèbres. Comme j'hésitais, une lumière se balança dans l'obscurité et la voix du coolie, rauque et brève, me héla. Je m'engageai dans la fissure, mais j'étais loin d'avoir sa souplesse de couleuvre et je dus ramper sur les genoux, écorcher mes épaules aux arêtes de silex avant de pénétrer dans la grotte que la lampe tempête du coolie éclairait faiblement. Elle était si basse de plafond qu'un homme de taille normale avait à s'y tenir voûté, et si réduite de dimensions que les murs semblaient un étau.

Un trou, béant au milieu, s'enfonçait dans les entrailles de la terre et par ce chenal un bruit sourd et monotone arrivait jusqu'à nous.

Mon guide, pour donner le plus de lumière possible, se coucha sur le sol et tendit au-dessus du puits son poignet mince et dur auquel il avait accroché la lampe.

Je ne pus retenir une exclamation. Quoi ! Devais-je vraiment me confier à cette frêle perche de bambou, traversée à longs intervalles par des bouts de roseau juste assez larges pour un pied nu et qui oscillait dangereusement au-dessus d'un noir précipice.

L'amour-propre seul me décida...

Au bout de l'horrible descente, s'étirait une succession de niches qui étaient reliées l'une à l'autre par des couloirs tellement étroits qu'il fallait s'y traîner à plat ventre ou par des tiges de bambou affreusement légères et vibrantes, jetées sur d'invisibles abîmes.

Dans chacun de ces alvéoles, à la lueur blême des lampes-tempête, tantôt debout, tantôt agenouillé, un homme grattait les parois et le plafond avec une griffe de fer pour en détacher la sombre argile qui tombait dans un panier d'osier à forme de seau. On eût dit des termites au fond de l'enfer.

Quelqu'un me bouscula... C'était le coolie qui m'avait emmené dans la mine. Il enlevait maintenant les paniers pleins de terre et les emportait, à travers les tunnels torturants, les fragiles passerelles souterraines jusqu'au pied de la perche instable de bambou pour les remonter à l'air libre. Au choc de nos deux corps, l'un de ses paniers répandit sur le sol l'argile qu'il contenait.

Le coolie la ramassa soigneusement, puis ses yeux durs se fixèrent sur moi et il dit avec une expression de reproche farouche :

— *Bayon*.

Alors je compris ce que les hommes, les mineurs, les termites arrachaient aux entrailles de la colline : c'était la substance unique de Mogok, la terre féconde en pierres précieuses.

Jean et le vieux pirate qui revenaient du fond de la mine me rejoignirent à ce moment.

— Merveilleux ! Non ! s'écria mon ami.

Je le reconnus à peine. Il était souillé des pieds

jusqu'aux cheveux par la boue et la poudre aux rubis. Mon aspect ne devait guère différer du sien. Mais, sans le remarquer, il poursuivit :

— Voilà des siècles qu'ils creusent de la même façon comme des taupes. Exactement ! Les mêmes outils, les mêmes sillons, les mêmes paniers, les mêmes passerelles. Rien n'est changé depuis les premiers rois birmans.

Le bruit des griffes de fer continuait contre les murs friables et le *bayon* ruisselait mollement dans les seaux d'osier.

— Ici, dit encore Jean, nous sommes déjà à huit mètres sous le sol. Mais plus loin les puits en ont vingt de profondeur et plus loin encore, ils vont jusqu'à trente. On y descend à l'aide de cordes.

J'entrevis un dédale sans fin de couloirs, de tunnels, de puits, d'échafaudages, de ponts souterrains, étroits, frêles, vétustes et je demandai à Jean avec un frisson :

— Tu es allé en bas ?

— Oh non ! répondit-il. Je tiens encore à ma carcasse. Mais le vieux voulait m'y conduire à toutes forces. Il est incroyable.

En effet, le vieil homme semblait avoir retrouvé une diabolique jeunesse. Son *longi* retroussé à mi-cuisse, il riait de toutes ses rides et de tous ses tics à la clarté des lampes-tempête. Et quand il se mit à escalader la terrible perche de bambou, il le fit avec l'aisance et la légèreté que devaient avoir les gabiers de la marine à voile quand ils montaient à la grande vergue.

Nous avions à peine émergé de la fissure qui donnait sur l'univers des hommes que le coolie porteur en sortit avec ses paniers chargés de *bayon*. Il vida le premier sur le côté droit du sentier creux et le second sur le côté gauche. Les deux talus entre lesquels serpentait le sentier n'étaient que de la terre à rubis.

Je demandai au neveu du vieux pirate :

— Mais où est l'eau pour laver le *bayon* ?

— Il n'y en a pas, dit le jeune homme avec sa nonchalance accoutumée... C'est la mousson qui l'apporte. Alors le sentier devient un torrent. On y établit des barrages et l'eau y pousse le *bayon*.

Je fermai un instant les yeux pour mieux imaginer, mieux voir ce que suggéraient ces paroles. Les cataractes crevaient le ciel, noyaient l'horizon et, sous les trombes d'eau, les petits hommes jaunes cherchaient dans la boue les morceaux de minerai précieux... Quand je regardai à nouveau autour de moi, la verte vallée s'étendait jusqu'aux toits de Mogok.

Jean tapotait le remblai de *bayon*.

— Vous ne craignez pas les voleurs ? dit-il.

— Mon oncle sait choisir ses hommes et puis ce n'est plus le temps de la *Ruby Mine*, dit le neveu du vieux marchand de pierres.

Celui-ci, qui s'était jadis enrichi à tromper, frauder et piller la grande compagnie anglaise, hocha la tête avec ce vague sourire attendri qui éclaire la figure des gens âgés quand ils se rappellent les jours lointains de leur force et de leur audace.

— *Ruby Mine*, dit-il doucement.

Le coolie jaillit du sol et vida ses paniers de *bayon*.

Le jeune homme alluma un nouveau *cheeroot* et dit :

— Le plus beau coup du temps de la *Ruby Mine* a été réussi dans ces puits. Un coolie, grattant les parois, a senti sous la pointe de l'outil un morceau brut énorme. Il l'a détaché soigneusement. C'était un saphir de trois cents carats.

— Trois cents carats ! cria Jean.

Le jeune homme, en birman, en appela à son oncle. Celui-ci confirma bruyamment son propos.

— Le mineur l'a caché dans un coin de la niche où il creusait, reprit le jeune homme. Le brut était vraiment trop gros pour qu'il puisse le sortir sans être vu. Le lendemain, avec une scie spéciale, il a coupé le saphir en deux. Il a emporté chaque moitié séparément. Puis on a rajusté les deux morceaux de la pierre...

Brusquement Jean s'avança vers le jeune homme :

— C'est votre oncle qui a acheté le saphir ? demanda-t-il.

— Oh ! non, dit le jeune homme. Il n'était pas assez riche alors, ni assez puissant. L'homme qui s'est procuré la pierre est mort voici une année. Il s'appelait U Min Paw.

A ce nom, un tic plus profond, plus convulsif encore que les autres tordit le visage du vieux pirate... Cependant son neveu poursuivit :

— U Min Paw avait, en plus de son argent, une chance pour personne... Et aussi on avait peur de lui... Quand il est mort, il possédait les saphirs et les rubis les plus beaux de la vallée.

— Et où sont toutes ces pierres ? demanda Jean.

Sa voix était aussi légère, aussi naturelle que possible. Pourtant le visage du jeune homme se ferma d'un seul coup.

— On ne sait pas, dit-il négligemment.

Je regardai mon ami. Mais il me fut impossible d'accrocher le regard de Jean. Il voulait, visiblement, éviter tout soupçon chez nos interlocuteurs. Et il attendit d'être arrivé au bas du sentier et près de la Jeep pour demander, tout en montant dans la voiture :

— Est-ce que l'on n'a pas signalé, voilà un mois, à Bangkok, en Thaïlande, un énorme saphir dont le seul défaut était de porter, au milieu, un trait à peine visible, comme s'il avait été coupé en deux ?...

— On raconte beaucoup de choses, dit le jeune Birman.

Thaïlande... Bangkok... Un souvenir me revint à la mémoire : le champ de courses fleuri de Bombay... ce petit homme jaune aux yeux souriants et indéchiffrables qui était venu chuchoter avec Jean. Je me tournai vers mon ami et lui dis :

— Le Siamois de Bombay était bien le premier chaînon de la filière, n'est-ce pas ?

Jean ne répondit rien. Il avait les yeux fixés sur la colline, à l'intérieur de laquelle des termites à forme humaine continuaient de creuser, de gratter les grottes aux saphirs, les niches aux rubis.

XIII

Sur toute l'étendue de la Haute Birmanie, dont la superficie dépasse largement celle de la France, on ne comptait que dix-sept personnes de race blanche.

Il n'en avait pas toujours été ainsi. Sous l'occupation britannique, et surtout au temps des splendeurs de la *Ruby Mine Company,* la région de Mogok, à elle seule, foisonnait d'Européens. Les directeurs, les ingénieurs, les contremaîtres de la grande entreprise y habitaient avec leurs familles. Des aventuriers blancs de tous pays et de toute origine, anciens soldats, anciens marins, anciens forçats, anciens coureurs de brousse, anciens étudiants épris de hasard, se ruaient vers le mirage empourpré du rubis. Et même quand la folie des grandeurs, la fin des illusions et la fraude héréditaire, invincible, des mineurs birmans eurent amené la faillite de la *Ruby Mine,* il resta dans le pays assez d'officiers de l'armée et de la police anglaise, assez de fonctionnaires, de forestiers, de chasseurs, d'explorateurs, de touristes pour nourrir une vie sociale intense et raffinée.

Grands clubs, bungalows admirablement tenus pour les voyageurs de passage, beaux cottages fleuris entourés de gazons profonds et lustrés comme du velours pour les *sahibs,* courts de tennis, golf, et même un terrain de polo ; tels étaient alors les signes extérieurs de l'occupation anglaise et que l'on retrouve encore dans chaque lieu où elle dure, que ce soit à Hong-Kong ou dans l'Ouganda.

Mais, en Haute Birmanie, la guerre, les armées japonaises et enfin l'indépendance avaient ruiné, balayé sans retour ces agréments d'une civilisation étrangère.

Maintenant, il y avait à Mogok en tout et pour tout trois résidents anglais.

Trois vieux hommes.

Trois extraordinaires personnages.

*

Roberts, le plus jeune en âge, mais le plus ancien par sa présence dans la vallée, avait soixante-dix ans. Il était arrivé à Mogok au début du siècle. Sauf qu'il venait des Indes, on ignorait tout de ses origines, de son passé. Mais il était grand, vigoureux, adroit et, bien que les folles rumeurs sur les trésors de la vallée birmane l'y eussent attiré lui aussi, il ne venait pas, comme tant d'autres, jouer sa chance sur le hasard des pierres précieuses. Il fut engagé par la *Ruby Mine* en qualité de contremaître à l'usine électrique.

La grande compagnie rémunérait avec munificence tout emploi tenu par un homme blanc, surtout lorsqu'il était Anglais. Tout en vivant comme un seigneur, Roberts épargnait assez pour espérer finir ses jours tranquillement. La faillite de l'entreprise mit fin à ses rêves.

Beaucoup d'employés quittèrent le pays pour chercher ailleurs fortune ou sécurité. Roberts resta. Il connaissait la langue de la vallée, aimait la douceur de ses coutumes, le teint exquis des femmes. Il monta un petit atelier, bricola dans les mines. A l'invasion japonaise, il resta encore, se cacha dans la jungle et les grottes. La population le connaissait depuis si longtemps qu'elle l'avait adopté. D'ailleurs par mariage ou liaison, il était apparenté à plusieurs familles.

Quand la guerre prit fin, Roberts demanda de remettre en marche et d'exploiter les décombres de ce qui avait été jadis la superbe centrale électrique de la *Ruby Mine*. La concession lui fut accordée malgré la méfiance, farouche après une si longue servitude, qui animait le gouvernement de Rangoun contre tous les étrangers et les Anglais singulièrement. Mais Roberts, en somme, n'était-il point naturalisé plus qu'à moitié ? Et puis, quel autre technicien eût entrepris de réparer avec les moyens du bord un outillage vieux de quarante ans et sur lequel s'étaient acharnées deux armées en retraite.

A force de patience et d'ingéniosité, Roberts avait réussi à rétablir des moteurs, à refaire des circuits. C'était par ses soins que la ville se trouvait éclairée. C'était lui qui fournissait aux rares mines « modernes » de Mogok assez de courant pour pomper pendant quelques heures par jour l'eau qui lavait le *bayon*.

L'usine de Roberts était, au bord du lac de Mogok, le lac aux Sorcières, une sorte de hangar énorme et ouvert à tous les vents, rempli d'un indescriptible chaos métallique haletant, gémissant, grondant, grinçant, poussif, épuisé, mais marchant tout de même. Quelques ouvriers aux yeux fendus, aux joues creuses, aux haillons couverts de cambouis, erraient parmi d'incroyables machines. Roberts, à lui seul, animait tout cela. Il avait des cheveux roux tirant sur le gris, le torse et le ventre puissants, le visage lie-de-vin, les yeux striés de fibrilles pourpres et une voix aussi rauque et grondante que celle de sa ferraille déchaînée. Sa vieille maison birmane située tout près ressemblait à une bauge. Il y vivait en sanglier solitaire, ne fréquentant personne. Pourtant, on l'aimait à Mogok. Il offrait gratuitement la lumière aux pagodes et aux monastères des bonzes.

*

Burke, lui, parmi les trois Anglais qui, par un destin ou un goût étranges achevaient leur vie entre ces monts splendides et sauvages, était le plus âgé de beaucoup. Il approchait de sa quatre-vingt-cinquième année. Mais, du port le plus droit et le plus ferme, le pas léger, le regard vif, on eût dit que ses muscles, après un si long service, gardaient encore quelque chose de la souplesse, de l'équilibre et de la sûreté des réflexes d'acrobate à quoi ils avaient été formés dans sa jeunesse lointaine sur les grands voiliers silencieux qui penchaient vers les flots de tous les océans leur magique architecture blanche.

Balancé au sommet des mâts gémissants, accroché aux vergues fouettées par le vent austral, Burke avait doublé et redoublé le cap Horn, le promontoire terrible des tempêtes. Puis il avait navigué sur toutes les sept mers. Mais un jour, qui appartenait encore à l'autre siècle, fatigué d'une discipline sans merci ou parce qu'il s'était épris d'une fille ou qu'il avait trop bu d'alcool de riz, ou bien sur un simple coup de tête, il déserta. Cela se passait à Rangoun. Il remonta l'Irrawady, traîna dans les ports du grand fleuve, bourlingua sur les navires à fond plat à travers les bancs de sable, dirigea les radeaux formés avec les troncs des forêts vierges. Puis il travailla dans les coupes de bois de teck où les hommes vivaient avec les troupeaux d'éléphants familiers. Enfin, il entreprit, mais à très petite échelle, en besogneux, le commerce du bois.

Dans la période la plus torride de l'année 1900, accablé de chaleur et de fièvre, Burke résolut de s'accorder quelque répit, quelque fraîcheur à Maymyo qui était pour la Birmanie ce que Simla était pour les Indes et Dalat pour l'Indochine, c'est-à-dire la station d'altitude, la capitale d'été.

Burke prenait ses repas au club. Un matin de grande affluence, où la place manquait, il dut s'asseoir face à face avec le directeur général des services forestiers en Birmanie.

Burke ordonna son porridge et ses œufs frits avec timidité. Mais le haut fonctionnaire se montra fort aimable avec le jeune homme. Ayant appris que Burke vendait du bois, il lui demanda très simplement entre deux bouchées :

— Voulez-vous une forêt ?

— Je veux bien, dit Burke.

Il se reprit aussitôt :

— C'est-à-dire, je veux bien, *sir*.

— Venez me voir au bureau, dit en se levant, car il avait achevé de déjeuner, le directeur général.

Quand Burke le rejoignit, un contrat de concession gratuite l'attendait. Mais Burke soupira :

— J'ai réfléchi, monsieur. Je suis forcé de refuser. A quoi me servira une forêt si je n'ai pas les éléphants indispensables pour l'exploiter ? Les bêtes sont chères et je suis pauvre.

— Je vous ferai avancer l'argent qu'il faut, dit le directeur.

Ainsi, Burke devint propriétaire, entre la vallée de Mogok et Tabeytchin, le port de l'Irrawady desservant la région, d'une immense forêt et du bois de teck le plus beau. Il remboursa rapidement l'avance et fit une fortune considérable.

Il se maria avec une Birmane de noble famille. Puis, le grand âge venant, il acheta une propriété près de Mogok et s'y retira.

Il y avait maintenant plus de soixante années que Burke avait quitté à Rangoun son voilier.

Récemment, il avait proposé à Julius de fonder un club à Mogok.

— Excellente idée et qui fera plaisir à nos amis de la ville, dit Julius. Nous prendrons pour membres d'abord par exemple, Maung...

Burke arrêta Julius d'un regard sévère.

— Des indigènes ? Vous n'y pensez pas ! dit-il.

— Mais alors ? demanda Julius incrédule. Nous ne sommes que trois...

— Trois Anglais suffisent pour faire un club, dit Burke.

Et c'était le même Burke, le survivant du cap Horn, que nous avions vu sur le terrain de Momeik lorsqu'il guidait vers l'avion de Mandalay sa vieille épouse aveugle, sa vieille épouse birmane. Il soutenait ses pas incertains avec une sollicitude, une tendresse, qui imprégnaient chacun de ses mouvements tandis qu'elle fumait à petits coups, selon la coutume des femmes du pays, une longue, mince et blanche pipe de terre cuite.

Mais c'est du troisième Anglais de Mogok que je dois surtout parler.

*

Tandis que par sa façade notre maison donnait sur les ateliers et les boutiques de la grande rue, c'était une abrupte colline boisée qui se dressait derrière elle. En la gravissant, on trouvait d'abord une belle pagode brune et ruineuse puis, aussitôt, la jungle. Mais si l'on continuait d'escalader la rude pente, on arrivait soudain, au milieu de la végétation échevelée et vierge, à une haie régulière de buissons taillés avec soin. Cette haie, qui formait une longue muraille fleurie, avait pour seul accès une barrière très simple sur laquelle se voyaient encore, bien que les lettres en fussent à demi effacées, deux mots :

Lonely spur

L'éperon solitaire.

Tel était le nom qu'avait donné à sa demeure, lorsqu'il avait fait bâtir aux environs de 1930, l'homme qui l'habitait encore maintenant, major à la retraite de l'ancienne armée des Indes, âgé de soixante-quinze ans.

Je me souviens que le matin où Julius nous y conduisit, Jean et moi, était particulièrement chaud et chargé de farouches senteurs sylvestres. Je me souviens aussi du sentiment étrange qui, après que nous eûmes poussé la barrière, nous empêcha pendant quelques instants d'avancer. Il avait suffi d'un pas pour changer le monde. De l'autre côté de la haie éclataient sans limites les ardeurs effrénées de la jungle. Ici, un domaine clos, ordonné, raffiné, s'étendait devant nous.

Le jardin étageait ses gazons et ses fleurs de terrasse en terrasse qui faisaient au coteau un escalier majestueux et charmant. Les grands arbres étaient disposés en massifs magnifiques. Des perspectives calculées avec une justesse extrême conduisaient doucement le regard vers les monts, les vallées, les forêts et le ciel.

Ce parc avait un caractère de tranquillité somptueuse. Mais au lieu d'en goûter le luxe et la paix, on y ressentait une inquiétude singulière qui venait d'un silence absolu.

Un lieu pareil semblait exiger la rumeur du travail domestique, le rire des jardiniers, le va-et-vient des serviteurs. Or, pas un mouvement, pas une voix n'animaient les parterres, les allées, les pelouses. Seuls des oiseaux invisibles frémissaient dans le secret des branches.

— Avançons, dit Julius, j'ai fait porter hier un mot par mon boy.

Au bas des gradins embaumés se dessina une de ces maisons si rares que l'esprit et les sens adoptent sur-le-champ. Ample et solide, elle était en même temps gracieuse et légère. Le noble bois de teck, roussi par le temps, s'apparentait aux futaies qui servaient de fond à cette demeure et l'on eût dit, la voyant si bien ancrée sur la colline, ornée et simple à la fois, qu'elle y avait poussé toute seule d'un mouvement spontané.

Sur la terrasse qui précédait la maison, un vieil

homme grand et droit se montra alors qui inspirait plus d'étonnement encore que tout ce qui l'entourait. S'il surprenait à l'extrême, l'extravagance ou la fantaisie ou même le pittoresque n'y étaient pour rien. C'était, au contraire, l'absence totale du moindre élément de cette nature, sous un tel climat et dans un tel endroit, qui donnait le sentiment de l'irréel, du rêve. Le maître de l'*Éperon solitaire*, le seigneur de la jungle soumise portait, comme il l'eût fait dans le Surrey ou le Kent, un veston de tweed, un pantalon de flanelle, une cravate de laine. Il avait les joues roses et les yeux bleus. Une raie établie soigneusement sur le côté partageait ses cheveux clairsemés. Sa courte moustache grisonnante était jaunie par l'usage du tabac. Bref, nous avions devant nous, typifié jusqu'à l'incroyable, l'ancien officier colonial britannique, le gentleman qui avait servi dans l'armée des Indes.

— Excusez-moi, dit le major, et sa voix était bien celle qui convenait à son personnage, d'un ton ferme et bref, mais nourrie de courtoisie. Excusez-moi de n'être pas allé plus tôt à votre rencontre. Mais depuis longtemps il n'y a plus de boy à *Lonely Spur* pour annoncer les hôtes.

Il toucha sa moustache en souriant et ajouta :

— Ni pour quoi que ce soit, d'ailleurs.

Malgré moi je considérai les massifs de fleurs sans une herbe folle, les terrasses tirées au cordeau, les allées, les avancées de la maison balayées, ratissées comme pour une parade. Le major surprit ce regard, sourit encore.

— Cela m'occupe, dit-il, et me tient en forme.

Deux tout petits terriers écossais jaillirent d'une porte, deux merveilleuses boules de poils durs et drus qui roulèrent ensemble aux pieds du vieil homme.

— C'est Jimmy qui les a laissés en partant pour le vieux pays, dit le major à Julius.

Le dialogue qui s'engagea entre eux nous apprit que Jimmy était un Anglais du même âge que notre hôte et qui, venant de Mogaung, le pays du jade, était passé par la région avant de s'embarquer à Rangoun, définitivement, pour l'Angleterre.

Après Jimmy, les deux hommes parlèrent de Bob et de Jack et puis de Bill et puis de Margaret. Les quatorze Européens qui habitaient, en dehors de Mogok, la Haute Birmanie, furent énumérés tour à tour. Ils vivaient séparés les uns des autres par des centaines de kilomètres de montagnes inaccessibles, de brousse, de forêt vierge ou de jungle, mais, par l'abondance et la précision du détail, l'entretien semblait porter sur les habitants d'un même village.

Enfin, le major tourna vers Jean et vers moi le sourire tranquille qui soulevait légèrement sa moustache jaunie.

— Soyez-nous indulgents, dit-il, les gens de province ont toujours eu le goût du potin.

Il leva sa canne et d'un bon pas militaire, suivi des deux petits chiens, nous emmena dans la direction opposée à celle par où nous étions venus...

Les buissons avaient succédé aux allées, puis les fourrés aux buissons, puis la jungle aux fourrés... Le major allait toujours.

— Nous avons quitté votre propriété depuis longtemps sans doute ? demandai-je.

— Erreur, jeune homme, vous n'êtes encore qu'au milieu du domaine, répondit le major.

Le même sourire, qui semblait railler aimablement l'univers et lui-même, joua sous sa moustache.

— Quand j'ai acheté la colline, dit le major, ma solde était haute et les prix au plus bas. Hé oui, il y eut un temps pareil.

Le temps, pensais-je, où l'on jouait au polo dans la vallée de Mogok, le temps où les Birmans qui se présentaient devant un *sahib* devaient s'incliner jusqu'à toucher le sol de leurs mains. Aujourd'hui la jungle avait repris le champ où jadis couraient les poneys et les mêmes Birmans régentaient les *sahibs*. Et l'étranger qui n'avait pas vécu vingt ans au moins en Birmanie ne pouvait plus, désormais, acquérir un pouce du sol.

On eût dit que l'esprit du major avait suivi le même chemin.

— La roue tourne pour les peuples, observa-t-il légèrement. Mais la terre reste la même et la qualité des gens qui l'habitent ne change pas.

Or, il avait de cette terre et de ces gens une connaissance stupéfiante. Elle dépassait l'érudition. Elle allait en profondeur, en compréhension jusqu'aux racines mêmes. Elle était nourrie de sympathie, d'amitié organiques. Elle s'étendait aux mœurs, au langage, à l'histoire, à la légende, à la flore, à la faune et jusqu'au minerai. Il y avait entre la Haute Birmanie et ce vieux gentleman une sorte d'alliance par la chair et l'esprit.

Tout en marchant, il désignait de sa canne une fleur ou une autre, l'appelant de son nom birman.

— Le lis vert, disait-il.

— Les moustaches de tigre.

— La queue du paon.

Ou, écoutant pépier et chanter les oiseaux qui de temps à autre passaient comme un arc-en-ciel volant devant nous ou comme un lambeau de couleur irridescente et enflammée, il murmurait :

— La pie du pays Chan.

— Le robin à la gorge rubis.

— L'oiseau du soleil.

— Le gobe-mouche vert.

Il parlait également de la fleur monstrueuse de Palaung Thé que très peu d'hommes ont vue et des oiseaux aux oreilles d'argent plus rares encore.

Toutes les tribus de la région lui étaient familières. Il

racontait leurs migrations qui duraient encore et venaient du Siam, de la Chine et du Thibet. Mais l'une d'elles, ajoutait-il, avait eu l'Assam pour origine, car le roi Bodaw Paya, le dernier des conquérants birmans, avait ramené de cette province indienne beaucoup de prisonniers maniporis qui, ensuite, fixés comme esclaves pour travailler aux mines de rubis avaient pris le nom de Maingthas.

Et sur les pierres précieuses de cette vallée, le major savait tout ce que l'on pouvait savoir. Et le mystère impénétrable qui enveloppait l'histoire de Mogok avant le xve siècle était pour lui un secret de famille.

— Le spinel géant qui orne la croix de Malte sur la couronne impériale anglaise et qui a été donnée par le roi d'Espagne, Pedro le Cruel, à notre Prince Noir, ne pouvait venir que de Mogok, assurait le major.

Ou bien, changeant de thème, il rétablissait un point de la chronique de Haute Birmanie.

— Pour le premier voyage fait en automobile de Mandalay jusqu'à Mogok, en 1906, disait le major avec gravité, il n'est pas absolument vrai, malgré tout ce que l'on affirme, que le whisky ait servi de carburant. Pour venir, le conducteur s'était muni d'essence. Mais, trop optimiste, il avait cru à tort qu'il en trouverait dans la région. C'est au retour seulement qu'il a dû remplir son réservoir de bon scotch.

De conte en récit, nous marchions toujours et presque sans nous en apercevoir. Brusquement, il fallut s'arrêter. Le couvert avait cessé d'un seul coup et la colline était devenue falaise. Au pied de son escarpement s'ouvrait une faille immense qui, chargée de futaies inextricables, de petits lacs miroitants, de buttes hérissées de buissons aux fleurs éclatantes, s'élevait, d'un majestueux mouvement, vers la chaîne des monts qui fermait l'horizon.

— Vous voyez, la nature elle-même a fixé les limites

du domaine, dit le major doucement. Il y a des tigres dans cette vallée et des ours et des léopards tachetés.

Son regard courut le long du paysage grandiose où chaque jeu de lumières et d'ombres lui était familier. Il pointa sa canne vers un faîte d'où partait un réseau de ravines profondes en forme de filet et nous dit :

— La haute colline, là-bas, s'appelle Pinga Taung, c'est-à-dire Colline de l'Araignée. La légende veut qu'une araignée géante y veille jour et nuit sur le plus grand rubis du monde.

Jean considéra pensivement l'éminence que désignait le major. Puis il dit, parlant surtout pour lui-même :

— Je me demande quel a pu être vraiment le plus grand rubis du monde.

Le major eut un mouvement assez vif d'incrédulité.

— Quoi ? s'écria-t-il, vous êtes dans la profession et vous ne connaissez pas l'histoire, je dis bien l'histoire vraie, du rubis de Nga Mauk ! du Rubis Royal !

— Non, dit Jean humblement.

Alors, face à la vallée merveilleuse, nous entendîmes une merveilleuse aventure.

Il y a une centaine d'années, sous le règne du roi Bogyé Daw, vivait à Mogok un mineur en pierres précieuses issu du peuple Chan, qui s'appelait Nga Mauk. Il travaillait au *ludwin*, c'est-à-dire à l'extraction souterraine dans les caves et les grottes les plus profondes. Il mettait la terre à rubis, le *bayon*, dans un panier, puis la palpait de ses doigts animés d'un sens spécial et en retirait le précieux minerai brut. Quand sa trouvaille valait moins que quelques roupies, payées à l'époque en pièces d'or qui portaient l'effigie du paon, emblème des rois birmans, Nga Mauk était content. La pierre jugée indigne du trésor auguste lui appartenait. Mais si elle dépassait ce prix il la devait remettre au garde qui veillait à l'entrée de la mine et fouillait ceux qui en sortaient.

Souvent, comme tant de coolies, Nga Mauk avait brisé en plusieurs morceaux un rubis ou un saphir trop important. La fraude avait longtemps réussi. Puis la chance tourna. Nga Mauk fut jeté en prison et battu jusqu'au sang. La leçon porta ses fruits. Quand il reprit son labeur, Nga Mauk se jura de vivre en mineur sans reproche.

Et vint le grand jour.

En général, lorsque ses mains expertes auscultaient le *bayon* de son panier, Nga Mauk rejetait automatiquement et sans leur accorder un coup d'œil les fragments de minerai d'une taille excessive, car leur grosseur même signifiait qu'ils ne pouvaient rien contenir de précieux. Or, en ce jour mémorable, rencontrant un morceau de cette nature, le « sens de la pierre » dont ses doigts étaient munis, fit hésiter Nga Mauk. Il retira l'énorme morceau du panier, l'examina à la lueur de sa lampe. Et son cœur s'arrêta. Il tenait un brut gigantesque. Il avait découvert le plus grand rubis de tous les temps.

Pas un instant Nga Mauk ne pensa soustraire à son profit ce miracle de la nature. Seuls, les Pieds d'Or — tel était le titre des souverains birmans — en étaient dignes. Mais Nga Mauk ne put supporter l'idée que le mérite de sa trouvaille, que la *face* iraient à un autre que lui. Il résolut de porter en personne jusqu'au roi le rubis colossal. Peut-être recevrait-il de la personne auguste, outre des paroles d'éloge, l'ombrelle en papier d'or qui était signe suprême de distinction.

Ce jour était décidément jour de chance pour Nga Mauk. Comme il quittait la mine plus tôt que les coolies ne le faisaient d'ordinaire, il trouva à l'entrée du tunnel le garde endormi, écrasé par la chaleur.

Nga Mauk avait décidé de tenir sa démarche secrète. Mais comment cacher à ses meilleurs amis un tel coup de fortune ? Nga Mauk en mit quelques-uns dans la confidence avant de gagner l'Irrawady pour s'embarquer vers Mandalay.

Les amis du mineur heureux se montrèrent-ils indiscrets à leur tour ou bien l'un de ceux-là mêmes obéit-il au démon de la jalousie et de la cupidité ? Quoi qu'il en fût, un homme devança Nga Mauk le long du grand fleuve et alla prévenir les officiers du roi qu'un voleur de rubis passerait bientôt par la capitale avec une pierre très rare qu'il voulait vendre en contrebande aux Indes à quelque maharadjah. Si bien que, au débarcadère même, Nga Mauk fut saisi par les soldats qui le dépouillèrent de son rubis prodigieux. Après quoi, on le conduisit successivement à la porte de l'Est, à la porte du Sud, à la porte de l'Ouest et à la porte du Nord. Et à chacune, torse nu, il fut battu jusqu'au sang.

Il repartit pour Mogok comme il put et l'on n'entendit plus jamais parler de lui. Son calomniateur reçut l'ombrelle triple en papier d'or.

Le rubis brut fut confié aux plus savants tailleurs de pierres du royaume.

Quand le major fut arrivé à ce point de son récit, Jean respirait plus vite. Il s'écria :

— Et alors ?...

— Une fois taillé, dit le major, le rubis, du sang de pigeon le plus pur, et qui désormais porta le nom de Rubis Royal avait le volume d'un gros œuf de poule.

— Ce n'est pas possible, dit Jean.

— C'est absolument vrai, dit le major. Les trois derniers rois birmans le montraient avec orgueil aux ambassadeurs accrédités à leur cour et aux voyageurs de marque. Le colonel Slade, éminent officier britannique, l'a décrit dans ses notes. Et aux cérémonies majeures, le rubis de Nga Mauk étincelait en guise de pendentif à l'une des oreilles de l'éléphant préféré du roi.

Jean demanda encore et d'une voix étouffée :

— Et qu'est-il devenu ?

— Lorsqu'en 1885, nos troupes — et ce n'était pas un haut fait d'armes — ont pris Mandalay, dit le major, il y eut une panique sans nom. Les portes du palais furent ouvertes à tout venant. Les chariots attelés de buffles évacuaient meubles et trésors. Les images dynastiques elles-mêmes, symbole le plus sacré, se sont évanouies. Dans ce chaos, le rubis royal a disparu sans traces. On raconte bien des choses. Le roi Thibaw l'aurait emporté enfoui dans sa longue chevelure. Un garde ou un serviteur l'aurait volé et transmis aux Indes où il dort jusqu'à ce jour dans la cassette fabuleuse d'un prince. Ou encore quelque soldat anglais... Mais ce qui est sûr, c'est que personne n'a jamais revu le rubis fantastique de Nga Mauk qui servait de boucle d'oreille aux éléphants royaux.

Le major se tut et je pensai qu'il avait mené son récit avec l'art, le rythme, la couleur d'un conteur-né.

— Pourquoi, lui dis-je, n'essayez-vous point d'écrire ?

L'ancien officier des Indes me considéra un instant avec une douce et mélancolique malice.

— Mais je l'ai fait depuis longtemps, dit-il. Beaucoup de mes livres ont été publiés en Angleterre.

Le sourire singulier, ferme et vif, que semblaient lui inspirer les coups d'une fortune adverse, joua de nouveau sous la moustache jaunie.

— C'était autrefois, il est vrai, reprit-il. J'ai perdu les contacts. Les éditeurs m'ont oublié.

— Avez-vous quelques manuscrits ? demandai-je. Inédits ?

— Sûrement, mais je ne sais plus très bien où ils sont, dit le major. Allons voir.

Chacun suit les habitudes, les réflexes de son métier. Le récit du major avait orienté les miens vers la chose écrite. Chez Jean il détermina un retour mental vers le problème qui, faute de recevoir une solution, prenait un caractère obsédant.

Comme nous cheminions vers la maison du major, mon ami demanda à ce dernier :

— Et depuis le *King's Ruby* quelles ont été les pierres les plus fameuses ?

— Eh bien, il y a eu le *Peace Ruby*, ainsi nommé parce qu'il a été extrait à la fin de la première guerre mondiale, dit le major. Il fut la dernière belle trouvaille de la *Ruby Mine* ; mais ne l'empêcha pas de faire la culbute. Je n'ai pas vu ce rubis ; je n'étais pas encore en Birmanie.

— Une quarantaine de carats brut et vingt-cinq après la taille, dit Julius avec respect.

Mais Jean, si avide à l'ordinaire de ces détails, ne sembla pas entendre Julius. Il demanda :

— Et depuis, major ?

— Ma foi, dit le vieil officier à veston de tweed, je vais vous faire un aveu : seuls comptent pour moi les rubis qui concernent la légende ou l'histoire. Les autres, ceux des mineurs et des marchands, ne m'intéressent pas du tout.

— Mais... tout de même... la collection de U Min Paw ! s'écria Jean.

— On assure qu'elle était extraordinaire, avoua le major avec la plus complète indifférence.

— Et lui, vous l'avez connu ?

— Mais certainement, dit le major. Un petit vieux Birman, bien propre, bien pieux, bien sage. Il aimait l'ordre par-dessus tout. C'est pourquoi, en cachette bien sûr, il regrettait les Anglais.

— Fraîcheur et délices, murmura Julius.

Le major ayant ainsi dépeint l'impression que lui avait laissée l'ancien meurtrier de grande route devenu le plus riche marchand de Mogok, se mit à siffloter une vieille marche de régiment et pressa le pas...

L'intérieur de sa maison, par le volume des chambres, la forme, la matière et la disposition des meubles, la sobre richesse des bibliothèques, les ors assourdis des cadres, répondaient à la noblesse tranquille et spacieuse de la façade. Il y régnait un ordre méticuleux. On ne pouvait pas déceler dans la longue enfilade des pièces d'apparat un seul grain de poussière. Les bois brillaient. Et les cuivres. Et les vieux tambours de guerre des tribus.

Mais ici, encore, comme dans le parc aux terrasses fleuries, on éprouvait l'angoisse de la solitude et du silence.

— Cette maison a une bonne étoile, nous dit le major. Je l'ai retrouvée intacte après la guerre. Les Japonais qui l'ont occupée n'avaient, contrairement à leurs habitudes, rien brûlé, ni saccagé, ni pillé. Il faut croire qu'il y a des gentlemen partout.

A cet instant, le major sourit à sa manière accoutumée.

— Si je ne vous offre ni gin ni whisky, dit-il légèrement, ce n'est point que je pense à votre foie. La faute en est à la maigreur de ma pension de retraite.

Il mit son monocle contre son œil droit et s'en alla dans une autre pièce chercher ses manuscrits. Les deux petits terriers écossais s'élancèrent entre ses longues jambes. En l'absence du major, la propreté, le poli de chaque objet étonnaient encore davantage.

— Il tient sa maison tout seul, dit Julius. Il y fait tout. La retraite d'un major n'est vraiment pas grand-chose. Et encore il doit, sur elle, payer double impôt : l'anglais et le birman. Alors, il mesure chaque cigarette, compte chaque tasse de thé.

Il y avait deux photographies sur le bureau. L'une montrait la figure douce et grave d'une Birmane d'âge avancé. Près d'elle souriait une jeune fille aux traits européens mais légèrement marqués par le sang oriental.

— Sa femme et sa fille, dit Julius. Sa femme est

morte. La fille est à Londres, mariée, dans un emploi très modeste.

— Et lui-même ? demandai-je, il n'est pas retourné en Angleterre ?

— Une fois, dit Julius. Il avait repris du service pendant la guerre et, sous la pression de l'ennemi, il a dû faire cette atroce marche birmane à travers jungle et montagnes où jamais homme n'avait encore passé. Les cadavres jonchaient les pistes. Le major a survécu, mais en triste état. Il est allé se soigner à Londres. On a mis longtemps à le guérir. Faute de ressources, il n'avait pu vivre que dans une de ces prudes et sinistres pensions de famille où s'éteignent doucement les petits rentiers et les retraités modestes. Il s'est juré de finir ses jours ici.

J'allai vers la bibliothèque. Parmi les belles reliures, je découvris plusieurs romans qui portaient pour nom d'auteur celui du major. Je me souviens d'un titre ou deux : *Le Poney des Indes ; Les Aventures de la frontière*.

Notre hôte revenait. Il n'avait pu mettre la main sur ses manuscrits. Il me promit de les retrouver et de m'en envoyer quelques-uns.

— Ici, ils n'ont pas cours, dit-il. Quand j'écris, c'est de temps à autre un éditorial sous pseudonyme pour le seul journal de langue anglaise à Rangoun. Ma prose me vaut vingt roupies [1].

Son sourire reparut.

— On apprend à faire pas mal de choses avec vingt roupies.

Il nous invita à visiter la maison, accepta nos louanges pour son harmonie, sa haute grâce.

— Oui, elle est belle, dit-il avec simplicité. Je l'ai bâtie, aménagée, tenue contre toutes les épreuves pour ma fille.

Ce fut le seul instant où sa voix fléchit un peu. Aussitôt il sourit et reprit légèrement :

1. Environ mille francs.

— Mais vous connaissez les filles. Un garçon passe et les voilà parties. La mienne, tout de même, écrit souvent. Mais il y a cette damnée poste.

Le major se tourna vers Julius.

— Savez-vous, dit-il, que j'ai commandé à Hong-Kong, il y a plus de trois semaines, du vaccin contre la maladie des jeunes chiens et n'ai encore rien reçu.

Julius m'adressa un regard significatif : le vieil homme se refusait tout, mais pour les petits terriers...

Détournant les yeux, je remarquai sur la cheminée un daguerréotype. Il représentait un haut fonctionnaire britannique en uniforme d'il y a cent ans, tout chamarré d'ordres et de cordons.

— Un arrière-grand-oncle, lord de la branche aînée qui porte le titre, dit le major. Il est représenté ici dans ses fonctions de vice-roi des Indes.

Sur le mur voisin était suspendu un très beau pastel. C'était le portrait d'une jeune femme en robe à paniers, pleine de grâce, d'ardeur et de charme. La pénombre qui environnait le tableau donnait à ce visage d'un autre siècle une vie étrange, profonde, troublante.

— C'était une aïeule à moi, dit le major. Elle a épousé un gentilhomme français, M. de Lefebvre, qui s'est fait tuer pour Louis XVI en défendant les Tuileries.

Le major nous accompagna jusqu'à la haie qui bordait son domaine, du côté de la route. La haute silhouette, veston de tweed, pantalon de flanelle, cravate de laine écossaise, sourire sous la moustache jaunie, se dressait entre les buissons hérissés de rouges corolles.

A la hauteur de son sourire, l'écriteau portait :

Lonely Spur...

L'*Eperon solitaire*.

XIV

La vallée birmane qui formait notre étrange univers avait deux pôles. L'un était Mogok. L'autre, distant d'une quinzaine de kilomètres, s'appelait Tchaïpin.

Une assez mauvaise piste les reliaient. Mais elle cheminait à travers un paysage — collines, défilés, monts et jungle flamboyante — d'une liberté si spacieuse et profonde, d'une si douce et farouche magnificence que la lenteur imposée au voyage par l'état du chemin était en elle-même un bienfait.

Des deux agglomérations, Tchaïpin situé à près de 1 500 mètres d'altitude, était nettement la plus haute. Et aussi la plus ancienne. C'était là que, au XVIe siècle, des criminels déportés par un roi birman en pleine nature sauvage et vivant dans les arbres avaient découvert les gisements des rubis prodigieux. C'était à la fondation de Tchaïpin que remontait l'histoire connue, certaine, de la vallée aux pierres précieuses. Et quand les navigateurs des âges lointains, revenus en Europe, chantaient les louanges de Kapelane et de ses trésors légendaires, c'était le nom déformé de Tchaïpin qu'ils glorifiaient en vérité.

Peu à peu cependant, Mogok où le *bayon* était plus généreux encore, lui avait enlevé son rang souverain. Mais on continuait d'exploiter de nombreuses mines autour de Tchaïpin et ses marchés surtout demeuraient célèbres. Ils se tenaient à intervalles réguliers, une fois tous les cinq jours. Nous choisîmes l'une de ces dates pour connaître l'ancienne capitale du rubis.

Comment reproduire la grâce exquise, l'infinie richesse, la vie charmante, fruste et intense que le marché de Tchaïpin offrait ce matin-là ? Et en même temps son caractère d'éternité ? Tout autour c'était un chevauchement de vertes collines sur lesquelles frémissaient bruyères, myrtes et mauves sauvages. Derrière, s'élevait un cirque de montagnes splendides avec la haute cime du Lion couverte de fourrés millénaires et la falaise conique de Pingau Taung, qui portait sur sa plus fine pointe une blanche pagode à aiguille dorée dont l'éloignement faisait un jouet merveilleux.

Répandues le long des rues en pente douce, les maisons de Tchaïpin, construites en bois de teck, ressemblaient à des buissons de feu et de pourpre à cause des fleurs qui tapissaient leurs murs et retombaient sur leur toit.

Au milieu de ce décor admirable qui semblait descendre par gradins harmonieusement étagés d'un ciel où les nuages glissaient comme de légères caravelles, éclatait le marché lui-même.

On ne pouvait rien voir de plus touffu, de plus coloré, de plus gai et à la fois de plus serein et de plus noble que cette foule assemblée sur un vaste espace, à l'air libre ou sous des auvents primitifs. Les femmes y dominaient largement, arrivées la veille des hameaux de montagne, pour vendre à Tchaïpin les produits du sol ou de leur industrie séculaire. Celles qui appartenaient aux tribus Lischaws portaient sur des visages aplatis et sévères de grands turbans d'un bleu noir et à la taille des cercles d'osier serrant leur tunique de la même couleur. Celles des Palaung avaient des ceintures d'argent très hautes et des bracelets aux chevilles et, au cou, des colliers larges comme un croissant de lune. Les

Birmanes et les Chinoises aux jambes délicates, enveloppées de *longis*, tantôt bariolés et tantôt sobres, s'abritaient sous les parasols transparents. Il y avait encore les paysannes Maingthas habillées de pantalons lourds et de jambières de cuir. Et les Panthay, coiffées de châles dont les pans descendaient à mi-corps et les marchandes du peuple Chan la tête sommée de chapeaux d'osier en forme de cône. Et les femmes Gourkhas, aux narines traversées par des petits bijoux d'or fin, assises sur leurs jambes repliées, se tenaient immobiles, droites et secrètes comme des idoles rustiques.

Les femmes étaient entourées de paniers qui contenaient leur marchandise. Ces paniers tressés avec l'art le plus exquis, passaient par toutes les teintes : maïs brûlé à vieil ivoire, et par toutes les tailles : depuis les corbeilles géantes où s'accumulait le bois à brûler jusqu'aux petits cylindres de forme exquise où scintillait à travers les losanges d'osier l'écarlate de fruits minuscules.

Les femmes vendaient sans un cri, sans un appel, les herbes qui guérissent, les fleurs qui embaument, l'écorce d'arbre qui, une fois bouillie, conserve le lustre noir et brillant des cheveux et les tendres pousses du bambou et les champignons de jungle et le santal et le gingembre.

Des feuilles épaisses, d'un vert éclatant ou profond, nouées, pliées, tordues, étalées avec un goût extrême, enrobaient, supportaient, sertissaient tous ces produits et leur donnaient une apparence d'offrande.

Aux environs du marché, dans les cours et les ruelles et parfois dans ses allées mêmes, hennissaient et piaffaient, entre leurs bâts étranges, les petits chevaux à longue crinière laineuse, aux sabots effilés, les petits chevaux de montagne issus des pentes du Thibet.

Le soleil faisait resplendir les étoffes et les fruits, les ornements baroques et les yeux bridés, les buissons de la jungle et les aiguilles des pagodes. Une brise légère apportait les senteurs des cimes, de la brousse.

J'avais le souvenir de marchés magnifiques, depuis le Sud Marocain jusqu'à l'Afrique noire et celui de Zanzibar et celui de Bahia. Et les marchés d'Arabie et les marchés des Indes. Mais aucun ne valait pour la délicatesse des nuances, pour la propreté de la foule, pour la gentille dignité des visages, et pour la douceur majestueuse du décor, pour l'invitation au rêve — aucun ne valait le marché de Tchaïpin, en Haute Birmanie. C'était, figuré dans son petit peuple, l'Orient profond, intact, authentique et sage, l'Orient de la route de la soie, de Marco Polo, et de la sereine lumière bouddhique.

Pour achever ce spectacle sans pareil, le marché de Tchaïpin, parmi les rangs aux légumes, aux fruits, aux tissus et aux herbes, offrait, tout simplement, tout naturellement, le rang des rubis.

Cette galerie en terre battue, ouverte aux quatre vents et protégée seulement par une fruste et légère toiture que supportaient des piliers de bois, était le seul endroit où prédominaient les hommes : intermédiaires aux aguets, mineurs apportant leur trouvaille des gisements perdus dans la jungle des environs, courtiers, petits et grands marchands et curieux de tout âge. Les pierres précieuses reposaient sur des plateaux de cuivre. Et le même soleil qui, à côté, faisait flamber les tomates et les mangues, jouait sur ces fruits de pierre éblouissants.

Parmi les gens qui examinaient, pesaient, scrutaient les pierres brutes ou taillées, se trouvaient naturellement tous nos amis de Mogok : Julius avec son inséparable courtier chinois, et Maung Khin Maung, le fils de Daw Hla, et Ko Ba Ve qui connaissait si bien la rue La Fayette, et le vieux pirate suivi de son neveu garde du corps.

Ce fut toutefois un nouveau visage qui, ce jour-là,

retint toute mon attention. Il appartenait à un habitant de Tchaïpin. Lui aussi faisait le commerce de pierres précieuses ; lui aussi, il exploitait des mines. Mais il ne ressemblait à aucun des autres marchands de gemmes. Il se distinguait d'abord par une taille plus élevée et des épaules plus larges que celles du commun des hommes de son peuple. Ses traits, également, montraient une forme et une expression peu communes. Il avait le nez fort et net, des yeux à peine bridés, pleins d'une dure ironie, un grand front où éclataient l'intelligence, la résolution et une fierté tranquille. Son port avait toute l'assurance qui convient à un chef, un seigneur.

Ses origines pourtant, d'après ce que me dit Julius, n'avaient rien d'éclatant. D'abord simple mineur dans les monts qui dominaient Tchaïpin, il ne devait sa fortune qu'à un travail patient, à des mœurs sobres et rudes, et à l'instinct aigu des pierres précieuses. Mais ce n'était pas son enrichissement qui formait le caractère étonnant de sa vie. C'était le goût qu'il avait du combat, de l'action clandestine. C'était son courage, son orgueil.

Alors que les Anglais occupaient le pays et que le peuple birman acceptait leur présence comme un joug inévitable, U Hlaing Shwé ne s'y plia jamais. Convoqué un jour devant le haut fonctionnaire britannique dont dépendait la région, il répondit qu'il viendrait seulement sur un ordre écrit. Cet ordre prit la forme d'un mandat d'arrêt présenté par des policiers en armes. Ils amenèrent U Hlaing Shwé devant le résident. Or, une loi, non écrite sans doute mais souveraine, exigeait alors que tout Birman, fût-il chenu, fût-il du sang le plus noble, quand il était mis en présence d'un *sahib*, nommé par le roi de Grande-Bretagne et empereur des Indes, s'inclinât profondément devant lui et touchât le sol de ses paumes. U Hlaing Shwé, à l'époque, n'était qu'un jeune homme et avait à peine quitté l'état de coolie. Mais il ne courba point un seul pouce de sa haute taille et, la tête très droite sur ses fières épaules, planta ses yeux dans ceux du fonctionnaire anglais. Il fut jeté en prison. Quand il en sortit, il installa chez lui une presse clandestine pour imprimer des appels à la révolte qu'il faisait distribuer dans toute la région par des camarades sûrs. Il forma ainsi une équipe, une troupe.

Quand la guerre vint et que les Japonais occupèrent la Birmanie, U Hlaing Shwé les soutint dans la mesure où ils chassaient les Anglais. Puis il se retourna contre les nouveaux oppresseurs. La libération de son pays et son indépendance ne rendirent point la paix à cet homme étrange qui semblait possédé par le démon de la révolte.

Il ne connaissait aucune langue étrangère. Pourtant sa culture politique était vaste. Il avait lu en birman les grands écrivains sociaux. Parmi tous, Karl Marx était devenu son guide. Et l'on disait que cet idéologue grandi dans le village perdu de Tchaïpin, que ce riche négociant en rubis, allié à tous les grands marchands de la vallée de Mogok se tenait en constants rapports clandestins avec les partisans communistes, les guerrilleros insurgés qui battaient, aux environs, la montagne et la jungle. Certains assuraient même qu'il les soutenait de conseils, de renseignements, d'argent. Quelques-uns allaient jusqu'à suggérer qu'il était leur grand chef.

Sa demeure était ample mais encore plus dénudée que toutes celles où nous avions déjà été reçus. Il y régnait une sorte d'austérité, de sévérité hautaine. La femme de U Hlaing Shwé étant retenue à Mandalay où elle dirigeait sa propre fabrique d'huile, ce fut l'une de ses filles qui remplit les devoirs de maîtresse de maison. Elle était grande et bien faite. Sur ses joues merveilleusement lisses, et au teint clair, à peine ambré, affleurait les roses d'un jeune sang nourri par l'air des montagnes. Comme elle savait l'anglais, c'est elle qui s'occupait de toutes les affaires que son père traitait avec les marchands étrangers.

Aussi, tout en nous servant du café, des cigarettes, des gâteaux et du miel, cette belle jeune fille tenait avec Jean et Julius une conversation où elle se montrait au moins aussi savante qu'eux sur le nombre des carats, la qualité des pierres et les chiffres des roupies.

Quant à U Hlaing Shwé, différant encore par là de tous les autres marchands, ces négociations semblaient complètement dénuées d'intérêt pour lui. Il se tenait à l'écart près de la fenêtre, grand, puissant, son front serré par un passe-montagne de laine rude et sombre, son regard dur et loyal perdu au loin. Rien dans son attitude n'annonçait l'incident assez étrange qui survint peu après.

Jean et Julius avaient terminé leur entretien avec la fille de U Hlaing Shwé et nous allâmes à lui pour prendre congé. La fenêtre qui encadrait son corps robuste était sans vitres comme toutes celles de la région et donnait sur une butte arrondie que recouvraient de belles maisons entourées de jardins. Cette partie de Tchaïpin aurait été des plus charmantes à voir si elle n'avait porté en son milieu une espèce de vaste plaie hideuse, une ruine dont il ne restait plus que des moignons de poutres mutilées et noircies.

Tout à fait machinalement, je demandai à la fille de U Hlaing Shwé :

— Vous avez eu un incendie dans le quartier ?

La jeune fille jeta un regard furtif vers son père qui n'avait pas compris la question posée en anglais et ne réagit point. La jeune fille dit rapidement :

— Oui, il y a un an.

— Un accident ?

La jeune fille ne sembla pas avoir entendu. Julius dit alors en français à Jean :

— Ne l'interrogez pas davantage. Ils n'aiment pas parler de cette affaire.

— Pourquoi ?

— L'histoire est mystérieuse, chuchota Julius. Une belle nuit, des inconnus ont mis le feu à la maison. Les occupants ont été brûlés. Et toutes les pierres précieuses ont disparu.

Jean regarda Julius fixement et lui demanda lentement :

— Il s'agit bien du trésor transporté de Mogok à Tchaïpin. Le trésor de U Min Paw ?

Le visage charnu de Julius se crispa soudain.

— Je vous ai demandé, dit-il, de ne pas...

Julius n'eut point le temps d'achever. Notre hôte lui aussi, avait entendu le nom du *dacoït* célèbre qui, rangé sur la fin de ses jours, avait possédé les saphirs et les rubis les plus extraordinaires. Et sans nous quitter de ses yeux fermes et fiers, U Hlaing Shwé s'était mis à parler impérieusement et sa fille traduisait au fur et à mesure.

— Mon père croit qu'il a deviné l'objet de votre entretien, disait-elle. Et il désire vous éclairer.

La voix hautaine du maître de maison était nourrie à cet instant d'un mépris superbe. La voix flexible de la jeune fille se mêlait à elle comme en filigrane.

— Mon père tient Min Paw (je remarquai machinalement la suppression de « U », le préfixe respectueux) pour un homme indigne. Il a tué les gens de son peuple afin de s'enrichir. Puis, afin de s'enrichir davantage encore, il a travaillé avec les Anglais oppresseurs de son peuple.

La voix hautaine se tut un instant et reprit soudain son propos avec une conviction passionnée.

La jeune fille nous dit :

— On a raconté et inventé bien des histoires sur la mort de Min Paw et bien d'autres sur l'attaque contre la maison dont vous voyez les cendres. Mon père ne s'intéresse pas à ces histoires. Il ne s'intéresse pas davantage à ce que sont devenues les pierres précieuses. Mais il affirme que dans l'agression et l'incendie les insurgés véritables ne sont pour rien. Ces insurgés, dit-il, ont le cœur pur. Quand il leur faut l'argent ou les armes pour leur cause, ils savent où s'adresser, ils savent où frapper.

La grande silhouette coiffée d'un passe-montagne sombre se découpait contre la fenêtre, le soleil et le fond de montagnes. U Hlaing Shwé parla encore très brièvement.

— Ces ruines, dit sa fille, sont le fait de simples criminels ou pire encore.

Il y eut un long silence dans la pièce vaste et nue. Puis Jean, à mi-voix, demanda à Julius :

— Qu'entend-il par là ?

Mais Julius secoua vivement la tête comme pour se débarrasser d'une guêpe acharnée et nous entraîna dehors.

*

Nous avions à peine quitté la maison de U Hlaing Shwé que Julius enleva ses épaisses lunettes sombres. C'était toujours chez lui signe d'émotion ou de trouble.

— Vraiment, vous semblez porter un intérêt tout spécial à l'histoire de U Min Paw, dit-il à Jean.

— Est-ce qu'il n'avait pas une collection de rubis fantastiques ? demanda Jean. Un trésor de maharajah ? de musée ? N'est-ce pas vous-même qui m'en avez parlé le premier ?

— Mais c'était à Paris... à Paris... gémit Julius.

Il passa la main sur la naissance de ses cheveux d'astrakan gris que découvrait son vieux chapeau de toile rejeté en arrière.

— Pour l'amour du prochain, ne vous mêlez pas ici de cette affaire ! s'écria-t-il. Non, non, ne demandez pas pourquoi, je ne sais rien. Mais je connais le pays. Ça ne sent pas bon, c'est malsain !

A ce moment, nous passions devant la place laissée nue et calcinée par l'incendie de la maison qui avait appartenu à la fille de U Min Paw et à son mari. Jean s'arrêta pour considérer les décombres.

— Allons ! Allons ! dit nerveusement Julius, nous sommes déjà en retard pour Maung Khin Maung.

C'était vrai. Notre meilleur ami de Mogok devait nous ramener de Tchaïpin dans sa ville natale et nous attendait au marché.

Là-bas, l'animation s'amenuisait avec le jour déclinant. Les vendeuses Lishaws, Palaungs, Chans et Gourkhas commençaient à plier leurs beaux paniers vides. Des hommes à tunique bleue et à la lourde chevelure tressée bâtaient les petits chevaux thibétains. Ces gens se préparaient à repartir vers leurs huttes de montagne. Et ils reviendraient tenir marché à Tchaïpin, cinq jours plus tard, selon le cycle séculaire établi de génération en génération.

Maung Khin Maung nous accueillit avec son exquise courtoisie accoutumée et le sourire à peine indiqué, doux et subtil, qui donnait tant de charme à son frêle visage dont les méplats semblaient ciselés dans un ivoire ancien.

Il écouta pensivement le récit de notre visite chez U Hlaing Shwé. Il dit à mi-voix :

— Oui, c'est un homme qui donne à méditer... ennemi des riches et si riche lui-même.

Jean lui parla de la maison brûlée, du trésor disparu.

Au lieu de répondre, Maung Khin Maung regarda la place du soleil dans le ciel où naviguaient les nuages tranquilles.

— Nous avons beaucoup de temps pour arriver à Mogok avant la nuit, dit-il. Voulez-vous jeter un regard sur les environs ?

La voiture de notre ami n'était pas loin. Un tout petit garçon jaune, dépenaillé et très grave, qui portait, rejeté en arrière, comme il convient à un homme, un vieux chapeau de feutre beaucoup trop large pour lui, jouait aux dés avec le jeune chauffeur de Maung Khin Maung, accroupi sur ses talons contre une roue...

Les maisons de Tchaïpin disparurent très vite. Ce fut de nouveau la jungle. Mais elle s'étalait ici avec une vivacité, une liberté, une violence que je lui voyais pour la première fois. Les bruyères et les mauves flamboyaient sur les pentes. Des bois épais couronnaient les sommets. Était-ce l'effet des hauteurs mystérieuses ou le souvenir des criminels déportés qui avaient fondé Tchaïpin ou le fait que les tigres rôdaient souvent près du bétail ou encore les récits qu'on nous avait faits sur les insurgés et bandits de grand chemin qui battaient les alentours — mais un sentiment de risque, de péril, accompagnait le voyageur dans ces étranges solitudes accidentées et fleuries. La frontière de l'aventure, du monde où, à chaque instant, tout est possible, commençait là.

Soudain, au détour de la piste, nous aperçûmes une très longue et large ravine tout emplie d'une végétation si touffue, si profonde et frémissante qu'elle faisait ressembler cette dépression de terrain au cours d'un grand fleuve. Et puis, je clignai des paupières comme l'on fait pour échapper à un mirage et à ses duperies. Je savais bien pourtant que les mensonges de la lumière ne jouaient point à une telle altitude et sur tant de verdure. Mais comment, au premier abord, ne pas croire à une hallucination quand je voyais, dans le prolongement de la fausse rivière que formaient le vallon sauvage et sa brousse onduleuse, apparaître et flotter comme au gré de ses ondes, la plus étrange des embarcations. Elle avait des mâts qui s'inclinaient comme sous l'effet de la brise, elle avait des palans et des vergues en perpétuel mouvement. Des cordages ténus s'étiraient sur le ciel qui leur servait de fond. De minuscules silhouettes humaines manœuvraient le long de ces fils. Seules, les voiles manquaient à cet extraordinaire navire, qui rappelait par son dessin les *dahabieh* sur le Nil ou les balancelles des mers polynésiennes, et qu'un jeu de perspectives semblait faire voguer nonchalamment vers nous.

Ayant ouvert et refermé les yeux plusieurs fois, sans réussir à effacer ou même à modifier cette incroyable apparition, je demandai en hésitant un peu à Maung Khin Maung, qui se tenait près du chauffeur, s'il voyait lui aussi ce que je voyais.

— Bien sûr, dit-il avec gentillesse. Seulement, moi, je sais qu'il s'agit d'une mine.

Je me tournai vers Julius assis à mon côté.

— Elle appartient même, grommela-t-il, à ce fanatique de U Hlaing Shwé.

Dès lors, je ne pensai qu'à une chose : surprendre l'instant, saisir l'exacte minute où le prodigieux vaisseau allait s'accrocher à la terre ferme et devenir une installation vulgaire ou banale. Malgré toute mon attention, cela fut impossible. Tout à coup, sans transition aucune, la ravine s'arrêta de couler comme un fleuve et l'ensemble fantastique d'agrès et de mâts se détacha d'elle et prit racine sur un sol jaune et mou. Mais la féerie, elle, ne cessa point. Elle changea simplement de nature. Car son dépouillement même donnait à cet outillage de mine une légèreté aérienne qui tenait du merveilleux.

Tout son appareil consistait en deux mâts qui se dressaient hauts, droits et graciles comme d'immenses épis couleur de miel. Près de leur faîte, une tige plus fine encore les traversait par une fente. A l'une des extrémités de la tige pendait un panier en forme de seau, rempli de gravier, qui servait de contrepoids. De l'autre côté, au bout d'un fil délié, un autre panier plongeait vers un trou de *bayon* et remontait chargé de ce terreau sacré, matrice des pierres précieuses. Les hommes qui manœuvraient ces palans primitifs devaient se déplacer le long de passerelles faites d'un seul fuseau végétal plus mince que la plante de leurs pieds étroits. Équilibristes surprenants, habillés d'amples toiles toutes engluées d'argile, coiffés de chapeaux aigus en paille dorée, ils cheminaient sur des lianes frémissantes.

Les mâts, les tiges, les passerelles et jusqu'aux pompes qui tiraient l'eau destinée à laver le *bayon* étaient en bambou, c'est-à-dire d'une matière dont la simplicité, l'élégance et le raffinement touchent à l'immatériel. Les plus exquises estampes de la Chine antique ne possédaient point, quel que fût leur génie, plus de grâce ni de fermeté subtile que ce lacis de roseaux bougeant sur le ciel de la haute vallée birmane et que ces mineurs incroyables, tantôt acrobates de songe et tantôt pêcheurs, qui jetaient vers les saphirs et les rubis leurs lignes célestes.

Tout se passait dans un grand silence rustique animé seulement par le doux crissement des tiges de bambou qui frottaient contre les mâts. On voyait au loin paître des zébus à demi sauvages dans les éclaircies de jungle. Et des nuages irisés glissaient sur la cime du Lion.

Jean était aussi sensible que moi à cette indicible beauté, mais, talonné par l'instinct de sa profession aussi bien que par sa nature impatiente, il alla voir la recette du jour en pierres précieuses. Il revint vite. Les barrages n'avaient rien retenu qui fût de quelque valeur.

Il avait éprouvé déjà souvent la même déception. Il s'écria, s'adressant à Maung Khin Maung :

— Mais enfin, bon Dieu, est-ce que cela arrive à quelqu'un d'assister à une vraie trouvaille ?

Le charmant rire indulgent et silencieux que provoquait chez Maung Khin Maung chaque témoignage de notre manque de contrôle sur nous-même éclaira ses traits si sages malgré leur jeunesse et leur fragilité. Il dit gentiment :

— Cela est forcé d'arriver à qui fait sa vie de la mine.

Il considéra les petits hommes jaunes aux muscles durs qui, en équilibre instable sur les passerelles et les mâts de roseau, tiraient le *bayon* ou faisaient gicler l'eau à travers les tiges creuses du bambou.

— Il y a beaucoup d'années, quand j'étais un petit enfant, ces gisements n'appartenaient pas à U Hlaing Shwé, reprit notre ami Maung Khin Maung. Sa fortune alors était encore mince car les Anglais le tenaient sans cesse en prison pour son esprit de révolte et de liberté. C'était un de mes oncles qui affermait la mine. Un jour, avec un fils à lui, qui était de mon âge et faisait à Mogok ses études dans la même école que moi, nous sommes venus ici. De l'avis de mon oncle, le garçon ne lui rendait pas visite assez souvent et il en souffrait pour sa *face*. Il s'est mis à crier contre mon cousin avec violence. Cela se passait près de la pompe que vous voyez là. Je n'ai pas voulu que mon cousin ait la honte d'être insulté, même pas son père, devant moi. Je me suis éloigné du côté du ruisseau qui lavait le *bayon*. Tout à coup un des coolies mineurs a poussé un hurlement et s'est mis à faire de grands gestes comme un fou. Les autres se sont jetés vers lui avec tant de vitesse qu'ils ont failli me fouler aux pieds. J'étais tout petit, j'ai eu très peur. J'ai cru à une querelle. J'ai appelé mon oncle qui continuait à réprimander son fils. Il est accouru. Le coolie mineur a desserré la main droite. Elle contenait un magnifique brut de rubis. Alors tout le monde a chanté, dansé. Et mon oncle, si grave d'ordinaire, sautait plus haut que les autres. Il avait oublié complètement sa colère. Un grand festin a suivi où j'ai reçu les meilleurs morceaux. Mon oncle était sûr que je lui avais porté chance.

— Combien de carats, le rubis une fois taillé ? demanda Jean.

— Dix-huit et sang de pigeon, dit Maung Khin Maung avec respect.

— Il a été vendu à Chota Lal, le marchand Gujerati, soupira Julius.

Les trois hommes se turent un instant. On entendit crisser le palan de bambou et le *bayon* tomber des paniers.

— Je me rappelle une autre trouvaille, reprit Maung Khin Maung. J'étais un jeune homme déjà et venais d'achever mes études. Mais je n'avais pas encore commencé ma vraie carrière de marchand. Or, comme j'entrais dans une mine souterraine des environs de Mogok, j'ai vu un coolie déposer dans les bambous creux qui servent à recueillir les pierres précieuses un fort beau saphir. Il l'avait arraché directement à la paroi de la grotte. J'ai poussé un grand cri. Trois hommes aussitôt m'ont mis la main sur la bouche. Et pour que je ne parle pas de cette découverte on m'a donné dix roupies. C'est le premier argent que m'a rapporté une pierre précieuse.

Je demandai :

— Mais pourquoi tenaient-ils tant au secret ?

Jean haussa les épaules et dit :

— Réflexe de métier. On ne sait jamais ce que peut raconter un concurrent, inventer un courtier, penser un agent du fisc.

— Et peut-être, grogna Julius, le patron n'était pas là et les mineurs aimaient mieux se montrer discrets à son égard.

Son rire silencieux sur les lèvres, Maung Khin Maung me dit :

— Vos amis connaissent la profession.

Puis il considéra le soleil et proposa :

— Maintenant, si vous le voulez bien, nous allons partir. J'aimerais encore vous montrer quelque chose.

Quand la voiture s'arrêta, ce fut au pied d'une montagne devant l'entrée d'un tunnel géant qui ne devait rien au travail des hommes.

— Je ne vous mène pas à l'intérieur, dit Maung Khin Maung, et sa voix exprimait une émotion singulière. Il faudrait des jours et des jours, et encore vous n'auriez fait qu'une partie du chemin. Je ne crois pas qu'il existe aujourd'hui un mineur, même parmi les plus vieux, qui connaisse entièrement les gorges souterraines à quoi conduit cette crevasse. Toute la montagne est creuse. On fouille là depuis des siècles. Aux galeries, aux caves et aux grottes naturelles, les mineurs de rubis ont ajouté par centaines couloirs, niches, cellules, alvéoles. Dans tous les sens. A tous les niveaux. Sur le flan des abîmes obscurs. Au fond des gouffres noirs. Là même où reposent les ossements immenses des bêtes qui n'existent plus sur la terre... Les squelettes des Grands Éléphants Morts.

Maung Khin Maung tendit la tête vers l'entrée du dédale comme pour écouter des voix qu'il pouvait seul entendre.

— Il n'y a pas de refuge plus sûr, continua-t-il. Je m'y suis caché avec toute ma famille pendant les mois les plus cruels de l'occupation japonaise. Aux temps reculés, nos ancêtres, à chaque guerre, émeute, épidémie ou grand châtiment des rois de Mandalay, ont cherché l'abri de la Montagne Creuse.

— Et aujourd'hui sans doute, dit Julius en baissant la voix, ce sont les insurgés.

— Peut-être, dit Maung Khin Maung, mais son visage était sans expression.

A ce moment, mes yeux qui scrutaient les abords du tunnel se portèrent par hasard sur un petit objet de métal à moitié enfoui dans l'herbe et auquel les rayons déjà obliques du soleil donnaient un éclat sourd. Je le dégageai.

C'était une bague de la plus pauvre espèce. Mais elle portait un sceau que je frottai machinalement. Des caractères birmans apparurent.

— Quelqu'un a perdu son cachet de commerce, dit Maung Khin Maung.

Je me souvins de tous les paquets emplis de pierres précieuses que j'avais vu Julius sceller de sa bague, dans son bureau.

Cependant, lui, qui connaissait l'écriture birmane, il était en train de déchiffrer les lettres inscrites sur ma trouvaille. Soudain il enleva ses lunettes, rejeta la bague dans ma main et murmura :

— Fraîcheur et délices... le nom est celui de U Min Paw.

Malgré toute la maîtrise qu'il avait de lui-même, Maung Khin Maung tressaillit. De ses yeux fendus, un regard vif et prompt glissa vers le sceau. Jean cria :

— Eh bien ?

— C'est vrai, dit Maung Khin Maung, comme à contrecœur.

— Mais alors, alors... balbutia Jean.

Il n'avait pas besoin de parler davantage. Nous suivions tous le même chemin mental. Des hommes avaient attaqué et brûlé la maison de Tchaïpin où la fille d'un ancien tueur de grande route, devenue par héritage propriétaire de pierres fabuleuses, avait abrité ce trésor. Les saphirs et les rubis dignes d'un maharajah avaient tous disparu. Et voici que le cachet du *dacoït* légendaire, perdu ou jeté, se retrouvait devant un refuge naturel qui depuis des siècles avait offert un asile incrustable à tous les fugitifs, tous les proscrits. Je m'entendis penser tout haut :

— Ils ont passé leur première nuit dans la Montagne Creuse. Avec leur butin sans prix.

— Peut-être, dit Maung Khin Maung.

Sa voix était neutre. Son visage ne laissait plus rien

paraître que l'aménité qui lui était habituelle. Il s'en servit pour nous faire prendre le chemin du retour.

Mais le soir ménageait encore une découverte.

Comme la voiture avançait péniblement, sur une piste pleine de fondrières et bordée par une haute brousse, une tête de pierre jaillit tout à coup de l'enchevêtrement de branches, de fleurs et de lianes. Et elle avait un tel pouvoir, une telle vertu que j'obtins de Maung Khin Maung, malgré l'heure tardive, un instant d'arrêt.

Jamais insistance ne fut mieux inspirée. Je lui dois une des visions les plus bouleversantes qu'un homme puisse rencontrer sur un chemin perdu.

C'était un Bouddah qui écartait ainsi de son visage les ronces, les feuilles et les griffes de la jungle. Mais non pas une de ces idoles classiques de marbre ou d'or au même front, au même sourire que j'avais vu reproduites indéfiniment dans tant de sanctuaires. Celui-là était une vieille, vieille image brunie et grêlée, abandonnée au sein de la nature vierge et livrée au vent, à la mousson, au soleil et à l'étau des arbres. La promiscuité avec les éléments, le contact de la sève, cet affrontement, ce mariage plein de magie avait donné au buste une vie inquiétante et sublime. L'ancienne sérénité mystique demeurait sans doute dans le pli des yeux mais, par l'effet des ans et des intempéries, les joues s'étaient ravinées, les oreilles s'étaient aiguisées et le sourire auguste était devenu, sur les lèvres ébréchées, un rire effrayant. Était-ce un Bouddah ou était-ce un Faune que cet être de pierre animée, à la fois captif et souverain de la jungle ?

Un peu plus loin s'élevait la plus belle des pagodes. Elle ne portait ni coupole éclatante ni aiguille d'or. Elle était très vieille elle aussi, très ruinée et la même patine brune et merveilleuse la couvrait.

Maung Khin Maung parla d'une voix tendre et recueillie.

— Nos pères, dit-il, avaient consacré ce temple et cette statue au génie des mines. C'est ici qu'ils venaient prier pour trouver les grandes pierres précieuses. Ils avaient choisi ce lieu parce que la terre y est très riche en rubis. Mais ils n'ont jamais voulu fouiller le *bayon* autour de la pagode. La *Ruby Mine* elle-même, la grande compagnie anglaise, n'a pas réussi, quand elle était toute-puissante, ni par les plus généreuses promesses d'argent ni par les menaces les plus violentes à forcer nos pères à vendre ce sol. Ils ont préféré que poussent ici l'herbe et la brousse.

Quand nous partîmes, le regard du Bouddah de la jungle et son sourire de faune nous suivirent longtemps.

Au retour, je m'aperçus que j'avais passé sans le savoir à un de mes doigts la bague de métal terni et qui portait en caractères birmans le nom de U Min Paw.

XV

Quand on arrivait à Tchaïpin, on trouvait à main gauche un peu avant Mogok, mais en vue déjà de la ville, une piste qui se perdait dans un haut massif forestier. A l'embranchement était situé une sorte de petit faubourg que formaient quelques maisons, une dizaine tout au plus, espacées et assez vastes. L'une d'elles s'accotait à un hangar où d'énormes sacs de riz s'empilaient jusqu'au plafond.

Elle était la propriété de l'Indien Gopal Singh qui appartenait à la secte très particulière des Sikhs. Il portait, ainsi que l'exigeaient leurs coutumes, toute sa barbe et un grand turban. Il se distinguait par une taille au-dessus du commun, sa force qui lui permettait de manier aisément les sacs trop lourds pour deux hommes robustes et, dans son visage velu, par des yeux brûlants, gais et loyaux. Ce personnage, malgré son origine étrangère, était l'un de ceux qui avaient le plus de *face* à Mogok. Son génie marchand avait si bien développé le petit négoce de riz commencé par son père, colporteur besogneux, qu'il était devenu le plus grand commerçant de la région pour cette denrée essentielle. Il y avait ajouté une entreprise prospère de camionnage. Mais il ne devait pas sa gloire à sa fortune, toute considérable qu'elle fût. La renommée de Gopal Singh venait des combats qu'il avait livrés contre la domination britannique, d'abord dans la légion des dissidents indiens levés par Chandra Bose et armés par les Japonais, puis avec les guerillas birmanes. A ce titre, il avait le droit exceptionnel de garder chez lui son fusil et ses munitions de partisan.

Or, lorsque Maung Khin Maung nous ramena de Tchaïpin ce fut devant le seuil de Gopal Singh qu'il nous déposa tous les quatre — c'est-à-dire Jean, Julius, son vieux courtier chinois Kin Chone, et moi.

Gopal Singh était en effet un grand ami de Julius et il nous avait fait promettre solennellement de ne pas quitter Mogok sans lui faire l'honneur de notre visite. Le départ approchant, rendez-vous avait été pris pour ce soir-là.

Gopal Singh nous accueillit avec la majesté massive, presque brutale, que lui conféraient son torse profond comme un baril, sa barbe drue et d'un noir luisant, ses épaules de débardeur, son turban énorme. Après les courtoisies d'usage, il dit à Julius :

— J'ai un autre invité arrivé d'hier et qui loge chez moi. Vous ne le connaissez pas. C'est un savant thibétain. Pendant la guerre, alors que je mourais des fièvres et d'une blessure empoisonnée du côté de l'Assam, il m'a guéri avec ses herbes.

Gopal Singh ajouta pour Jean et pour moi :

— Il parle bien anglais.

Dans la vaste pièce de réception plus fournie en meubles que ne l'étaient les maisons birmanes, et veillée par des idoles indiennes, nous aperçûmes un homme sans âge définissable, posé sur ses jambes repliées comme sur un socle. Il avait le crâne rasé à la façon des bonzes, un visage aplati à l'extrême, faiblement coloré d'un jaune blafard et des yeux sans expression, si étroits qu'ils étaient à peine visibles. Ses vêtements européens ne faisaient que mieux ressortir le caractère purement mongol du personnage.

Il aspirait à goulées sonores un thé très léger. C'était la boisson également de Gopal Singh et de Kin Chone. Pour nous trois, les Européens, il y avait du whisky.

Julius but son premier verre avec empressement.

— Cela fait du bien, dit-il, de se sentir sain et sauf. Je n'ai pas aimé du tout le dernier défilé... La nuit y venait déjà.

Jean, qu'un seul verre d'alcool suffisait à mettre en joie, frappa Gopal Singh sur une de ses cuisses dures comme l'airain et s'écria :

— Le père Julius et ses fantômes ! Très drôle, non ?

Mais le visage de notre hôte, ardent et gai d'habitude, était devenu très sérieux. Il dit lentement :

— Ces fantômes, moi, je les ai vus. Et plus d'une fois.

Il hocha sa noire barbe sauvage et poursuivit :

— La première rencontre a eu lieu voici un an, comme je ramenais de Tabeytchin, le port de la région sur l'Irrawady, un camion plein de marchandises et de voyageurs. Nous roulions en pays plat, mais couvert de jungle. Brusquement, une détonation... J'ai cru qu'un pneu avait éclaté. Mais aussitôt, une rafale a sifflé autour de moi. J'ai reconnu le bruit, j'ai assez fait la guerre. Je me suis aplati sur la route. Alors, j'ai vu deux hommes entre les buissons, avec des Sten Guns. C'était moi qu'ils visaient.

— Vous n'aviez pas emporté votre fusil ? demandai-je.

— Oh non ! Et mon étoile en soit louée ! s'écria Gopal Singh. Avec un fusil j'étais perdu. Ce sont des armes surtout qu'ils recherchent. Déjà, ils m'avaient pris pour un militaire ou un policier du gouvernement qu'ils combattent : j'avais le tort d'être habillé en kaki.

— Kaki égale *khazouk*, nous dit Julius. Je vous avais prévenu à votre arrivée.

Gopal Singh poursuivait :

— J'ai crié de tous mes poumons que j'étais un

simple marchand sikh. Les insurgés m'ont cru à cause de ma barbe et de mon turban. Ils nous ont laissé partir après avoir dépouillé, déshabillé tout le monde.

— Mais c'était il y a un an, remarqua Jean.

— C'est juste, dit Gopal Singh ; mais il y a deux mois, mon camion postal a été arrêté sur la route de Momeïk, oui, la route que vous avez prise pour venir ici et que vous allez reprendre pour retourner à Rangoun. Les rebelles ont saisi l'argent, les colis et n'ont laissé que les lettres.

« Et il y a dix jours, sur cette même route, oui, la même, deux policiers ont été enlevés. Et l'on ignore tout de leur sort.

« Mes conducteurs m'ont prévenu alors qu'ils ne voulaient plus faire ces voyages. Mais hier, heureusement, l'un d'eux a reçu l'assurance qu'ils ne risquaient rien pour leur vie. Un ami à lui, passé du côté des insurgés, lui a fait tenir ce message. »

Jean, tout à coup, surprit tout le monde par un grand éclat de rire. Mais il venait d'achever son second verre et il me dit :

— Je pense à l'assurance considérable que tu as souscrite pour les risques du métier. Si on pouvait s'entendre avec les partisans pour te faire enlever ! Formidable affaire, non !

Ce fut alors que l'homme du Thibet, au crâne nu, parla pour la première fois. Sa voix était un peu rauque, mais intelligente et cultivée.

— Il est dommage que je vous aie connu si tard, dit-il à Jean, en posant sur lui son regard inerte, avec une insistance singulière. J'aurais pu essayer d'arranger quelque chose.

— Vous connaissez des insurgés ? demandai-je vivement.

Le Thibétain eut un geste vague.

— Il y a de tout dans le pays, dit-il. Les gens qui,

vraiment, luttent pour des idées... et les *dacoïts*... et plus loin, vers la frontière, les bandes chinoises... et tout près les nationalistes Chans.

L'homme inclina son crâne rasé vers la table, pour aspirer à grand bruit une gorgée de thé. Après quoi, il dit :

— Je me trouvais en plein pays Chan, dans une auberge de jungle tenue par une femme de cette tribu. Des camionneurs birmans s'y sont arrêtés. Ils ont bu de l'alcool du pays (le Thibétain eut une légère grimace de dégoût), alcool très fort, très mauvais, qui atteint le cerveau très vite. Ces camionneurs ont insulté la femme de l'auberge. Quand ils sont partis, une embuscade les attendait. Les Chans les ont égorgés au *dah*, au coupe-coupe. Ils n'ont épargné qu'un homme parce qu'il était Indien.

Le Thibétain rêva quelques instants et son regard était si dénué de sens qu'il paraissait aveugle.

— Il y a beaucoup de choses intéressantes par ici, reprit-il. Toutes les coupes de bois de teck se trouvent sous le contrôle des rebelles. Des idéalistes, ceux-là, et bien organisés... Vous comprenez, ces coupes sont en pleine forêt sauvage. N'y ont accès que les bûcherons et les meneurs des éléphants qui traînent les troncs jusqu'au point de flottaison. Eh bien, les insurgés ne laissent partir le bois et n'accordent la sécurité aux chefs forestiers que s'ils ont perçu de la compagnie qui exploite la forêt une taxe égale à celle qu'exige l'État. Alors, ils apposent leur estampille sur les arbres coupés. Et comme ils ont des postes de surveillance tout le long des fleuves, aucun chargement ne peut aller bien loin sans cette estampille.

— C'est juste, dit Gopal Singh. J'ai vu les marques à Tabeytchin sur l'Irrawady et ailleurs.

Julius enleva ses lunettes et passa dans ses cheveux d'astrakan argenté une main nerveuse.

— Tout encore est acceptable, dit-il, tant qu'ils laissent Mogok tranquille.

Il s'adressa à Jean avec une véhémence soudaine.

— Fantômes, dites-vous... fraîcheur et délices. Croyez-vous que c'est par goût et plaisir que j'habite ma bicoque, ma cabane dans la grande rue ? J'avais choisi une maison très agréable près du poste de police. Bonne idée ! Le poste a été attaqué deux nuits de suite... J'ai déménagé dans une maison encore mieux, aux lisières de la ville. Bonne idée ! C'est par là que sont revenus les partisans. Mes cloisons ont été crevées de balles. J'étais sous mon lit, déjà prêt au *khazouk*, lorsque Gopal Singh qui me savait isolé est accouru avec son fusil.

Julius essuya quelques gouttes de sueur sur son front et dit en appuyant sur chaque mot :

— C'est un brave et c'est un ami.

Je demandai à notre hôte :

— Et vous avez repoussé l'attaque ?

Gopal Singh eut un rire d'ogre qui secoua toute sa barbe.

— Oh ! non, dit-il. Mais comme ils venaient de plusieurs côtés, ils se sont fusillés les uns les autres... Heureusement ! Les policiers déjà s'étaient habillés de vêtements civils.

Julius reprit :

— Savez-vous que, par crainte d'un raid, les grands marchands enterrent chaque nuit leur stock de saphirs et de rubis à des endroits différents ? Que le télégraphe a été installé ici depuis peu, seulement à cause de la situation militaire ? Que le départ du courrier est tenu secret par crainte des rebelles ?

Gopal Singh rit encore de ses dents éblouissantes, de ses yeux ardents.

— C'est juste, dit-il. Seulement, l'un des employés de la poste a pour frère le chef des partisans.

Le visage de Jean était devenu tout à coup plus intense et plus jeune. Les effets du whisky n'étaient pour rien dans cette expression. Elle était due à ses souvenirs les meilleurs quand, hors-la-loi lui-même, il commandait les groupes clandestins de la Savoie occupée. Il chuchota à mon oreille :

— On dirait des histoires de maquis... exactement... c'est magnifique, non ?...

Gopal Singh se leva, fit quelques pas à travers la pièce en réfléchissant. Puis il parla gravement et le poids et la force de son corps se répercutaient dans ses paroles.

— A votre place, dit-il, je répandrais le bruit dans Mogok et le ferais répandre que vous avez retardé votre départ d'une semaine et je m'en irais huit jours plus tôt, secrètement, pour ne pas tenter les pillards sur la route.

— Vous entendez ? Vous entendez ? s'écria fébrilement Julius qui devait nous accompagner dans notre voyage jusqu'à l'aérodrome de Momeïk.

Mais Kin Chone, son courtier, lui dit quelques mots à voix très basse. Et Julius soupira :

— Oui, sans doute, en agissant ainsi, on assure la sécurité. Seulement voilà : les vendeurs vont s'imaginer qu'ils ont une semaine de plus pour le marchandage. Ils vont tenir trop haut le prix des pierres et quand vous serez partis sans avoir traité, un concurrent profitera de la déception.

Julius soupira plus profondément encore.

— Dans ce pays, de quelque côté qu'on se tourne, c'est toujours le *khazouk*.

Jean, qui s'amusait visiblement du dilemme auquel son associé se trouvait soumis comme à une torture, demanda :

— Alors ? Qu'est-ce qu'on fait ?

Mais chez Julius — et comme il en avait toujours été dans sa vie de bon bourgeois englué dans l'aventure — le sentiment du métier triompha.

— Tant pis, dit-il tristement. Les vendeurs doivent savoir qu'il leur reste seulement deux jours pour se décider.

Il regarda sa montre et ajouta :

— Il faut partir... Le courtier collectif qui représente les marchands les meilleurs, vous savez ce jeune homme au beau visage sérieux et qui a déjà neuf enfants — fraîcheur et délices — doit être en ce moment au bureau.

Comme nous allions sortir, l'homme du Thibet éleva la voix.

— Je m'excuse de vous retenir, dit-il. Ce ne sera qu'un instant.

Il sortit un petit paquet de la poche de son gilet et, tout en le défaisant, poursuivit :

— Je sais par Gopal Singh que vous êtes de grands experts. Alors, je me permets...

Il tenait maintenant un rubis entre ses doigts.

— Petit, mais très beau, dit Jean.

— Magnifique sang de pigeon, confirma Julius.

Le Thibétain semblait encore attendre quelque chose. Le vieux courtier chinois se pencha sur l'oreille de Julius et se mit à chuchoter avec une précipitation frénétique.

Julius lui posa une question de la même manière. Kin Chone appuya son propos de toutes ses courbettes, de toutes ses grimaces.

— Qu'est-ce qu'il y a ? demanda Jean.

Julius répondit de mauvais gré.

— Il assure qu'il connaît le premier propriétaire du rubis.

— Qui ça ? demanda Jean.

Le courtier murmura d'une façon à peine perceptible :

— U Min Paw.

Jean se tourna d'un seul mouvement vers le Thibétain.

— Le fameux bandit ! s'écria-t-il. Le fameux trésor évanoui ?

L'homme au crâne rasé demeura silencieux et ce fut Julius qui parla.

— Je n'en sais rien, dit-il. Je ne me souviens que des pierres les plus grosses, les plus extraordinaires.

— Mais vous m'avez toujours assuré que Kin Chone avait dans l'œil plus de mémoire que n'importe qui, répliqua Jean.

Ce fut au tour de Julius de ne pas répondre.

— Où avez-vous trouvé ce rubis ? demanda Jean à l'homme au crâne de bonze.

— Au Siam où je passais pour affaires, dit celui-ci. Je l'ai eu à bon compte, je crois.

Il dit rapidement un chiffre en monnaie thaïlandaise qui ne représentait rien pour moi.

Mais Julius grommela tout de suite :

— C'est donné.

— Qui vous a cédé cette pierre à si bas prix ? demanda de nouveau Jean au Thibétain.

— Un homme pressé sans doute, dit ce dernier.

Julius poussa Jean vers la porte.

— Nous sommes terriblement en retard, dit-il.

On pouvait lire sur ses traits l'effroi singulier que lui inspirait toujours la curiosité qui touchait au trésor disparu de l'ancien *dacoït*.

Dans l'escalier, je m'arrangeai à être un instant seul près de mon ami.

— Écoute, dis-je à mi-voix, tu ne vas pas me laisser partir de Mogok sans m'éclairer sur cette histoire, sur ta piste, ta filière. Tu ne risques plus rien... Nous serons loin bientôt.

Était-ce mon ton pressant ? Une faiblesse due à l'amitié ? ou au whisky ?

— Je te raconterai cela sur la route, dit Jean.

Mais sur la route, il y eut une autre rencontre.

*

Ainsi que l'exigeait l'hospitalité, Gopal Singh nous avait accompagnés jusqu'à la dernière marche de l'escalier extérieur qui menait de son logis à la rue. La nuit était venue, imprégnée déjà, comme à l'ordinaire, de la fraîcheur des montagnes, bénédiction après la fournaise du jour. La lune commençait de blanchir les cimes, la jungle et, tout près, les toits de Mogok.

Gopal Singh nous présentait ses adieux longs et fleuris selon l'usage, lorsque, de la route invisible qui se trouvait derrière le carrefour où une piste étroite s'amorçait vers la montagne, s'éleva un bruit de marche molle et pesante, mêlé à un tintement assourdi de clochettes. Une forme énorme émergea de la pénombre et une autre, et une autre, et une autre encore. Quatre éléphants avançaient lentement, coiffés chacun sur la nuque d'un conducteur.

Les premiers rayons de lune posaient contre les plis de leur peau grenue une sorte de moire argentée et jouaient avec l'ivoire des défenses.

La qualité fantastique de cette procession nocturne suspendit d'abord chez moi tout sentiment. Mais comme le premier éléphant allait s'engager sur la piste qui menait vers les hautes forêts massives, je criai :

— Où vont-ils ?

Gopal Singh me répondit comme s'il s'agissait de la chose la plus naturelle du monde.

— Ils vont chercher au sommet de la montagne les meubles de l'officier forestier qui change de poste. Puis ils l'emmèneront, lui et sa nombreuse famille.

Voyant que ma curiosité, mon intérêt étaient au point le plus vif, Gopal Singh me proposa :

— Voulez-vous qu'ils fassent halte un instant ? Je suis très ami avec les conducteurs. Quand ils ont dépensé tout leur argent à jouer, boire ou à autre chose, je leur donne du riz, sans compter. Eux, par contre, ils m'aident parfois avec leurs bêtes pour mes transports.

Le grand Sikh héla l'homme qui montait l'éléphant de tête et lui cria quelques mots dans sa langue. Le conducteur, qui avait les pieds nus, porta la pointe de son gros orteil droit derrière la grande oreille flottante et pareille à une énorme feuille grise, et gratta doucement.

— La peau est très sensible à cet endroit, me dit Gopal Singh avec son rire d'ogre.

L'éléphant s'arrêta. Un son à la fois bref et lent, guttural et chanté, sortit de la gorge du conducteur.

— *Khmitt.*

L'éléphant ne bougea point.

— *Kmitt,* chanta encore le conducteur.

La bête colossale, alors, se laissa doucement, insensiblement, couler sur ses hanches arrière qui pliaient peu à peu. La croupe toucha le sol puis l'avant s'affaissa. Le conducteur glissa le long du flanc et vint près de nous. Les trois autres restèrent assis, dans leur *longis* à forme de jupe, sur la nuque de leurs éléphants, extraordinaire fresque profilée contre les collines nocturnes et les étoiles de Haute Birmanie.

Le spectacle avait agi sur Jean comme sur moi, avec un attrait hypnotique. Mais Julius rappela notre ami au sens des réalités.

— On nous attend... Il y a beaucoup de pierres à voir, dit-il.

Et Jean soupira et prit le chemin de la ville toute proche entre Julius et Kin Chone, le vieux courtier chinois qui, parce qu'il était musulman, portait, même la nuit, son casque colonial.

Je restai avec Gopal Singh et le conducteur de l'éléphant de tête. C'était, vu au clair de lune, un très petit homme très fin et délié de muscles. Son visage maigre, gentil et gai, haché de rides menues, n'avait point d'âge précis. Peut-être quarante ans... peut-être soixante... Mais il était vif et souple comme un lézard.

— *Oozie* de père en fils, me dit de lui Gopal Singh.

Et j'appris de la sorte le nom en langue birmane d'un conducteur d'éléphants.

Le petit homme en *longi* eut à mon adresse un rire bref très doux et se mit à parler affablement au grand Sikh barbu.

— Il s'amuse de votre curiosité, traduisit Gopal Singh, il dit que vous êtes comme les autres hommes blancs qu'il a rencontrés quelquefois et qui s'étonnent toujours à cause des éléphants. Il dit que pour lui l'éléphant est comme un ami, un grand frère.

« Il est monté pour la première fois sur l'un d'eux, un petit, bien sûr, à l'âge de cinq ans. Il a gagné son existence comme *oozie* depuis qu'il en a eu quinze. »

Je pressai Gopal Singh et, à travers lui, le conducteur, l'*oozie*, de questions impatientes. Et dans ce décor fabuleux, avec, pour témoins, les trois immenses statues animales, qui portaient chacune leur figurine humaine, le tranquille petit Birman m'emmena, par ses récits, au cœur des forêts de teck et dans le secret des jungles où il avait mêlé son existence à celle des bêtes les plus puissantes et les plus intelligentes de la terre.

Il raconta que la longueur de la vie, chez un éléphant, était celle de l'homme — quatre-vingts années environ. Et que souvent un *oozie*, quand son étoile était stable, ayant vu le jour dans le même camp de brousse et dans le même temps qu'un bébé d'éléphant, il leur arrivait d'apprendre leur métier ensemble et de connaître leurs premières amours à la même saison et d'aller ainsi, tenus par un lien étonnant qui les nouait toujours davantage l'un à l'autre, jusqu'à l'extrême vieillesse.

Il dit comment on dressait les jeunes pachydermes à se résigner aux chaînes ou aux bâts, à traîner les troncs, porter les charges et les hommes et enfin à comprendre les ordres. Et ce n'étaient pas les hommes qui leur enseignait le mieux cette discipline mais les éléphants d'âge mûr. Leurs défenses leur servait d'aiguillons et leur trompe de fouet pour inculquer ces rudiments à leurs petits élèves.

Et l'*oozie*, qui s'était accroupi à nos pieds dans l'herbe du bord de la route, dit encore les gestes de son métier. Chaque conducteur lavait son éléphant dans les criques et les cours d'eau avec une écorce d'arbre très savonneuse. Et tous les matins, il allait chercher son éléphant dans la jungle ou les clairières. Car on laissait les bêtes chercher leur nourriture la nuit à leur guise. Et on les reconnaissait au tintement des deux battants extérieurs disposés sur le morceau de bois de teck creusé en forme de cloche. Et jamais deux cloches n'avaient le même tintement. Du moins pour l'*oozie* qui, entre cent, distinguait celle de *son* éléphant.

Et parce qu'elle vivait et s'alimentait dans les mêmes conditions — c'est-à-dire parmi les forêts immenses et la brousse vierge — que les éléphants sauvages, la bête domestiquée était aussi forte qu'eux et aussi résistante et aussi rompue aux surprises, aux exigences de la nature. Elle savait traverser les rivières torrentielles en pleine crue et rompre les vertèbres du tigre le plus redoutable. Et elle était si proche encore de l'état libre que l'*oozie* lui-même, dont la voix monotone et chantante s'élevait maintenant dans l'ombre, avait passé toute une nuit agrippé à la nuque de son éléphant familier au milieu d'un troupeau d'éléphants sauvages.

Je lui fis demander alors s'il était de ceux qui, toujours, avaient eu la même bête. Il secoua lentement son front qui se trouvait presque au ras du sol.

Non, dit-il, pour lui, cette parenté avait été impossible. Il avait vu la guerre qui ne laisse pas aux hommes le temps de l'habitude.

Gopal Singh, soudain, entreprit avec lui un dialogue animé. Puis le grand rire du Sikh, affectueux et féroce, éclata dans la nuit.

— Il a fait sur un éléphant la retraite vers l'Inde avec les Anglais, me dit Gopal Singh. Et moi qui étais contre l'Angleterre, je faisais partie de ceux qui les poursuivaient. Et voilà que nous sommes les meilleurs amis du monde.

L'*oozie* birman s'était levé. Il me sembla que son visage exprimait une singulière tristesse. J'en demandai la raison à Gopal Singh. Et l'*oozie* expliqua :

— La guerre et les Japonais ont fait beaucoup de mal aux éléphants, les grands frères de l'homme. Il y en avait sept mille dans le temps. Il n'en reste même pas la moitié.

A ce moment, parla, en anglais, une autre voix, rauque et profonde. Le Thibétain, intrigué sans doute par l'absence prolongée de Gopal Singh, son hôte, avait descendu l'escalier sans que je m'en fusse aperçu. Il dit :

— Au Siam, où je suis allé souvent, le désastre a été le même. Quand la guerre a pris fin, le besoin d'éléphants domestiqués était si vif qu'un Américain de ma connaissance a fait fortune en y ramenant des éléphants de cirque achetés par lui à prix fort chez les forains d'Europe et des Etats-Unis... des éléphants peut-être capturés au Siam même.

Fût-ce l'effet de cette présence nouvelle ou l'ennui, ou un mouvement purement réflexe, mais je vis bouger la masse accroupie de l'éléphant qui avait mené la file. Sa cloche tinta longuement. Or, même le plus profane pouvait entendre que le son en était métallique.

Je dis à Gopal Singh, en montrant le petit Birman :

— Il a bien assuré que les cloches étaient en bois ?

Gopal Singh n'eut pas besoin de traduire. L'*oozie* avait compris mon étonnement. Il eut de nouveau son petit rire plein de gentillesse.

— La cloche de métal n'est pas habituelle, me fit-il dire. Elle sert uniquement à désigner un éléphant dangereux.

Le sien l'était. Il avait tué peu de temps auparavant

son conducteur, l'aide du conducteur et un éléphant en bas âge.

L'époque du rut ? Un mal subit ? Le souffle néfaste d'un démon de la forêt ? Comment savoir ?

Bref, la bête ensauvagée s'était réfugiée dans la jungle. Mais, la nuit, l'éléphant rôdait autour des femelles. On pouvait donc le reprendre... à condition toutefois de connaître l'approche et les maîtres mots nécessaires.

Les autorités, pour qui chaque éléphant déjà dressé était précieux, indispensable, avaient fait venir trois hommes de la tribu Karen qui avaient la réputation de posséder, en ce qui concernait les éléphants, une science voisine de la magie.

— Eh bien, dit avec un infini dédain l'*oozie* birman, eh bien, ces Karens, imbéciles comme toute leur tribu, ont parlé de leur projet devant les femelles. Alors, *naturellement*, les femelles ont prévenu l'éléphant fugitif.

L'*oozie* se dirigea vers l'animal meurtrier, ajoutant avec simplicité :

— Comme il y avait une forte récompense, je suis allé le reprendre. J'avais un moyen sûr.

— Lequel ? m'écriai-je.

Ce fut le Thibétain qui répondit :

— Il lui a apporté de l'opium... opium brut, bien entendu.

Et comme je demeurais incrédule, l'homme au crâne rasé interpella, dans sa langue, l'*oozie*. Et Gopal Singh me dit :

— C'est vrai. Depuis lors, son éléphant et les autres reçoivent deux livres d'opium brut par jour. Cela les rend obéissants et heureux.

Son rire d'ogre éclata dans la nuit birmane.

— Et vous pouvez être sûr, reprit-il, que leurs conducteurs partagent avec eux.

— Alors, dis-je, les hommes et les animaux s'intoxiquent ensemble ?

— Pourquoi pas ? répliqua le Thibétain.

— Mais où prennent-ils la drogue ? demandai-je.

— Le pays Chan est le pays du pavot, dit Gopal Singh. Pour ses éléphants, le gouvernement est généreux en opium.

J'allais interroger davantage, mais un cri à la fois bref et lent, guttural et mélodique, retentit. L'*oozie* avait repris sa place sur la nuque de l'éléphant allongé. Il chanta de nouveau :

— *Tah !... tah !...*

Au clair de lune, la bête se redressa comme une colossale ombre chinoise. L'*oozie* devint à son tour une figurine minuscule. Son gros orteil droit toucha la peau sensible derrière l'oreille immense. L'éléphant de tête aborda le sentier qui gravissait le mont boisé. Un à un, les trois autres éléphants suivirent.

— A propos d'opium... dit le Thibétain.

Il se contenta de ces paroles et, me prenant par le bras, m'entraîna vers Mogok.

Les éléphants s'étaient évanouis dans la forêt obscure. Mais on entendait encore les battements sourds des trois cloches en bois de teck et ceux plus aigus, dont je savais à présent le sens, de la cloche de métal.

*

Nous atteignîmes vite les premières maisons de Mogok, séparées par quelques centaines de mètres à peine de l'endroit où les éléphants s'étaient enfoncés dans la montagne, la forêt et la nuit. Le Thibétain, au crâne rasé comme un bonze mais habillé à l'européenne, gardait le silence, bien que ce fût lui qui m'eût entraîné dans cette promenade.

Le long de la grande rue, échoppes et boutiques étaient déjà fermées ainsi que tous les ateliers des tailleurs et polisseurs de pierres précieuses. Seul, le premier étage, celui de l'habitation, se trouvait éclairé au front des maisons toutes pareilles.

Dans la nôtre, une fois de plus, Jean et Julius et son courtier étaient en train d'examiner saphirs et rubis. Ils avaient fermé les volets pour assurer le secret de leurs négociations.

En face, dans la maison de l'Indien Gujerati [1], le mur en bois de teck avait été également aveuglé. Mais cela ne suffisait point à étouffer le bruit de la discussion violente qui se livrait à l'intérieur. Déjà, quelques ombres en *longis* écoutaient, immobiles. Mon compagnon s'arrêta également. Des cris stridents, des imprécations, des blasphèmes arrivaient nettement jusqu'à la rue. Au bout de quelques minutes, le Thibétain me dit :

— C'est clair. Le marchand de rubis a fait voici quelque temps un voyage à Bombay qui est son pays d'origine. Avant qu'il parte, un autre Gujerati, celui que vous entendez crier si fort, lui a donné de l'argent pour le remettre à sa famille. Le marchand est revenu, assurant qu'il l'avait fait. Mais l'autre vient d'apprendre par une lettre que ce n'était pas vrai. Alors, il n'est pas content.

Le Thibétain me prit par le bras.

— Continuons, dit-il, ce n'est pas intéressant. L'homme ne fera rien que de gémir et insulter.

Quand nous eûmes marché quelque peu, il reprit :

— Ce n'est point comme le père de notre Gopal Singh. Lui, dans la même circonstance, il a poignardé le messager voleur. Les Sikhs sont d'autres hommes.

La grande rue devenait très calme à mesure que nous avancions. Mais aux abords du lac, une grande silhouette guenilleuse, d'une maigreur extrême, à courte barbe grise, vint à notre rencontre, titubant et chantant. Toutefois, quand le vieil ivrogne fut à ma hauteur, il me reconnut et, soudain au garde-à-vous, porta la main militairement à son turban. C'était le *sweeper*, le balayeur de Julius. Ses yeux magnifiques et désespérés brillaient dans la pénombre. Selon l'habitude que nous

1. Originaire de la province de Bombay.

avions prise tous les deux, je lui donnai quelques pièces de monnaie. Un nouveau salut et le *sweeper* poursuivit sa route incertaine.

— La boisson... dit le Thibétain à mi-voix mais avec un mépris, un dégoût si intenses que le mot semblait déshonoré à jamais.

Je me souvins que chez Gopal Singh il avait eu la même intonation pour parler des effets de l'alcool.

— Ce *sweeper* a souvent un enfant avec lui, reprit mon compagnon. Vous l'avez vu ?

— Il l'amène chez Julius, répondis-je. Un merveilleux petit garçon. Il a les mêmes yeux que son grand-père.

— Ce n'est pas son grand-père, dit le Thibétain. C'est son père. Et il l'a eu de sa propre fille qu'il a violée, ivre perdu, quand elle avait douze ans. Après qu'elle a eu l'enfant, il a voulu l'éloigner à cause de la honte et il a donné, pour qu'il l'épouse, une poignée de roupies, qu'il a mendiées, à un ramasseur d'ordures de Momeïk.

Il y avait quelque chose de singulier dans l'abondance et la précision de ces renseignements.

— Vous semblez bien connaître Mogok, dis-je au Thibétain.

— Les dessous, en particulier, répondit-il.

— Mais vous n'êtes pas de cette ville ?

— Voyageant beaucoup, je me suis souvent arrêté ici, dit-il.

— Comment se fait-il alors que Julius, qui connaît tout le monde à Mogok, ne vous ait jamais vu ?

— Je vous l'ai dit, répliqua le Thibétain, à Mogok, c'est aux couches inférieures que je m'intéresse.

— Mais alors pourquoi, ce soir, notre rencontre ?

— Vous le saurez, dit tranquillement le Thibétain, après l'amitié du plateau.

Il ne s'expliqua pas davantage.

A ce moment, nous avions contourné l'extrémité du lac et nous étions arrivés dans cette partie de Mogok, de beaucoup la plus pauvre, qui, avec ses ruelles irrégulières coupées de terrains vagues et d'espaces en friches, avait l'aspect d'une zone pour réprouvés, pour lépreux. Nous passâmes une pagode en ruine et, un peu plus bas, un monastère bouddhique. Devant cet édifice, le Thibétain s'arrêta un instant et inclina son crâne rasé. Puis, avec une sorte de décision brutale, il se dirigea vers la maison voisine qui, de guingois, ébréchée, misérable, ne laissait filtrer ni un son ni une lumière.

Le Thibétain frappa contre la porte branlante. Ses coups, prudents au commencement, se firent de plus en plus vifs jusqu'à l'instant où l'assemblage de planches pourrissantes s'entrebâilla avec un grincement affreux. L'ouverture ainsi obtenue n'était qu'une fente. Mais, toute mince qu'elle fût, cela suffit pour laisser jaillir de l'intérieur un air si vicié qu'il sembla corrompre toute la pureté de la nuit.

Le visage qui se montra par la brèche était d'une maigreur cadavérique. La peau inerte, grise et sèche, s'appliquait exactement au squelette crânien. Les yeux n'étaient que des trous obscurs. L'homme secoua vivement sa tête de mort pour signifier qu'il nous refusait l'entrée. Mais le Thibétain n'eut qu'à lui chuchoter quelques paroles et aussitôt l'effrayant visage eut un sourire spectral de déférence et d'empressement. La porte recula un peu, juste de quoi nous laisser glisser à l'intérieur et se rabattit aussitôt comme une trappe. L'odeur qui m'imprégna d'un seul coup jusqu'à la moelle était chargée en même temps des pires relents que peuvent dispenser les corps humains mal tenus et de l'arôme profond, riche et suave de l'opium. Nous étions dans une fumerie. Et de l'espèce la plus sordide.

Une seule pièce l'abritait, aux cloisons moisies, au plancher couvert de détritus. On ne voyait là aucun meuble mais, tout le long des murs, couraient des bas-flancs rudimentaires dont les planches disjointes portaient des sédiments de crasse. Sur chacun, à deux, trois et même quatre, des hommes étaient allongés ou lovés, près d'une lampe à opium. La sourde lueur qui se répandait de leurs mèches était la seule source de clarté dans cette chambre où la fumée s'épaississait chaque instant davantage.

Mon compagnon demeura un instant sur le seuil, à contempler le spectacle. Aucun des fumeurs ne sembla remarquer notre présence. Les uns préparaient et aspiraient leur pipe, d'autres rêvaient les yeux clos, d'autres conversaient tranquillement.

— La seconde sagesse du monde, dit le Thibétain.

— La première étant ?... demandai-je.

— Celle d'en face, dit le Thibétain.

Je compris qu'il faisait allusion au monastère bouddhiste devant lequel il s'était incliné.

Le patron à la tête de mort, glissant entre les bas-flancs, vint nous chercher et fit à mon compagnon une offre que celui-ci refusa :

— Il nous proposait sa chambre, me dit le Thibétain. Mais j'aime la société des gens pauvres. Elle renseigne beaucoup.

Sur ce mot à double sens, il se laissa mener jusqu'à la seule couche libre et qui, appartenant au tenancier lui-même, était couverte d'une natte assez propre. Quand nous fûmes allongés de chaque côté du plateau, je demandai au Thibétain :

— Il y a beaucoup d'endroits comme celui-ci à Mogok ?

— Une dizaine.

— N'est-ce pas interdit en Birmanie ?

— Comme aux Indes, dit le Thibétain, comme au Siam ; et au Viet Nam et à Hong-Kong. Mais on fume partout. Et partout la défense de fumer rapporte pas mal d'argent aux policiers. J'en vois un ici, d'ailleurs.

Le Thibétain désigna, avec le tuyau de la pipe dont il faisait chauffer le fourneau, un homme, étendu parmi d'autres, et tout pareil à eux, qui aspirait l'opium à longs traits réguliers.

La tête de mort du patron et son sourire spectral apparurent dans le halo de notre lampe. Il déposait sur le plateau un petit pot rempli de noire drogue fraîche. Mon compagnon commença de rouler une boulette. Je lui demandai :

— L'opium, d'où vient-il ?

— Cette région est entourée par des océans de pavots, dit-il. Pays Chan... Thaïlande... Chine. Et l'habitude de la contrebande est telle que pas un seul des objets qui se trouvent dans les boutiques — montres, stylographes, produits de pharmacie, de photographie et autres... n'est entré à Mogok par le chemin légal. Alors, pour l'opium, vous pensez !

Le Thibétain, maintenant, faisait cuire sa boulette de drogue au bout d'une aiguille sur la flamme de la lampe.

— En une seule fois, il est passé récemment ici une tonne d'opium, dit-il.

Je me relevai sur un coude et m'écriai :

— Une tonne !

— Oh ! ça n'exige pas une très grande caravane de ces petits chevaux issus du Thibet que vous avez vus dans le pays, dit mon compagnon. Bâtés sur les deux flancs ils peuvent porter beaucoup de poids.

Tandis que j'imaginais cette file de poneys à longs crins et de petits hommes jaunes traversant frontières, jungle et montagnes, le tenancier revint. Il nous apportait cette fois du thé clair et bouillant. Il ne l'avait fait pour aucun de ses autres clients. Je demandai au Thibétain qui achevait sa première pipe :

— Pourquoi nous soigne-t-il de la sorte ?

— Parce que, dit-il, c'est moi qui accompagnais la caravane des mille kilogrammes d'opium.

Puis, du même ton indifférent :

— Vous fumez, j'espère ?

— J'ai, comme vous, beaucoup voyagé... lui dis-je.

Il me tendit le tuyau de bambou. Je dis encore :

— Seulement, je ne sais pas faire les pipes.

— Je travaillerai pour vous, dit le Thibétain. Moi, je ne sais que trop.

L'opium était très bon. Par son effet, l'air devenait plus respirable et le lieu plus plaisant. J'en usai pourtant avec modération. Je voulais garder la tête claire. Par contre, mon compagnon, lui, fumait énormément et, à mesure que les boulettes fondaient en grésillant sur le fourneau de sa pipe, ses yeux et ses traits prenaient un peu de vie et de chaleur humaine. Sans que j'eusse à le questionner, il parla de son tourment, d'une voix égale, en homme de lui-même délié.

Il avait cru, dans son plus jeune âge, que l'état de bonze, c'est-à-dire de prêtre ascétique et mendiant, était sa vocation. Il pensait posséder la piété, la volonté nécessaires. Il avait fait ses études avec bonheur dans un monastère antique, de règle dure et savante, accroché aux pentes du Toit du Monde. Mais un voyageur l'avait fait goûter au suc de pavot. Ce fut la révélation, l'illumination sur lui-même, la vérité sans retour.

— Dès lors, j'ai su que j'étais indigne de la sagesse première qui renonce à tout, me dit le Thibétain. Et je suis allé à la vie des hommes.

Mais sa vocation originelle l'avait tenu, malgré tous ses efforts, à côté, en marge de cette vie commune. Hors-la-loi dans sa conscience, il était devenu, par une singulière réplique intérieure, hors-la-loi tout court. Il avait fait sa profession de tous les trafics interdits. L'Extrême-Orient, avec ses convulsions, lui avait offert pour cela un champ sans limites.

Je lui demandai s'il s'y était enrichi.

— Je ne possède pas une roupie, dit-il. Tout ce que peut me rapporter le commerce des armes, des drogues et le reste, va au monastère.

Il considéra pensivement la lampe de fumerie et ajouta avec une humilité profonde :

— Chacun se rachète selon ses moyens.

Le Thibétain reposa la pipe, s'allongea sur le dos et demeura longtemps immobile, les paupières baissées.

Les autres bas-flancs étaient d'étranges radeaux qui flottaient dans la fumée et dont chacun portait sa cargaison de visages émaciés et paisibles.

Sans bouger ni ouvrir les yeux, mon compagnon se mit à parler comme s'il rêvait tout haut.

— Les hommes, disait-il, oui... les hommes... écoutez-les... Sur ma droite, j'entends un Chinois. Il vient de la région frontière tenue par les bandes qui se réclament de Tchang Kaï Tcheck... pays plein d'opium... Il demande au mineur qui fume en face de lui comment échanger la drogue contre des pierres précieuses.

Un sourire d'ironie et d'extase, un sourire bouddhique, jouait sur les lèvres du Thibétain. Sa voix s'éleva de nouveau :

— Plus loin, le policier partage son plateau avec un rebelle communiste. L'insurgé s'est glissé à Mogok pour faire soigner par un médecin ami la blessure qu'il a reçue dans un combat avec les forces du gouvernement. Le policier lui indique les maisons où l'on peut trouver des armes... Attendez... voilà que le rebelle parle au policier d'une mine très riche. Elle se trouve dans la montagne où s'abrite son groupe de partisans. Personne ne peut y accéder sauf eux. Les insurgés exploitent les rubis et le médecin ami les écoule. Seulement voilà... il arrive des mésaventures. Le médecin avait confié un lot important à un pilote qui devait le passer et le vendre aux Indes. Le pilote, au retour, affirme que la douane lui a pris les pierres précieuses... Comment savoir si c'est vrai ?

Le Thibétain, lentement, remua ses paupières. Sa main, sans tâtonner, reprit la pipe. Je l'interrogeai alors sur les bandits de grand chemin, les *dacoïts*.

D'abord, il se contenta de répondre :

— Les *dacoïts* sont aussi anciens que la Haute Birmanie.

Puis il fuma. Puis, reprit :

— Quand on vient de Tabeytchin, le port de l'Irrawady, le chemin muletier traverse le village de Kin qui fut déjà illustre sous les rois de Mandalay pour la hardiesse de ses brigands. Sur le bord de la piste on trouve une pierre qui porte une inscription gravée en anglais.

Sans aucun effort apparent, le Thibétain récita le texte suivant :

Pour honorer le Jemadar Adjudant Dewi Sahaï Nisr et le Sepoy Javala Singh, du bataillon de police appartenant à la Ruby Mine Company, *qui sont morts au combat contre les dacoïts ici même le 18 décembre de l'année 1889.*

— Quelle mémoire ! dis-je à mon compagnon.

L'ancien bonze sourit mélancoliquement.

— Dans nos monastères, dit-il, c'est la mémoire d'abord que l'on exerce.

A la façon dont il recommença de fumer, je sentis que la série des pipes serait longue. Je me levai du bas-flanc. Le Thibétain ne fit rien pour me retenir. Il dit seulement :

— Faites savoir, je vous prie, à votre ami Jean, que je viendrai lui parler de certaines pierres. Elles sont de même provenance que le rubis sur lequel je lui ai demandé son opinion chez Gopal Singh, mais beaucoup plus importantes.

Je me penchai d'un seul mouvement sur le visage éclairé par la lampe à opium et chuchotai.

— Quoi ? Le trésor disparu, l'ancien *dacoït*, devenu le plus grand propriétaire de pierres précieuses ?

Mais le Thibétain fumait, les yeux clos.

*

Je revins chez Julius aussi vite que je pus. Jean était déjà couché dans son lit de camp. Je l'entraînai vers ma chambre et lui transmis le message. Ensuite, je lui dis :

— Maintenant que j'ai été sans le vouloir un chaînon de la filière, tu dois me l'expliquer.

— Eh bien, dit-il, suppose qu'un Indien, avec lequel ma famille était depuis longtemps en affaires, est venu à Paris et qu'il avait fait escale à Colombo et que là, il avait rencontré un docteur siamois qui lui avait dit qu'à Bangkok, de très belles pierres étaient vendues sous le manteau dont on disait qu'elles provenaient d'une collection fabuleuse de Mogok. Et suppose que j'ai croisé en route le Siamois et qu'il m'a suggéré d'attendre à Mogok un contact de sa part ?

Jean, qui n'usait presque jamais du tabac, alluma une cigarette. Il dit, au bout de quelques instants :

— Suppose... et oublie.

— De quoi as-tu peur ? m'écriai-je. Nous partons après-demain.

— Cela dépend un peu de ce que me racontera le Thibétain, répondit Jean.

XVI

Je vis l'aïeule de la vallée aux Rubis dans notre dernière journée à Mogok.

Elle s'appelait Daw Pouanyine et son âge était de quatre-vingt-quinze ans.

Elle avait enseigné un demi-siècle auparavant la science des pierres précieuses à Daw Hla, qui possédait maintenant la plus riche réserve en saphirs et rubis de la région, mais qui, alors, faisait subsister sa famille en colportant des sacs de riz pesants d'une mine à l'autre. Notre grand ami Maung Khin Maung, le fils de Daw Hla, vint nous chercher dans la matinée, pour nous conduire chez la très vieille dame. Je fus seul à le suivre. Jean donna pour rester chez Julius le premier prétexte plausible. En réalité, il craignait, s'il sortait, de manquer le Thibétain qui devait lui parler du trésor disparu.

Daw Pouanyine habitait sur l'autre rive du lac, mais du côté opposé à celui de la fumerie d'opium que j'avais connue la veille. C'était un quartier modeste qui, à cause de ses arbres et de ses jardins un peu sauvages, avait un charme bucolique. La couleur très brune des murs et leur léger fléchissement montraient l'âge vénérable de la maison où vivait la vieille femme. Pour le reste, elle ne différait en rien de toutes les autres demeures, riches ou pauvres, qui m'avaient si souvent accueilli. Le même escalier extérieur ouvrait directement, sans aucune autre approche, sur la même grande pièce où les familles menaient leur vie commune et recevaient leurs visiteurs.

Seulement, chez Daw Pouanyine cette chambre était complètement nue et l'aïeule elle-même était assise à même la natte, sur ses jambes repliées obliquement sous elle et enveloppées d'un *longi* à carreaux gris et bleus.

Le premier mouvement qu'elle inspirait était l'affection la plus vive et comme attendrie. On ne pensait pas en la voyant qu'elle avait atteint les limites de l'existence, mais simplement que l'usure des années lui avait enlevé toute substance vulgaire, tout poids matériel. Posée sur la natte de paille, elle était si menue, si fragile, si dépouillée de chair que, sa minuscule tête levée bien droite entre des épaules sans consistance et sous des cheveux blancs, fins et légers comme des plumes, elle ressemblait à un étonnant petit oiseau tout ridé.

Devant ses genoux et à portée de la main, il y avait une tasse de thé, un bol de riz et un plateau de cuivre couvert de pierres précieuses.

Autour d'elle se déployaient ses petits-enfants et les enfants de ceux-là et les enfants de ceux-là encore et il y avait un nouveau-né de la cinquième génération. Mais les trois fils et les trois filles qu'elle avait elle-même mis au monde étaient morts depuis longtemps.

Quand l'aïeule répondait aux questions que je lui faisais par le truchement de Maung Khin Maung, sa voix, quoique un peu fêlée, sans doute, était aussi vive et gaie que le regard de ses petits yeux noirs et perçants.

Oui, disait la très, très vieille femme, oui, elle était arrivée à Mogok, venant de Taungyi, capitale des États Chan, lorsqu'elle était une toute, toute jeune fille. Le trajet qui comptait près de mille kilomètres, elle l'avait accompli sur un chariot traîné par des buffles. Et comment eût-elle voyagé autrement ? C'était alors le seul moyen.

Le roi Thibaw, le dernier souverain à porter le titre glorieux « les Pieds d'Or », gouvernait encore la Birmanie en despote absolu, du fond des splendeurs de son palais de Mandalay. A lui seul appartenaient les mines de rubis, à lui seul revenaient toutes les pierres de grande valeur.

Oui, disait Daw Pouanyine, on suppliciait les coolies pris à frauder les droits de la Couronne. Mais le roi n'était pas méchant. Toute la faute retombait sur ses officiers avides et féroces.

Car, elle, Daw Pouanyine, après avoir gagné à dos de mulet le port de Tabeytchin, sur l'Irrawady et descendu le grand fleuve à bord d'une jonque à voiles, elle était allée jusqu'à Mandalay, la ville des villes. Et là-bas, elle, Daw Pouanyine, elle avait vu de ses yeux mortels le dernier roi divin de Birmanie sortir de la grande pagode toute coiffée d'or et lui-même revêtu d'or. Et derrière lui venaient les dignitaires sous des parasols dorés à trois étages et devant lui marchait l'éléphant sacré qui portait en pendentif sur l'oreille droite, le rubis sans pareil trouvé par Nga Mauk, le Rubis Royal de la taille d'un gros œuf de poule.

Oui, voilà ce qu'elle avait vu, elle, Daw Pouanyine.

Et puis, elle avait vu arriver les étrangers blancs avec leurs canons terribles et leurs soldats indiens qui ne ménageaient pas les filles. Mais elle avait été plus rusée qu'eux. Elle avait trouvé un très bon abri.

Un petit rire de cristal fêlé secoua légèrement la silhouette si frêle posée sur ses genoux, à même la natte.

— Savez-vous, me dit à ce moment Maung Khin Maung, savez-vous où elle s'est cachée des Anglais en 1884 ? Dans les mêmes puits de mine, au fond de la Montagne Creuse, qui m'ont servi de refuge en 1944 contre les Japonais.

La voix de l'aïeule se fit entendre de nouveau. Elle parlait maintenant avec spontanéité. Elle disait que sa vie avait été longue et bonne. Sans doute, elle n'avait pas eu la chance de Paya Taga U Hlat, qui avait commencé dans les mines aussi pauvre qu'elle, et qui, ayant le don de trouver les plus belles pierres par poignées, fit une telle fortune, qu'on le nomma le « roi du rubis ». Mais il était mort depuis longtemps, longtemps. Et elle, Daw Pouanyine, voyait fleurir sa cinquième descendance. Pour être tout à fait heureuse, elle n'avait plus qu'un désir à combler. C'était d'attendre le dernier de ses jours à Taungyi, ville qu'elle avait quittée voilà près d'un siècle. Et les mille kilomètres qui la séparaient de Mogok, elle voulait les faire, comme alors, en chariot, traîné par les buffles domestiques.

Elle se tourna vers ses petits-fils et les fils de leurs fils :

— Je vous ai tout enseigné, dit-elle. Rappelez-vous qu'il ne faut pas laisser une femme enceinte venir près du *bayon* car, alors, il deviendra pauvre en rubis. Et n'apportez jamais dans une mine champignons ou poisson ; œufs de poule ou viande de cerf et de sanglier. Et pour trouver les endroits féconds en pierres précieuses, consultez les saints Pundjis (bonzes) sur leurs rêves, examinez bien les signes de la lune que je vous ai indiqués et surtout regardez là où tombe la pointe de l'arc-en-ciel.

La très vieille femme se tut brusquement sur ce mot et demeura la tête haut levée, toute ridée, toute plissée, étrange petit oiseau sans poids ni chair, qui semblait suivre de son regard fixe l'arc-en-ciel de sa vie, au-delà de la pointe extrême, dans son invisible course.

*

Je rentrai vers midi pour apprendre de Jean que le Thibétain ne s'était pas montré.

Il n'avait pas donné davantage signe de vie lorsque vint l'heure de notre dernier dîner à Mogok.

Ce repas d'adieu, nous avions été invités à le faire chez Daw Hla. Bien que l'usage fût contre la présence des femmes aux festins d'apparat, elle présida la table. Sans doute parce qu'elle était veuve et qu'elle gouvernait sa famille, son affaire et le plus important trésor de Mogok en pierres précieuses, elle échappait à la règle. D'ailleurs, elle ne prononça pas une parole, ne fit pas un mouvement, ne mangea pas une bouchée, se contentant de sourire, tendre et sage figure tutélaire, aux hôtes choisis par son fils.

Maung Khin Maung avait invité tous nos amis : Julius, naturellement, et Kin Chone, son vieux courtier chinois, et Ko Ba Ve, qui avait travaillé rue La Fayette et parlait le français et même l'argot ; et aussi le vieux pirate convulsé de tics et son nonchalant neveu, garde du corps redoutable. Enfin, seul visage qui nous fût inconnu : un garçon d'une trentaine d'années et de figure joyeuse qui, au moindre prétexte, riait aux éclats.

Maung Khin Maung, mon voisin, me dit de ce convive :

— Un très cher ami d'enfance. Il a trouvé, la semaine passée, dans une mine où il est partenaire, un brut de rubis si beau que je l'ai acheté tout de suite trente-cinq mille roupies [1]. Alors, il a prié à banqueter tous ses amis et connaissances. Il a bu et joué avec eux. Il ne lui reste plus rien. Et moi, j'ai le rubis. Je me sens un peu coupable. Pour me racheter, je l'ai prié de venir à ce dîner où vous nous faites honneur.

— Mais il ne cesse de rire, remarquai-je.

Maung Khin Maung inclina pensivement son profil délicat couleur de vieil ivoire et dit :

— Il croit que, désormais, ses doigts sont choisis par la chance.

1. Plus de deux millions de francs.

A ce mot, s'établit autour de la table un silence soudain et profond. Puis, d'un seul coup, les yeux brillèrent davantage, les voix furent plus hautes, plus vibrantes. La chambre s'était chargée de fluides singuliers.

— Regardez-les, chuchota Julius. Ils sont dans leur élément : le goût du hasard. Ils aiment tellement le jeu qu'ils font des sweepstakes, *yes, sir,* des sweepstakes sur le jour et l'heure où arrivera la mousson. Fraîcheur et délices.

Tout en disant cela, Julius lui-même avait enlevé ses lunettes d'un mouvement plus nerveux qu'à l'accoutumée. Il reprit avec une vivacité un peu fébrile :

— Mais tout de même, on ne peut pas le nier : il y a des gens qui ont toujours le *khazouk* et d'autres à qui arrivent les coups heureux. Pensez à cette pauvresse qui piquait des cailloux dans le rebut d'une mine... elle éprouve un besoin, s'écarte, s'accroupit, et voilà que ses yeux, errant, découvrent un saphir formidable.

Déjà, tout autour, bourdonnaient les histoires étonnantes.

— Et moi, s'écriait Ko Ba Ve, la mine que j'ai cédée à vil prix parce que, depuis un an d'exploitation, elle était complètement stérile, eh bien, *le lendemain* de la vente, on y a trouvé deux gros rubis.

Cependant, Julius me tirait par la manche, disant :

— Ramsay, l'Américain... il vient ici avant la guerre, avec de si petits moyens qu'il ne peut pas acheter de pierres convenables. Il se rabat sur les lots sans valeur. Parmi ceux-là et tout au bas de l'échelle, se trouvaient des rubis avec une étoile au milieu. On considérait cela à l'époque comme un défaut rédhibitoire. Il en prend par poignées et pratiquement pour rien. Il les rapporte en Amérique. Les femmes deviennent folles du rubis étoilé. Rien n'est plus cher maintenant que ces pierres. D'un seul coup, Ramsay fait fortune.

La voix suraiguë de Kin Chone, le vieux courtier chinois, domina toutes les autres. Il criait :

— Vous rappelez-vous les deux frères : Ky Oa Sin, l'aîné, et Nga Moh, le cadet ? Ils ont pris chacun une mine nouvelle, mais Nga Moh a trouvé tout de suite sur son chemin un rocher qui l'empêchait d'aller plus loin. Alors il a demandé à Ky Oa Sin, chez qui le *bayon* était propice, de travailler dans sa mine à part égale. Le frère aîné accepte. Ils enlèvent ensemble le même *bayon*. Chacun, pour déposer sa récolte, prend un côté de la rigole où devait couler, le temps venu, l'eau de la mousson. Elle tombe. Le torrent ruisselle et lave la terre amassée. Or, celle de Ky Oa Sin contenait des bruts magnifiques. Et il n'y avait rien du côté de Nga Moh.

Kin Chone avait à peine achevé que le neveu du vieux pirate prit la parole. Où était passée toute sa nonchalance ? Les yeux ardents, les muscles tendus, il disait :

— Ky O Min et Nga Moh ! Mais leur histoire n'est rien. Songez plutôt à ces deux autres frères U Po Shwe et Maung Toke San. Eux aussi, ils ont pris des mines en même temps. Et U Po Shwe, le plus vieux, prospérait et Maung Toke San lui, se ruinait. Alors, il demanda, il supplia son aîné de lui céder une part de sa mine. Mais U Po Shwe était généreux et il aimait son cadet. Ce n'est pas une part qu'il abandonna à Maung Toke San : il lui a fait présent de la mine tout entière. Et lui-même s'en est allé chercher ailleurs. Qu'arriva-t-il ? Maung Toke San n'a plus rien trouvé dans le *bayon* que lui avait laissé son frère mais U Po Shwe, tout près, a fait fortune.

A ce trait si étonnant, tous les hommes réunis autour de la table, et même ceux qui connaissaient le mieux l'histoire, échangèrent des regards à la fois solennels et craintifs. Maung Khin Maung me dit à mi-voix et comme pour excuser tant de passion :

— On n'y peut rien. Tout est jeu dans notre existence. Tout est hasard : le *bayon*, le minerai brut. Une part dans une mine, c'est un billet de loterie. Le coolie qui plonge la main dans la terre à rubis, c'est comme s'il jetait les dés.

Le jeune Birman médita un instant. Quand il recommença de parler, sa voix était pleine d'une douce mais ferme certitude.

— Il y a tout de même un moyen de diriger le hasard, dit-il. C'est d'obéir aux vieux préceptes. Il ne faut pas commettre de péchés pendant qu'on travaille dans une mine. Surtout il ne faut pas *gâcher*. Si l'on jette du riz ou tout autre nourriture, on est sûr de ne rien trouver dans le *bayon*. La preuve en est qu'il suffit aux envieux de lancer quelques grains de riz aux abords de votre mine pour la rendre inféconde. Et, chose essentielle, quand on commence à exploiter un gisement, tous les coolies doivent être habillés d'étoffes blanches.

Ensuite, Maung Khin Maung me parla des offrandes qu'il fallait faire aux *Nats*, qui étaient des divinités mineures mais très influentes.

Jean, qui écoutait ces propos, dit en souriant :

— Vous me semblez superstitieux.

— Moi, superstitieux ! s'écria Maung Khin Maung avec la sincérité la plus vive. Mais pas du tout, voyons !

— Alors, pourquoi vous refusez-vous à toute conversation sur ce fameux saphir ? demanda Jean.

Il s'agissait d'une pierre en tous points admirable par son eau, sa couleur, son volume, que possédait en propre le fils de Daw Hla. Et il était vrai que Maung Khin Maung n'avait pas voulu que Jean lui fît la moindre offre à son sujet.

— Ce n'est pas de la superstition, dit Maung Khin Maung.

— Alors quoi ? s'écria Jean.

Un sourire indulgent éclaira le jeune visage ciselé.

— En l'honneur de votre départ, je vais vous confier le secret de ce saphir, dit Maung Khin Maung, en baissant la voix. C'était notre Jour de l'An. Vous savez qu'à cette occasion, nous nous amusons comme des enfants et, en particulier, à nous asperger les uns les autres, tout habillés, à grande eau. Or, comme je m'adonnais à ce jeu, un coolie d'une mine que j'exploite arriva haletant pour me prévenir qu'on avait fait une belle trouvaille. Sans changer mes vêtements qui ruisselaient, j'ai couru à la mine. La trouvaille était ce saphir. Comment voulez-vous que je vende, même à vous, une bénédiction de l'An Nouveau ?

Maung Khin Maung fixa sur Jean des yeux convaincus et brillants.

— Ce n'est point superstition, dit-il, c'est respect de la chance.

Jean sourit amicalement et regarda sa montre.

— Eh bien, dit-il, je vais aller voir si la chance ne m'attend pas chez Julius.

Mais U Nyo, notre vieux serviteur birman, que Jean avait laissé de garde, n'avait pas vu, pendant notre absence, même l'ombre du Thibétain.

*

C'était notre dernier matin à Mogok.

Quand je poussais les volets en bois de teck, les nuages à forme de sorcières flottaient encore sur le lac comme pour nous envoûter et nous retenir à jamais. Je savais, pourtant, que dans quelques heures la belle voiture américaine de Daw Hla nous mènerait vers Momeïk et son terrain d'aviation.

Jean et moi, nous résolûmes de faire une deuxième visite d'adieu à la vieille dame. Ce n'était point surcroît de politesse. Nous éprouvions à la quitter une sorte de difficulté intérieure, un singulier chagrin.

Comme il était encore tôt, nous la surprîmes occupée à des soins ménagers. Elle mesurait et pliait d'immenses pièces d'étoffe qui avaient les couleurs caractéristiques — ocre, orange et safran — dont s'habillaient moines et prêtres bouddhistes. Son fils l'aidait dans cette tâche.

Je dis en plaisantant au jeune marchand de pierres précieuses :

— Vous vendez aussi des robes pour bonzes ?

Mais le visage de Maung Khin Maung demeura très sérieux. Il me répondit :

— Les tissus sont un don que fait ma mère à cent jeunes garçons de famille modeste pour une grande cérémonie d'initiation. Elle aura lieu bientôt, le jour où un petit-fils de ma mère, l'enfant de ma sœur mariée, commencera son temps d'étude et de recueillement dans le grand monastère des bonzes.

Julius, qui nous avait accompagnés, me dit à mi-voix en indiquant les étoffes.

— Il y en a pour des millions, vous savez.

Maung Khin Maung poursuivit :

— Ce même jour, au son des gongs et des flûtes, une pagode sera inaugurée que ma mère a fait édifier pour s'acquérir un peu de mérite.

Je regardai Daw Hla. Sa ronde et tranquille figure était à ce moment comme illuminée par une clarté intérieure.

— Vous avez encore le temps de voir cette pagode, me dit Maung Khin Maung.

Un léger sourire lui vint aux lèvres et il ajouta :

— Après tout, vous êtes grand savant en bouddhisme.

Je me tournai vers Julius qui avait délibérément propagé cette légende. Mais Julius était décidé à jouer le jeu jusqu'au bout.

— C'est vrai, dit-il, presque sévèrement.

Jean, de même qu'il avait fait la veille, refusa de venir avec nous. Il espérait encore voir le Thibétain.

Je me trouvai donc seul avec Maung Khin Maung sur

une colline d'où s'ouvrait une vue sereine et grandiose et devant un temple, blanc comme l'innocence, divisé à l'intérieur par des galeries à colonnes et surmonté d'une aiguille que des ouvriers commençaient à revêtir de feuilles d'or. Maung Khin Maung me désigna la salle du culte où trônerait bientôt la statue de Bouddha, la chambre destinée au bonze, maître spirituel du lieu et la cellule réservée à l'élève qui le servirait.

Ensuite, Maung Khin Maung m'emmena sur une autre colline. Là se dressait un très vaste ensemble de bâtiments clos de murs assez bas, au-dessus desquels jaillissaient les flèches du sanctuaire.

— Voici le monastère, dit mon compagnon, où le jeune fils de ma sœur va entrer pour s'instruire pendant sept ans — comme tous les hommes l'ont fait dans la famille — à la grande source de la méditation et de la sagesse souriante.

Je suivis Maung Khin Maung à travers l'enceinte qui n'était gardée par personne. Une allée dont les méandres glissaient parmi le grand jardin ombreux et fleuri nous conduisit jusqu'à la partie centrale du monastère. C'était une salle immense, aérée par des galeries que soutenaient de hauts piliers. Un bois précieux, poli et mordoré par le temps, revêtait les murs. Une centaine de petits enfants, assis à même les dalles, étudiaient les textes sacrés. Au fond, quelques degrés menaient à l'autel. Là, devant les statues massives de Bouddha, les bonzes aux crânes rasés puisaient dans leur bol de bois le riz qu'avaient mendié pour eux leurs disciples. Et ces jeunes hommes les servaient dans leur repas frugal et les aidaient dans leurs ablutions.

— Ce monastère a beaucoup d'eau et la plus pure, me dit Maung Khin Maung.

Quelques instants plus tard, il me montra, dans l'enceinte du cloître, une très vaste et profonde citerne. Elle portait sur l'un de ses flancs, une inscription en caractères birmans.

— C'est le nom de mon frère aîné, dit Maung Khin Maung. Vous savez, celui qui est mort à Paris. Ma mère a fait creuser, en sa mémoire, cette citerne pour les saints hommes.

Comme je louangeais la générosité de Daw Hla, son fils dit modestement :

— Chaque personne, ici, est trop contente de s'acquérir un peu de mérite. Nous sommes sûrs que cela rendra plus nobles et plus aisées à vivre nos prochaines existences. Il n'y a pas un marchand de rubis, tant soit peu heureux, qui, depuis les temps et les temps, n'ait bâti au moins une pagode. Certains hommes pieux l'ont même fait pour chaque belle pierre qu'ils ont trouvée.

Nous étions sortis du cloître. Tout autour s'étendait à l'infini le troupeau des monts et des collines. Et toutes les éminences et toutes les pointes étaient semées, jonchées de temples. Tantôt éclatait la blancheur de murs tout neufs ; tantôt le temps leur avait donné la couleur du bronze et de la cendre. Combien de saphirs, combien de rubis avait-il fallu trouver et vendre pour hérisser toute cette haute vallée birmane d'aiguilles dorées !

Sur le chemin du retour, Maung Khin Maung me fit voir encore une pagode. Elle était, disait-il, la plus vaste et la mieux ornée de Mogok. Elle contenait trois Bouddhas étincelants d'or et de pierreries.

Dans les galeries, des femmes de tout âge bavardaient, plaisantaient, fumaient de petits *cheeroots*. Devant les images divines, deux jeunes filles agenouillées touchaient du front le sol. Maung Khin Maung, en souriant, appela l'une d'elles par son nom. La jeune fille releva la tête et lui sourit à son tour. Sa compagne de même. Ils échangèrent quelques paroles aimables puis les deux jeunes filles recommencèrent les gestes de la religion la plus légère, la plus indulgente du monde.

Dans le fond de la pagode se trouvait un appareil qui

ressemblait singulièrement aux machines à sous que l'on trouve dans les bars d'Europe et d'Amérique. J'attirai sur lui l'attention de Maung Khin Maung. Il se mit à rire silencieusement et introduisit dans la fente une petite monnaie de cuivre. Le ressort se déclencha et des marionnettes commencèrent à défiler : un jeune seigneur oriental s'en allait avec des compagnons et une femme en pleurs se penchait à une fenêtre.

— C'est le départ du Bouddha pour sa grande solitude, me dit Maung Khin Maung.

Un autre jeu de ressorts mit fin à cette féerie foraine et mystique.

Le mur opposé portait sur toute sa longueur une frise formée par des peintures dont chacune représentait une pagode. J'en comptai seize. Le même homme les avait fait bâtir qui avait édifié celle où nous étions. Il y avait dépensé des centaines de millions.

Je m'informai auprès de mon compagnon quel était ce personnage d'une piété si généreuse.

— Il est mort récemment, dit Maung Khin Maung. Mais vous pouvez voir sa figure.

Il me guida vers un coin de la galerie. Là, j'éprouvai un choc intérieur assez vif. Dans un habitacle de verre un vieil homme, assis sur une chaise, me considérait fixement à travers ses lunettes. Il me fallut une seconde pour reconnaître que l'homme était en cire. Mais son accoutrement — *longi*, veste, sandales et lunettes — donnait à ce mannequin une apparence troublante de vie. J'étudiai le visage. Il avait une expression ascétique, studieuse, très dure.

Une plaque de cuivre portait le nom du fondateur de tous ces temples. Je ne connaissais rien à l'écriture birmane. Pourtant, les signes que je voyais là me semblaient vaguement familiers. J'obligeai ma mémoire à un effort violent et, subitement, je me souvins. Ces caractères étaient semblables à ceux qui se trouvaient gravés sur le cachet de la bague trouvée par moi devant les mines insondables de la Montagne Creuse et qui avaient servi de retraite à Maung Khin Maung contre les Japonais, à l'aïeule Daw Pouanyine, soixante années plus tôt contre les Anglais et, de tous temps aux proscrits, aux bandits, aux *dacoïts*.

J'avais souvent contemplé le sceau de cette bague, en rêvant à son propriétaire. Je la tirai de ma poche encore une fois et comparai les caractères. Ils étaient identiques.

Le nom qu'ils désignaient me vint aux lèvres :

— U Min Paw.

Un frisson passa le long de mon échine. Ce visage de musée Grévin qui me considérait d'un œil sans miséricorde était le masque même de l'ancien meurtrier, l'homme aux pierres fabuleuses : celles que Jean cherchait, celles que le Thibétain...

Je me fis reconduire chez Julius en toute hâte.

Le Thibétain n'était pas venu.

XVII

Je fermai la porte de ma chambre et, baissant la voix, demandai à Jean :

— Que faisons-nous ?

Jean avait le visage serré, les yeux immobiles. Je ne comprenais que trop son débat intérieur.

La voiture de Daw Hla, qui devait nous mener au terrain de Momeïk — soixante kilomètres de mauvaise route — était depuis longtemps devant la maison. Nous étions arrivés à la limite extrême de l'attente. Encore quelques instants et nous risquions fort de manquer l'avion, notre seul lien avec le monde durant une semaine entière.

Mais alors... quitter Mogok au moment où semblait s'ouvrir le secret des rubis disparus, où s'amorçait une piste, une filière vers les trésors royaux de U Min Paw...

A ma question, Jean répondit par cette autre question :

— Tu es sûr, vraiment sûr, que le Thibétain t'a parlé sérieusement ? Qu'il n'était pas ivre d'opium ?

J'aurais bien voulu délivrer Jean de son dilemme et décharger, pour ainsi dire, un des plateaux de la balance. Mais j'avais vu que l'ancien bonze nourrissait avec l'opium une entente lucide et comme fraternelle. La drogue n'atteignait pas sa raison, ni son énergie, ni sa mémoire. S'il avait quitté la fumerie sans laisser aucune trace — Gopal Singh lui-même ignorait tout de ses derniers mouvements — c'est qu'il l'avait voulu ainsi et de sa volonté la plus ferme et la plus nette.

Quand j'eus exprimé ce sentiment, j'entendis Jean jurer d'une voix dure et sourde. Puis il dit :

— C'est évident. Il n'a montré le petit rubis que pour signifier qu'il possédait la clef des plus beaux. Mais pourquoi ne s'est-il pas montré ici, malgré sa promesse ? Oui, je sais... il a pu être empêché... D'autre part, rien ne prouve qu'il reviendra avant une semaine ou un mois, ou jamais...

Jean jura de nouveau. Son tempérament ne supportait pas l'indécision. Et voilà qu'il s'y trouvait acculé.

Julius, sans le savoir, vint à son secours. Il entra brusquement, enleva ses lunettes et s'écria :

— Ce n'est pas la peine de se faire tuer par les *dacoïts* pour manquer l'avion.

Julius en effet venait avec nous. Tous nos arguments et toutes nos prières n'avaient pu le dissuader de nous accompagner à Momeïk. Ce trajet qu'il devait, lui, parcourir à deux reprises dans la journée, le rendait malade à l'avance. Mais les rites de l'hospitalité, la religion de la politesse et les devoirs de l'affection poussaient une fois encore l'honnête bourgeois Julius sur la piste de l'aventure.

— Oui, reprit-il, je veux bien risquer les *dacoïts*, mais que ce soit pour quelque chose.

Jean considéra un instant le visage de son vieil ami traqué par l'effroi et en même temps par l'impatience d'en finir avec l'épreuve, et dit avec une grande gentillesse :

— On s'en va, Julius, on s'en va... Vous êtes content ?

— Fraîcheur et délices, murmura Julius.

Jamais sa locution favorite n'avait eu un son aussi lugubre, aussi comique. Cette fois, pourtant, elle ne m'inspira aucune gaieté. J'éprouvais — maintenant que notre départ était une question de secondes — une déception amère et violente. L'ardeur, la passion de Jean pour le trésor de l'ancien *dacoït* m'avaient contaminé beaucoup plus que je ne le croyais. Et quitter Mogok sans avoir résolu l'énigme, alors qu'elle semblait sur le point de se découvrir, me laissait un sentiment de frustration presque intolérable.

Mais que faire ?... Le vieux courtier chinois était déjà installé dans la voiture.

Sa peur sans doute était encore plus vive que celle de Julius. Mais de même que Julius ne pouvait pas nous abandonner, de même Kin Chone ne pouvait pas abandonner Julius.

Et nous reprîmes le chemin de Momeïk. Mais, cette fois, en sens inverse. La nostalgie de l'adieu, le sentiment de laisser, de perdre pour toujours un monde enchanté, remplaçaient dans nos cœurs la délicieuse excitation de la découverte, l'approche, l'attente d'un seuil magnifique et secret.

— Et voilà..., dit Jean lorsque les dernières maisons de Mogok eurent disparu derrière le rideau de la jungle.

Au premier défilé favorable à une embuscade, Julius enleva ses lunettes. Nous connaissions maintenant la signification de ce mouvement nerveux.

— Allons, allons, dit Jean, on est encore près de la ville.

— Pour le *khazouk*, grommela Julius, il n'y a ni près ni loin.

Comme pour lui donner raison, trois hommes armés se détachèrent de la brousse et, les fusils pointés vers notre voiture, firent signe au chauffeur de s'arrêter.

Mais ce n'étaient que des policiers.

Ils nous examinèrent soigneusement un à un, sans répondre aux questions du courtier et de Julius, puis nous laissèrent partir.

— Bizarre, murmura Julius. Ils n'ont jamais montré autant de zèle.

— Parfait, dit Jean. La route est gardée.

— Oui, mais pourquoi ? demanda anxieusement Julius.

Le vieux courtier hocha la tête plusieurs fois et son casque colonial amplifiait ce mouvement d'une façon singulière.

— Pourquoi ? répéta Julius.

Alors, soit pour le distraire de son inquiétude, soit qu'il jugeât nécessaire de le mettre enfin au courant des recherches qu'il lui avait cachées jusque-là, Jean dit à Julius :

— Vous savez, à Paris, j'ai eu des indications sur le trésor de U Min Paw... et j'ai bien cru l'autre soir arriver au bout de la filière... chez...

Julius l'interrompit, haussant les épaules et les sourcils en même temps :

— Vous ne m'apprenez rien, grommela-t-il... chez Gopal Singh, le charlatan thibétain.

Jean contempla un instant son associé dont le visage massif et soucieux était secoué par les cahots de la voiture sur le chemin de jungle. Puis il dit :

— Alors, vous aviez deviné...

— Pas besoin pour cela d'avoir fait quatre ans de contre-espionnage, grommela encore Julius.

— Et vous n'avez pas eu envie un instant de me venir en aide ? demanda Jean.

— Je ne sais rien de cette affaire et n'en veux rien savoir, dit Julius.

— Mais tout de même, reprit Jean, si, après mon départ, le Thibétain vous approche ?

— Non, dit Julius. Non.

Il y avait sur ses traits une telle expression d'entêtement et d'effroi que Jean se mit à rire.

— Allons, allons, dit-il, vous devenez aussi superstitieux que les Birmans.

— Superstitieux ou pas, cette histoire sent le *khazouk*

à distance, répondit avec fermeté Julius. Et je ne veux plus en parler.

Au premier des petits ponts en bois jetés sur un ravin, trois policiers couchés dans la végétation sauvage arrêtèrent encore notre voiture — pour un nouvel examen silencieux.

— Il s'est passé quelque chose, dit fiévreusement Julius, quand nous eûmes repris la route... Ou il va se passer quelque chose...

Mais nous atteignîmes sans incident Momeïk et son terrain.

*

Au milieu du rectangle grossièrement découpé dans la brousse, l'avion était déjà posé qui allait retourner vers Mandalay et Rangoon.

Comme le jour de notre arrivée, des soldats birmans, coiffés de feutres énormes et le doigt sur la détente de leurs armes, cernaient le champ sauvage pour protéger cargaison et voyageurs contre les rebelles et contre les *dacoïts*. La même cohue bariolée se bousculait autour de l'appareil. Mais, cette fois, il n'y avait qu'un homme blanc parmi elle. Nous le reconnûmes à sa chemise hawaïenne et à son cigare massif. C'était le missionnaire américain que nous avions déjà vu à ce même endroit au moment d'y atterrir.

Julius, par politesse élémentaire, s'approcha de lui pour un entretien qu'il voulait le plus banal et surtout le plus bref.

Soudain, il nous appela de toute sa voix et avec de grands gestes.

— Écoutez, écoutez le padre ! criait-il.

L'homme à chemise fleurie et qui broyait entre ses dents le bout de son cigare, comme il eût fait d'une pâte à mâcher, ressemblait beaucoup plus à un personnage de Hollywood qu'à un homme d'église. Il avait le visage rond, plein et irrigué d'un sang vif ; la mâchoire forte et gourmande ; le regard alerte et rieur ; et ses larges paumes étaient moins faites pour bénir que pour jouer au base-ball. Il n'avait d'onction que dans son langage. Mais cela tenait au fait qu'il prononçait l'anglais à la manière douce, traînante, chantante des Américains nés dans les États du Sud.

Voyant qu'il avait pour auditeurs nouveaux deux Blancs, étrangers à la contrée, le missionnaire recommença son récit pour nous avec un plaisir manifeste. Rien dans ses traits, son attitude ou sa voix ne préparait à la singularité et à la cruauté de l'histoire que nous allions entendre.

— Cela m'est arrivé avant-hier, dit le missionnaire en faisant rouler son cigare entre ses lèvres fortes et rouges. Dans la matinée... Je voyageais dans ma bonne vieille guimbarde que vous pouvez voir là-bas.

Il indiqua d'un mouvement de son cigare la Jeep couverte de poussière et de bosses, placée à la lisière du terrain, et reprit :

— Julius vous dira que je passe le plus clair de mon temps à circuler d'un village à l'autre. J'ai de bons compères partout. Pour les conversions, c'est autre chose. La religion chrétienne est difficile à vendre dans le pays. Les gens acceptent avec beaucoup de gentillesse la Bible en langue birmane, la mettent soigneusement de côté et m'invitent à une partie de mah-jong. Ils disent que jouer avec un serviteur de Dieu leur acquiert du mérite. Qu'est-ce que vous feriez à ma place ?... Et puis, à vrai dire, faute de poker, le mah-jong, ça n'est pas si mal.

Julius intervint avec une visible impatience.

— Au fait, padre, au fait ! dit-il. Les coolies finissent de charger l'avion.

— C'est juste, dit le missionnaire. Dans ce pays, on

ne rencontre des Européens que pour quelques minutes, jamais assez longtemps pour un petit poker.

Il soupira si fort qu'un gros morceau de cendre se détacha de son cigare et tomba sur sa chemise fleurie.

— Donc, avant-hier matin, continua le missionnaire, je me trouvais à une centaine de milles d'ici, dans le nord de la contrée de Mogok... J'avais tout le temps voulu pour arriver à Momeïk, où je me rends chaque semaine, le jour de l'avion... question de courrier... vous comprenez... Et je roulais doucement sur la piste, quand j'ai entendu très loin quelque chose qui ressemblait à une fusillade. Je suis allé voir. Oh ! par curiosité plus que par courage. A part le mah-jong, le pays est pauvre en distractions, vous savez...

« Bon... je fonce tant que je peux... Mais avec ces pistes et cette jungle, il m'a fallu quelque temps pour repérer l'endroit. C'était un défilé entre de hauts buissons touffus et sauvages. Et là je trouve, gisant presque côte à côte, trois blessés : deux hommes en uniforme de la police et un type de la tribu Chan... Lui, il appartenait à un gang de *dacoïts*...

— Voilà pourquoi, dit Julius, on a ces patrouilles sur la route... Mais quand je rentrerai à Mogok, elles ne seront plus là... Fraîcheur et délices.

Le missionnaire poursuivit, cependant que les premiers passagers, relevant leurs *longis* jusqu'aux genoux, commençaient à monter dans le Dakota :

— L'accrochage s'était fait par surprise. Les deux troupes avaient débouché dans le passage en même temps, chacune venant de son côté. Les salves sont parties d'elles-mêmes... Après quoi, bravement, tout ce beau monde a disparu, laissant les blessés à la jungle.

« Les types de la police étaient de beaucoup les plus atteints. Il y en avait un avec une balle dans le ventre, qu'il était impossible de transporter autrement qu'étendu. Je l'ai mis à l'arrière de la Jeep. Le deuxième crachait rouge, mais il a réussi à s'affaler sur un siège à l'avant.

« Le *dacoït*, lui, n'avait qu'une jambe cassée. Il pouvait attendre. Seulement il crevait de peur qu'on l'abandonne dans cette jungle perdue où personne ne passe pendant des jours et des jours... Le soleil... la soif... les bêtes qui sortent la nuit... Bref, j'ai dû lui jurer dix fois au moins que je reviendrais le chercher... Et lui, par contre, pour s'assurer de mon retour, il m'a promis de donner aux autorités des informations capitales sur sa bande et sur son chef.

— Qui était-ce ? demanda Julius.

Le missionnaire ne sembla pas l'avoir entendu.

— Comme je mettais la guimbarde en marche, continua-t-il, le *dacoït* m'a crié encore qu'il parlerait aussi du butin réuni par son gang et qui était fait des plus beaux rubis du monde...

— Les plus beaux rubis... murmura Jean.

Et je vis dans ses yeux que nous partagions le même et singulier pressentiment.

Le missionnaire haussa les épaules, ce qui fit remuer sur des muscles épais les fleurs de sa chemise.

— Avez-vous entendu, dans la région de Mogok, une seule histoire importante qui n'ait pas trait aux rubis ? dit-il.

— Ensuite, ensuite ! s'écria Jean.

Le missionnaire enleva de sa bouche le culot informe de son cigare, le considéra pensivement, le jeta, en sortit un autre, en coupa le bout d'un vigoureux mouvement de mâchoire.

— Vous avez le temps pour l'avion, dit-il. Les sacs de courrier sont encore sous les ailes. Et c'est maintenant que la vraie histoire commence.

Il fit passer le cigare, sans y toucher, d'un coin de ses lèvres à l'autre et reprit :

— Me voilà donc parti avec mes deux clients, à travers les pistes, les sentiers et la brousse, en route pour un gros village d'où je venais et qui servait de résidence aussi bien au chef de police qu'au délégué de Rangoon dans la région. Les deux blessés ne disaient pas un mot, pour la bonne raison que celui qui était couché râlait déjà et que l'autre s'était évanoui. Heureusement, j'avais mon flacon de whisky... A propos, vous n'en voulez pas un petit coup ? Non ? Vous avez raison... Jamais avant le coucher du soleil... Sauf, bien sûr, les cas exceptionnels. Et celui-là l'était... Plus encore que vous ne pouvez le croire...

— Padre, dit Julius, on charge le courrier.

Le missionnaire grogna :

— Quel pays ! On n'a même pas le loisir de mener convenablement une histoire.

Et de sa voix traînante et chantante d'Américain des États du Sud, dont le contraste avec l'intensité du drame qu'elle racontait irritait les nerfs à l'extrême, le missionnaire poursuivit :

— Me voilà donc dans le village et devant la maison de police. Le chef en sort avec dignité — un homme petit, mais très énergique et se tenant très droit dans une vareuse ajustée magistralement. Il examine les blessés. L'un — la balle dans le ventre — est mort. L'autre, qu'on enlève de la Jeep, respire encore. Je dis au chef de la police ma rencontre de jungle et que je vais aller chercher le *dacoït*. Le chef me donne son accord, mais à ce moment le blessé, tiré par la souffrance de son évanouissement, lui chuchote très vite quelque chose que je ne distingue pas. Le chef décide soudain qu'il ira lui-même prendre le bandit. Il a une Jeep lui aussi.

« Je ne réplique rien. Après tout, c'est son métier. Le blessé ne sera pas laissé aux fauves de la jungle et il pourra passer tout de suite ses renseignements...

« Parfait... Le chef de la police file tout seul. Moi je vais chez l'administrateur de la région nommé par Rangoon. Je l'informe de l'aventure. Et puis, nous faisons un mah-jong — en attendant le retour du chef de la police et de son prisonnier.

« Le chef de la police est bien revenu à l'heure prévue, mais comme il était parti, je veux dire seul. Le *dacoït*, dit-il avec fierté, le voyant apparaître, avait voulu tirer sur lui et il avait échappé à la mort uniquement par la vitesse et la justesse avec laquelle il avait abattu le bandit. »

Jean demanda d'une voix étouffée :

— Dans ce cas... les révélations... les rubis... terminé ?

— C'est bien ce que j'ai pensé, dit le missionnaire. Et sur quoi j'ai attiré l'attention de l'administrateur quand je suis resté sans témoins avec lui. En outre, je lui ai fait observer que le *dacoït* n'avait qu'une crainte : crever dans la jungle. Et il savait très bien que si je le ramenais, ainsi qu'il me suppliait de le faire, c'était pour le remettre à la police.

« Le délégué de Rangoon, le vrai patron, a réfléchi un peu à tout cela, puis il s'est fait conduire par moi, sans rien dire à personne, sur les lieux de la bagarre. Et là, après avoir un peu fouillé dans la végétation sauvage, nous avons découvert le cadavre du *dacoït*. Mais en deux morceaux : d'un côté la tête, de l'autre le corps. Ce n'est pas d'une balle qu'il avait été tué. Le chef de la police l'avait décapité au *dah*, le coupe-coupe birman...

« La nuit commençait à venir. Les bêtes sortaient de leurs tanières... Si nous n'étions pas venus si rapidement, il ne serait resté aucune trace de cette exécution vraiment sommaire.

« L'administrateur a soulevé la tête tranchée. Il l'a bien étudiée aux derniers rayons du soleil et il a reconnu les traits du bandit. C'était un cousin du chef des policiers... »

Les coolies avaient achevé de charger le courrier dans

le Dakota. Le pilote montait à bord. Malgré cela, le missionnaire, sentant qu'il nous tenait suspendus à ses propos, ne put s'empêcher de faire une pause.

Jean et moi nous eûmes le même cri :

— Eh bien ?

Le cigare du missionnaire sembla passer tout seul de l'autre côté de sa bouche.

— Eh bien, reprit-il, nous avons regagné le village et, aussitôt, l'administrateur a pris tous les *soldats* dont il y disposait et les a conduits dans la maison du chef de la police. C'est alors qu'il a trouvé dans un coffre un trésor, un vrai trésor.

— Vous l'avez vu ? demanda Jean.

— C'est simple, j'en ai encore les yeux tout éblouis, dit le missionnaire. Quels saphirs ! Et surtout quels rubis ! Le chef de la police était le chef des *dacoïts*. Il détenait à peu près toutes les pierres précieuses volées dans la région de Mogok depuis deux ou trois ans.

— Fraîcheur et délices, murmura Julius.

Mais Jean ne l'entendit pas.

— Toutes les pierres précieuses disparues ! s'écria-t-il. Mais alors, dites-moi, alors il y avait là celles de...

Il ne put achever. Le long grondement des moteurs déchaînés couvrit sa voix. Les hélices tournaient. Nous eûmes à peine le temps de recevoir les dernières courbettes du vieux courtier chinois et de son casque kaki, à peine le temps d'embrasser notre ami Julius qui devait reprendre la route de jungle.

On jeta nos valises contre nos jambes. L'échelle fut retirée. La porte claqua. L'avion prit son vol.

*

D'abord le champ de ma conscience fut uniquement occupé par le récit du missionnaire où le meurtre, la fourberie sauvage et les gemmes couleur de sang jouaient tour à tour. Puis une meute de questions m'assaillit.

Le trésor de U Min Paw se trouvait-il parmi les pierres retrouvées chez le policier allié aux *dacoïts* ? Était-ce lui qui avait commencé de les écouler sur le marché siamois ? Et si le Thibétain s'était évanoui sans trace, le devait-on au fait qu'il avait appris de source mystérieuse, dans la fumerie d'opium ou ailleurs, que la chasse au trésor était close ? Et pourquoi tous nos amis de Mogok et de Tchaïpin avaient-ils refusé de répondre ou détourné l'entretien quand nous leur avions parlé des pierres fabuleuses de l'ancien meurtrier ? Savaient-ils, pressentaient-ils la collusion du chef de la police avec les bandits de grand chemin ? Était-ce la raison de leur embarras, de leur effroi ? Et Julius lui-même... était-ce le *khazouk* dont il nous menaçait ?

Un instant je n'eus dans la mémoire que les traits de cire de l'ancien *dacoït* assis dans sa grande pagode et le crâne ras du bonze thibétain défroqué.

Et puis je m'aperçus que notre appareil avait pris de la hauteur. Du même coup, les images sinistres diminuèrent en force, en réalité. C'est que, par le hublot du Dakota, j'apercevais maintenant les vagues profondes et vertes de la jungle, l'alternance des monts et des vallées. C'était le pays de Mogok, de Tchaïpin, la terre du *bayon*. De l'argile aux rubis. Des mines séculaires, peut-être millénaires, dans les entrailles du sol.

Mais que m'importaient après tout ces pierres, même les plus précieuses, ces cailloux, même les plus rares et de la teinte du sang le plus pur ! Ce qui tout à coup m'étreignait d'une nostalgie invincible, c'était le souvenir, *déjà* le souvenir, du petit peuple enfermé dans sa vallée close.

Je pensai à sa douceur, son rire léger, son aimable sagesse. A ses marchés sublimes de couleur, de vie et si riants de gaieté tranquille.

Je pensai à Daw Pouanyine, l'aïeule qui avait vu le dernier roi birman ; à Daw Hla, la grande et paisible marchande qui, autrefois, portait des sacs de riz ; à son fils Maung Khin Maung, au visage ciselé dans l'ivoire ; à Gopal Singh, le géant barbu au rire d'ogre ; à U Nyo, le vieux boy de Julius, si digne, si charmant.

Et à tant d'autres qui menaient leur vie ainsi que l'avaient fait leurs ancêtres, à l'ombre des pagodes, cherchant le rubis, jouant au mah-jong et fumant le suc du pavot qui poussait sur leur terre.

Je pensai aux hommes, aux femmes, aux enfants de Mogok, à leur accueil, à la chance d'avoir vécu parmi eux, avec eux, grâce à Julius... grâce à Jean.

Instinctivement, je me tournai vers lui. Il sentit sans doute l'intensité de mon regard et dirigea ses yeux de mon côté.

— Merveilleux, non ! dit Jean.

Comme il avait raison ! Un tel voyage avec un tel compagnon appartenait vraiment au domaine du merveilleux.

DU MÊME AUTEUR

Aux Éditions Gallimard

LA STEPPE ROUGE, 1922 (Folio n° 2696)

L'ÉQUIPAGE, 1923 (Folio n° 864)

MARY DE CORK, 1925

LES CAPTIFS, 1926 (Folio n° 2377)

LES CŒURS PURS, 1927 (Folio n° 1905)

LA RÈGLE DE L'HOMME, 1928 (Folio n° 2092)

BELLE DE JOUR, 1928 (Folio n° 125)

DAMES DE CALIFORNIE, 1929 (Folio n° 2836)

VENT DE SABLE, 1929 (Folio n° 3004)

NUITS DE PRINCES, 1930

WAGON-LIT, 1932 (Folio n° 1952)

LES ENFANTS DE LA CHANCE, 1934 (Folio n° 1158)

STAVISKY. L'HOMME QUE J'AI CONNU, 1934. Nouvelle édition augmentée en 1974 d'*Un historique de l'Affaire* par Raymond Thévenin

LE REPOS DE L'ÉQUIPAGE, 1935

HOLLYWOOD, VILLE MIRAGE, 1936

LA PASSANTE DU SANS-SOUCI, 1936 (Folio n° 1489)

LA ROSE DE JAVA, 1937 (Folio n° 174)

MERMOZ, 1938 (Folio n° 232)

LA FONTAINE MÉDICIS (Le tour du malheur, I), 1950

L'AFFAIRE BERNAN (Le tour du malheur, II), 1950

LES LAURIERS-ROSES (Le tour du malheur, III), 1950

L'HOMME DE PLÂTRE (Le tour du malheur, IV), 1950

AU GRAND SOCCO, 1952 (L'Imaginaire n° 603)

LA PISTE FAUVE, 1954 (Folio n° 5768 repris en partie dans LE PARADIS DU KILIMANDJARO ET AUTRES REPORTAGES Folio 2 € n° 5976)

LA VALLÉE DES RUBIS, 1955 (Folio n° 2560)

HONG-KONG ET MACAO, 1957. Nouvelle édition en 1975 (Folio n° 5246)

LE LION, 1958 (Folio n° 808, Folioplus classiques n° 30 et Classico collège n° 38)

AVEC LES ALCOOLIQUES ANONYMES, 1960 (Folio n° 5650)

LES MAINS DU MIRACLE, 1960 (Folio n° 5569)

LE BATAILLON DU CIEL, 1961 (Folio n° 642)

DISCOURS DE RÉCEPTION À L'ACADÉMIE FRANÇAISE ET RÉPONSE DE M. ANDRÉ CHAMSON, 1964

LES CAVALIERS, 1967 (Folio n° 1373)

DES HOMMES, 1972

LE TOUR DU MALHEUR, 1974. Nouvelle édition en 1998

TOME I : La fontaine Médicis – L'affaire Bernan (Folio n° 3062)

TOME II : Les lauriers-roses – L'homme de plâtre (Folio n° 3063)

LES TEMPS SAUVAGES, 1975 (Folio n° 1072)

MÉMOIRES D'UN COMMISSAIRE DU PEUPLE, 1992

CONTES, 2001. Première édition collective (Folio n° 3562)

MAKHNO ET SA JUIVE, 2002. Texte extrait du recueil *Les cœurs purs* (Folio 2 € n° 3626)

UNE BALLE PERDUE, 2009 (Folio 2 € n° 4917)

REPORTAGES, ROMANS, 2010 (Quarto)

EN SYRIE, 2014 (Folio n° 5834)

LE COUP DE GRÂCE, 2016 (Folio n° 6235)

Aux Éditions de La Table Ronde

AMI, ENTENDS-TU..., 2006 (Folio n° 4822)

*Tous les papiers utilisés pour les ouvrages
des collections Folio sont certifiés
et proviennent de forêts gérées durablement.*

*Impression Novoprint
à Barcelone, le 8 août 2024
Dépôt légal : août 2024
1er dépôt légal dans la collection : février 1994*

ISBN 978-2-07-038846-2 / Imprimé en Espagne

641982